마신의 보석

추리소설
마신의 보석

인쇄 2014년 07월 20일
발행 2014년 07월 25일

지은이 윌란윌키콜린스
엮은이 선 용
발행인 서정환
펴낸곳 소년문학사
주소 서울시 종로구 삼일대로32길 36, 305호(익선동, 운현신화타워)
전화 (02) 3657-5633, (063) 275-4000
팩스 (063) 274-3131
이메일 sonyun321@hanmail.net, sina321@hanmail.net
출판등록 제465-1984-000004호
인쇄·제본 신아출판사

COPYRIGHT ⓒ 2014, by Sun Yong
엮은이와 협의, 인지는 생략합니다.
잘못된 책은 바꿔 드립니다.

ISBN 979-11-5605-114-5 73810

값 11,000원

이 도서의 국립중앙도서관 출판시도서목록(CIP)은 서지정보유통지원시스템 홈페이지(http://seoji.nl.go.kr)
와 국가자료공동목록시스템(http://www.nl.go.kr/kolisnet)에서 이용하실 수 있습니다.
(CIP제어번호 : CIP2014021996)

Printed in KOREA

마신의 보석

윌란윌키콜린스 지음

선　용 엮음

소년문학사

책머리에

　누구나 다 그러하겠지만 특히 어린이들은 새롭고 기이한 것과 미지의 세계에 대한 호기심도 많고 도전을 좋아한다.
　불교가 생기기 전, 인도의 바라문 족들은 밤하늘의 밝은 달을 신으로 믿고 받들어 모셨는데 그들이 받들어 신봉하는 네 개의 팔을 가진 '달의 신' 이마에 박혀 있던 황색 보석을 전쟁 때 영국군에 의해 도난당한다. 세상에서 오직 하나밖에 없는 진귀한 보석, 그 보석이 없는 달의 신은 영혼이 없는 하나의 장난감 인형에 지나지 않아 바라문 교도들은 그 보석을 찾기 위해 몇 대째 목숨을 걸고 전 세계로 돌아다녔다.
　이야기는 영국의 요오크셔 바닷가 웰링턴가의 장미별장에서 시작된다.
　해적선 선장이 꿈인 개구쟁이 소년 프랑크린이 20년 뒤 어느 날 의젓한 선장이 되어 돌아온다. 그는 처음 황색 보석을 갖게 된 행크스 대위가 웰링턴 부인의 외동딸 리젤의 생일선물로 전해주라는 유언에 따라 그것을 갖고 왔는데 별장 관리인 카퍼리언 노인은 무서운 저주가 따르는 보석임을 알고 무척 놀란다. 그런데 그날 별장에 나타난 세 명의 인도 마술사, 그들은 앞으로 좋은 일이 있을 것이라면서 마술을 보여주겠다고 했다.
　프랑크린은 그들이 보석을 노리는 악당이라 생각하고 은행 금고에 맡기는데 괴상한 일은 프랑크린이 오는 날부터 연이어 일어났다.

프랑크린은 리젤의 생일날 은행에서 보석을 찾아오는 길에 쿠두오프리엘 중위를 만나게 되고 그날 다시 인도 마술사가 나타나 마술 공연을 한다.
　그날 밤 리젤은 생일선물로 받은 보석을 가슴에 걸고 기뻐하며 프랑크린과 약혼을 발표한다. 그런데 그날 밤 누군가 보석을 훔쳐간다. 그 사건으로 리젤은 프랑크린과 멀어지고 대신 쿠두오프리엘과 가까워진다. 충격을 받은 웰링턴 부인은 숨을 거두면서 쿠두오프리엘과의 결혼은 안 된다는 유언을 남긴다.
　모로코 담배에 의한 불면증으로 시달린 데다 보석을 훔쳐간 범인으로 의심을 받은 프랑크린은 칸디 의사의 조수 쉬에런의 권유로 무서운 실험을 한다. 한편 박쥐여관에서 쿠두오프리엘의 시체가 발견됨으로써 프랑크린은 도적의 의심을 벗게 된다.
　리젤과 프랑크린은 결혼하여 인도의 성지 수무나로 신혼여행을 간다. 거기서 인도 탐험가 마사이틀 박사의 안내로 바라문 교도들의 축제를 몰래 보게 되고 그 축제의 자리에서 잃어버린 달신의 보석을 되찾아 기뻐하는 바라문 교도들을 본다.
　어떤 것이든 제자리에 있을 때 가장 완벽하고 아름답다는 것을 느낀 부부는 더 이상 황색 보석에 미련을 갖지 않고 영국으로 돌아와 행복한 신혼의 꿈에 부푼다. 황색의 보석이 제자리에 돌아감으로써 더 이상 피비린내 나는 연극도 마술도 사라지고 저주도 사라졌다.

목차

1. 검은 마술사　　　　　　　　　　9
2. 마신의 황색 보석　　　　　　　28
3. 이상한 유언　　　　　　　　　38
4. 모로코 담배　　　　　　　　　51
5. 쿠두오프리엘 중위　　　　　　62
6. 만찬의 손님　　　　　　　　　72
7. 한밤중의 괴상한 도둑　　　　　87
8. 금반지　　　　　　　　　　　98
9. 문 위의 그림　　　　　　　　111
10. 바닷가 외딴집　　　　　　　126
11. 소용돌이　　　　　　　　　142
12. 절름발이 소녀　　　　　　　164

13. 검은 악마의 손길 178
14. 웰링턴 부인의 죽음 188
15. 범인은 바로 너 197
16. 청동함 속의 잠옷 210
17. 이상한 실험 237
18. 쿠두오프리엘 중위의 죽음 261
19. 두 사람의 결혼과 이상한 축제 276
20. 되돌아간 달신의 보석 284

1. 검은 마술사

마신상 즉 달의 신 이마에 박혀 있는 노란색 보석에 관한 이상한 전설은 지금까지 인도 전역에 전해져 내려오고 있다.

그렇다면 이 전설은 신비로운 히말라야 산에 얽힌 그 괴담과 관계있는 것일까? 아니다. 이것은 영국의 수도 런던과 황량한 북해에 인접해 있는 요크셔의 외진 어촌에서 있었던 이야기이다.

1848년 5월 24일 북해와 마주보고 있는 요크셔 고지에 한 채의 웰링턴가 별장이 있었다. 그리고 그 별장에 '카퍼리언'이란 관리인 노인이 있었다.

카퍼리언은 전원에 있는 의자에 등을 기대고 앉아 장미향기를 맡으면서 벌들이 붕붕거리는 소리를 듣고 있었다.

"카퍼리언, 놀라운 소식 하나 전해줄까요?"

웰링턴 부인의 낭랑한 목소리에 카퍼리언이 고개를 들었다. 백발이 성성한 노인은 눈을 껌뻑거리며 부인의 얼굴을 빤히 쳐다보았다.

"예, 부인. 무슨 좋은 소식인가요? 설마 요크서 장미별장의 이 늙은이가 무서워할 사건이 발생한 것은 아니겠죠?"

"그래요. 카퍼리언, 잘 들어요. 프랑크린이 돌아온대요."

"옛! 프랑크린이라 하셨어요? 그게 정말입니까? 사람들이 바다 밑에 묻혔다고 말한, 바로 그 프랑크린 도련님이 살아서 돌아온다고요?"

"맞아요. 해난을 당한 그는 아마 다른 프랑크린이었나 봐요. 방금 한 장의 편지를 받았는데 그가 벌써 런던에 와 있대요. 그리고 내일 우리 장미별장에 와서 한 달간 머물면서 리젤의 생일파티에 참석한 뒤 다시 간다고 했어요."

"그렇다면 틀림없겠습니다. 부인, 리젤 아가씨가 무척 좋아하겠군요."

카퍼리언 노인도 기뻐 의자에서 벌떡 일어났다.

"카퍼리언, 참 잘됐지요? 이 기쁜 소식을 빨리 리젤에게 알려야겠어요."

"부인, 저의 딸을 바로 후리즌으로 보낼게요. 내 생각에 리젤 아가씨는 틀림없이 그곳 교회에……."

"아니에요. 내가 직접 가서 전할게요. 노인은 여기 그대로 쉬고 있으세요. 내 생각에 프랑크린이 이렇게 건강한 노인을 보면 얼마나 반가워할지 모르겠군요."

웰링턴 부인은 그렇게 말하고 기쁜 마음으로 마구간 쪽으로 걸어갔다.

20년 전이었다. 프랑크린이 얼마 동안 장미별장에서 지낸 적이 있었는데 그때의 프랑크린은 두 뺨이 사과처럼 귀여운 개구쟁이 소년이었다.

프랑크린이 말했다.

"카퍼리언 노인, 나는 자라서 해적선의 선장이 되고 싶어요. 그때 꼭 리젤과 노인을 싣고 넓은 바다를 구경시켜 드릴게요."

"그만둬요! 나는 무고한 여자들이나 아이들로부터 보석이나 돈을 빼앗아가는 그런 해적은 싫어요. 생각만 해도 무서워요."

"누가 남의 물건을 빼앗아간다고 합디까? 내가 가려고 하는 곳은 바로 보물섬입니다. 캄캄한 동굴 깊숙이 숨겨져 있는 금은보화를 찾아오는 것이랍니다."

프랑크린의 눈빛은 로빈훗처럼 반짝였다.

어느 날, 프랑크린의 아버지가 갑자기 장미별장에 와서 웰링턴 부인에게 말했다.

"영국의 제도는 마음에 들지 않아요. 나는 프랑크린을 데리고 아프리카 여행이나 떠날까 합니다. 그동안 프랑크린이 신세를 많이 진 것 같은데 무척 감사하게 생각합니다."

그는 웰링턴 부인의 말도 듣지 않고 프랑크린을 데리고 장미별장을 떠났다.

그로부터 몇 년이 지난 어느 날 한 통의 편지가 왔다.

'저는 지금 아버지와 함께 7대 해양을 항해하고 있습니다.
― 해적선 해골호에서 프랑크린 올림'

웰링턴 부인은 그 편지를 받은 뒤로 프랑크린의 소식을 듣지 못하고 있었다.

"카퍼리언 노인, 사촌오빠 프랑크린은 도대체 어디로 갔죠?"
리젤은 프랑크린이 어떻게 되었는지 궁금하여 카퍼리언 노인을 만날 때마다 그의 소식을 묻곤 했다.

'지금쯤 프랑크린은 준수한 청년이 되어 꿈에 그리던 선장의 모자를 쓰고 이곳으로 오고 있을 거야.'

카퍼리언은 벌들이 웅웅거리는 소리를 들으며 지난날을 회상하고 있었다.

바로 그때, 갑자기 시끄러운 북소리가 들려왔다.

"마치 인디언의 북소리 같은데, 누가 어디서 북을 치고 있지? 이상한데."

카퍼리언은 무슨 일인지 보려고 의자에서 일어섰다. 그리고 정원을 한 바퀴 둘러본 뒤 베란다 쪽으로 갔다. 베란다에서 조금 떨어진 곳에 처음 보는 이상한 사람들이 몇 명 서 있었다. 피부는 커피색이고 하얀 마포를 몸에 감고 있었다. 자세히 보니 그들은 인도 사람이었다. 그들은 뭔가 못마땅한 듯 눈살을 찌푸리고 있었으며 목에는 작은 북이 걸려 있었다. 그리고 그들 뒤에는 하나의 이상한 가죽 주머니를 쥔 몹시 창백한 얼굴의 영국 소년이 서 있었다. 보아하니 곡예를 하는 사람들 같았다.

그런데 아이의 가죽 주머니 안에는 여러 개의 공구가 들어 있는 것 같았다.

"무슨 일이신지요?"

카퍼리언 노인이 그들에게 물었다.

세 명의 인도 사람 중에 영어를 아는 한 사람이 절을 꾸벅한 뒤에 말했다.

"저희들은 인도 마술사입니다. 그런데 마침 이 별장 앞을 지나가려 하는데 저희들이 존경하고 추앙하는 달의 신께서 하시는 말씀이 앞으로 이 별장에 기쁜 일이 있을 것이라고 알려주셨습니다. 그래서 실례를 무릅쓰고 들어왔습니다. 노 선생님, 저희들의 기묘한 인도 마술을 한번 감상해 보시겠습니까?"

'이거 보통 일이 아니군! 설마 조금 전에 부인과 나눈 말을 그들이 엿들은 것은 아니겠지? 이거야말로 마술이군.'

카퍼리언은 그렇게 생각하며 고개를 몇 번 저었다.

"정말 죄송합니다. 나는 이 별장의 관리인일 뿐 주인이 집에 계시지 않아 뭐라 말씀드릴 수 없군요. 다음에 오셨으면 합니다."

그 세 명의 인도 마술사는 자기들끼리 몇 마디 말을 나눈 뒤, 그 야윈 영국 소년을 데리고 장미별장을 나갔다.

카퍼리언은 그들이 불쌍하게 보여 이렇게 말했다.

"다음 달 21일이 우리 집 아가씨의 생일인데 그때 다시 와 보십시오."

인도 마술사들은 노인의 말에 하얀 이를 보이며 웃은 뒤 별장 문을 나섰다.

'정말 이상한 사람들이야. 그들이 그 소식을 몰랐으면 좋을 텐데.'

카퍼리언 노인이 머리를 내저으며 정원 쪽으로 가려는데 갑자기 뒤에서 누가 불렀다.

"아버지, 프랑크린 선생과 아가씨는 어떤 사이예요?"

장미 숲 속에서 달려나와 노인의 허리를 와락 껴안은 사람은 바로 노인의 딸 베네누프였다.

"베네누프, 네가 '우리 아가씨와 그분이 어떤 관계?'냐고 한 말은 너무 예의 없는 말이다. 프랑크린 선생은 리젤 아가씨의 사촌오빠란다. 너와 너의 어머니가 그때 런던에 있었기에 몰랐겠지. 사실은 어떤 일로 프랑크린 선생이 한동안 이곳 별장에 있었는데, 그때부터 그와 아가씨가 사랑하게 되었고 부인도 그들이 자라면 결혼을 시키려 마음먹고 있단다. 그런데 갑자기 프랑크린의 아버지가 와서 그를 데리고 먼 나라 여행을 떠나버렸지. 그것이 벌써 20년 전의 일이야. 아, 그 개구쟁이 도련님은 지금쯤 준수한 청년으로 성장해 있을 거야. 베네누프, 우리 아가씨에게 기쁜 소식을 전해줄 수 있겠지?"

"예. 물론이죠! 그 해적선 선장이 바로 리젤 아가씨가 오매불망 그리던 프랑크린 선생이라? 그래요! 아가씨가 돌아오기 전에 아가씨의 방을 장미꽃으로 꾸며 기쁘게 해드려야겠어요!"

베네누프는 꽃 광주리를 들고 날아가듯 베란다 쪽으로 갔다.

베네누프가 리젤 아가씨의 방으로 들어가 화병에 장미꽃을 꽂으려는데 갑자기 밖에서 웅성거리는 이상한 소리가 들렸다.

'무슨 소리지?'

베네누프는 이상한 생각이 들어 커튼 뒤에 숨어 밖을 내다보았다.

뒤뜰 밖에는 좁은 길이 하나 있는데 세 명의 검은 피부의 마술사가 창백한 얼굴의 영국 소년을 가운데 두고 이상한 몸짓을 하고 있는 것이 보였다.

키가 크고 영어를 잘하는 마술사가 소년에게 말했다.

"손을 들어!"

인도 마술사의 말에 영국 소년의 얼굴은 사색이 되었다. 소년이 몸부림을 치며 그곳을 빠져나가려고 하자 인도 마술사가 다시 큰소리로 위협했다.

"너를 런던으로 쫓아버리겠다. 그리고 벌을 받게 감옥에 처넣을 거야. 그래, 어떻게 할 건지 말해 봐!"

그러자 소년은 기가 죽어 고개를 떨어뜨리고 있다가 체념한 듯 천천히 손을 들었다.

인도 마술사는 소년이 손을 들자 재빨리 작은 병의 뚜껑을 열고 먹물 같은 검은 액체를 그의 손바닥에 부었다. 그리고 소년의 머리 위에 손을 올려놓더니 다시 공중을 향하여 십자(+)를 그은 뒤에 큰소리로 말했다.

"잘 봐!"

그들은 누가 볼까 봐 소년을 에워싸고 말했다.

"외국에서 돌아온 그 영국인 선장이 보이느냐?"

"예. 희미하게 보입니다."

소년의 목소리는 젖은 솜처럼 무겁게 가라앉아 있었다.

"그 선장은 바로 이쪽으로 오겠느냐, 아니면 다른 쪽으로 가겠느냐?"

"그는 바로 이 별장으로 올 것입니다."

"그래? 그 젊은 선장은 그 물건을 갖고 있느냐?"

소년은 하늘을 보며 잠시 생각에 잠겼다. 그리고 잠시 후 입을 열었다.

"예. 갖고 있습니다."

소년은 자신있게 말했다.

"좋아! 그 젊은 선장은 내일 아침 이곳으로 오겠지?"

"그 그건 잘 모르겠습니다."

"왜 그건 모르겠니?"

"저는 지금 너무 피로하여 짙은 안개가 머릿속에 가득 차 있습니다. 그래서 잘 볼 수가 없습니다. 지금 아무것도 보이지 않습니다."

소년은 머리를 싸안고 쓰러질 듯 비틀거렸다.

이상한 마술은 거기서 끝이 났다.

2층의 커튼 뒤에서 한 막의 마술을 본 베네누프는 온몸이 오싹함을 느꼈다.

"아마도 그들은 프랑크린 선생이 돌아오면 무슨 흉계를 꾸미려는 모양이야. 그런데 프랑크린 선생이 갖고 있다는 '그 물건'이란 도대체 뭘까? 아버지에게 말씀드릴까? 만약 빨리 말해주지 않는다면……."

베네누프는 장미꽃 바구니를 아가씨 방에 내버려둔 채 밖으로 달려나갔다.

"아버지, 아버지, 큰일 났어요."

"무슨 일인데 그렇게 호들갑을 떠느냐?"

베네누프는 그녀가 본 것을 카퍼리언 노인에게 말했다.

"걱정할 것 없어. 마술을 하는 저런 사람들은 돈을 좀 더 받기 위해 속임수를 쓰는 거야."

카퍼리언은 별것 아니란 듯이 다시 의자에 앉아 졸기 시작했다.

"아유 얄미워 죽겠어. 뭐 저런 아버지가 다 있어? 특별히 달려와 말해드렸는데도 아무 관심도 없어서. 두고 봐. 만약 무슨 일이라도 일어나면 그때 나는 모른 체할 거야."

베네투프는 투덜거리며 자기 방으로 갔다.

그때 가정부로 있는 낸시가 급히 달려가 노인의 어깨를 흔들어 깨웠다.

"카퍼리언 노인, 큰일 났어요. 로산나가 또 보이지 않아요."

"그래? 그 아가씨가 어디로 갔을까?"

"잘 모르겠어요. 또 어디로 갔는지."

"언제 나갔어?"

"아까부터 찾았는데 없어요. 가장 바쁜 저녁 때 없어졌으니 정말 야단났어요."

"아마도 바닷가에 갔겠지! 보니 바다를 아주 좋아하는 것 같더군. 내가 찾으러 가볼게."

카퍼리언 노인은 지팡이를 짚고 바닷가를 향해 걸어갔다.

여기서 잠깐 가정부 로산나에 관한 이야기를 해보자.

"아버지, 웰링턴 부인의 말씀을 들으셨어요?"

어느 날, 베네누프가 밖에 갔다 들어와 대뜸 그렇게 물었다.

"무슨 말인지 이야기도 자세히 하지 않고 어떻게 알아?"

"가정부 로산나 말이에요."

"어제 부인이 데리고 온 그 아가씨 말이냐? 그 로산나가 어쨌단 말이냐?"

"아버지, 아버지는 로산나의 과거에 대해 알고 계세요?"

"조금은 알지. 그 아가씨는 아주 불쌍해. 돈 몇 푼을 훔쳤다고 감화원에 끌려간 일이 있지만 그 조그만 일에 신경 쓸 것까지는 없어. 그 아가씨는 절대로 나쁜 사람이 아니니까. 소문에 그는 감화원에서 규칙도 잘 지키고 다른 사람들보다 열심히 일한 모범생이라고 했어. 베네누프, 너도 로산나에게 잘 대해주어야 한다. 알겠지?"

카퍼리언 노인의 이야기를 들어서인지 베네투프는 그 뒤로 로산나에게 여러 가지로 신경을 써 주었고 두 사람은 마치 친자매처럼 친하게 지냈다.

그런데 로산나는 다른 일꾼들과 자주 다투었으며 돌아가신 어머니 생각을 하며 시간 날 때마다 바닷가로 가서 울곤 했다.

'틀림없이 오늘도 바닷가로 갔을 거야.'

카퍼리언은 그렇게 생각하며 빠른 걸음으로 바다가 있는 쪽으로 걸어갔다.

웰링턴가의 장미별장은 해변에서 가까운 요크셔의 높은 언덕에 있었다.

소나무 숲을 지나 뒤로 백 미터 정도 가면 바로 바닷가로 통하는 울퉁불퉁한 길이 나오는데 거기서 바닷가로 가는 경사지에는 두 개의 바위가 서로 마주보고 있었다.

북쪽의 북바위와 남쪽의 남바위는 파도의 높이에 따라 때로는 모래에 덮이기도 하고 때로는 물 밑에 잠기기도 했다. 그래서 큰 배는 물론 작은 배도 접근할 수 없었으며 부근의 어부들도 가까이 갈 생각을 하지 않았다.

그렇게 위험한 곳인데도 로산나는 무슨 일인지 그곳을 유별나게 좋아했다.

카퍼리언 노인은 소나무 숲을 지나 파도가 센 바닷가로 갔다. 아니나 다를까 밀짚모자를 쓴 로산나가 그곳에 꼼짝도 하지 않고 바다를 보고 서 있었다.

로산나는 노인의 기침 소리를 듣고 고개를 돌렸다. 그는 역시 울고 있었다. 두 갈래 눈물이 그의 얼굴을 타고 흘러내리고 있었다.

카퍼리언 노인은 그의 손을 잡으며 친절하게 모래 언덕에 앉혔다.

"로산나, 무슨 슬픈 일이 있느냐? 나를 아버지라 생각하고 무슨 일이든 숨기지 말고 말해보아라."

"카퍼리언 선생님, 정말 죄송해요. 이런 모습을 보여드려서. 그런데 가끔 지난 일만 생각하면 저도 몰래 슬퍼져요."

로산나는 어깨를 떨며 작은 소리로 말했다.

"지난 일이라고? 지금에 와서 지난 일을 생각하면 뭘 하느냐? 빨리 집으로 돌아가 다른 사람들과 함께 저녁밥 준비를 해야지. 일을 열심히 하면 어떤 슬픈 일도 잊을 수 있을 거야. 가자, 로산나. 어서 돌아가자."

"정말 죄송해요……."

로산나의 목소리는 여전히 떨렸다. 두 눈에 맺힌 구슬도 그대로 반짝이고 있었다.

카퍼리언 노인이 왜 이런 위험한 곳에 자주 오냐고 물었을 때 로산나는 모래알을 만지며 말했다.

"마치 누가 보는 것 같아요. 저는 여기에 오고 싶지 않은데 저도 모르게 그 무엇에 끌리어 오곤 합니다. 저는, 저는 어젯밤과 그저께 밤에도 이곳 모래 위에 앉아 있는 꿈을 꾸었습니다. 부인과 베네누프에게 정말 미안하게 생각해요. 언제나 저에게 깊은 관심을 가져주었는데……. 선생님, 저는 언제인가 여기서 죽을지 모른다는 생각을 자꾸 하곤 합니다. 저 회오리 물결을 좀 보세요. 저 소용돌이 속으로 빨려 들어가……."

로산나는 마치 미친 사람처럼 긴 머리칼을 풀어헤치고 성난 파도를 가리키며 소리치다 다시 모래에 엎드려 엉엉 울기도 했다.

카퍼리언 노인은 그 가련한 소녀를 무슨 말로 위로해주어야 좋을지 몰랐다.

바로 그때, 갑자기 뒤쪽 바위에서 어떤 사람이 불렀다.

"혹시 거기 있는 사람이 커리언 노인 아닙니까?"

"누가 나의 이름을 부르지?"

카퍼리언 노인은 혼잣말로 중얼거리며 몸을 돌렸다.
"그래요. 나 여기 있어요!"
보니, 어떤 청년이 바위에서 뛰어내려 모래 언덕 쪽으로 웃으며 달려왔다.
"하하하. 카퍼리언 선생님!"
"오, 프랑크린 도련님!"
프랑크린은 노인의 어깨를 와락 끌어안았다.
"카퍼리언 노인! 저를 알아보시겠어요? 언제인가 리젤의 인형을 바다에 던져버렸다고 노인에게 엉덩이를 호되게 얻어맞은 바로 그 프랑크린입니다."
"다 알고 있어요. 아다마다요! 그래. 우리의 해적선 선장님께서 돌아오셨군요."
카퍼리언 노인은 옆에 로산나가 울고 있다는 것도 잊어버리고 프랑크린의 손을 잡고 너무 반가워 눈물까지 흘렸다.
"이모님은 안녕하시죠? 리젤도 벌써 많이 컸겠군요."
"부인은 전보다 건강해지셨죠. 프랑크린 도련님, 우리 리젤 아가씨가 얼마나 아름다워지셨는지 모를 거예요. 벌써 아리따운 숙녀가 되셨어요. 그런데 아가씨는 지금 집에 안 계세요. 아마 조금 있으면 돌아오실 거예요. 그래요. 여기서 말씀드리기엔 불편하군요. 우리 어서 장미별장으로 가요. 그리고 나의 딸 베네누프도 만나보세요. 무척 반가워할 거예요."

"노인, 장미별장에 가기 전에 한 가지 물어볼 게 있어요."

프랑크린은 갑자기 목소리를 낮추어 말했다.

"어떤 불가사의한 일로 나는 하루 전에 이곳에 왔습니다. 말씀드리자면 2~3일간 나는 이상한 사람들에 의해 미행을 당했습니다. 그들을 런던에서 처음 봤는데 검은 피부의 인도 사람이었습니다."

"뭐라고요? 인도 사람이라 하셨어요?"

노인의 머릿속에는 아까 그 세 명의 검은 피부 마술사가 떠올랐다.

"카퍼리언 노인도 인도 사람들을 알고 있어요?"

"꼭 안다고는 말씀드릴 수 없지만 조금 전에 세 명의 인도 사람들이 와서 장미별장에 좋은 일이 있을 것이라면서 몇 가지 마술을 보여주겠다고 했죠."

"발빠른 놈이 이긴다더니 그놈들이 여기에 한 발 먼저 왔었군요."

프랑크린은 고개를 끄덕이며 그렇게 말했다.

"도련님을 미행했다는 사람들이 설마 그들은 아니겠죠? 보아하니 그들은 마술사에 지나지 않은 것 같던데요."

"그건 아닙니다. 그들은 분명 나의 뒤를 쫓던 바로 그 인도 사람들일 것입니다. 혹시 그들이 정원에서 뭔가 이상한 행동을 하지 않던가요?"

"이야기를 들어보니 그들의 행동이 좀 이상했다고 해요. 그런데 저의 눈으로 직접 본 것은 아닙니다."

카퍼리언 노인은 딸 베네누프가 보았다는 그들의 이상한 행동을 프랑크린에게 상세하게 들려주었다.

"그렇군요. 그들끼리 '그 영국의 젊은 선장이 이 장미별장으로 올까요?', '그 물건을 갖고 있을까요?' 하고 이야기하더랍니다. 그런데 궁금한 것은 그 물건이란 도대체 무엇을 말하는지요? 도련님이 그들이 노리는 귀중한 뭔가를 갖고 계신가요?"

"물론 갖고 있지요. 그 물건이란……."

"도련님, 잠깐만!"

카퍼리언 노인은 주위를 살펴보았다. 그는 그들의 이야기를 다른 사람이 들을까 두려웠다.

조금 전에 모래 언덕에 앉아 있던 로산나는 언제 가버렸는지 마치 파도에 밀려간 듯 그림자도 없고 모래 위에도 그의 발자국은 보이지 않았다.

"정말 이상한 아가씨야."

카퍼리언 노인은 혼자 중얼거렸다.

"아, 조금 전에 함께 있었던 그 아가씨 말인가요? 그는 나를 보자 갑자기 얼굴색이 변하더니 그냥 혼자 어디론가 가버렸어요."

"나쁜 아이는 아닌데 몇 가지 문제는 있죠."

"괜찮아요, 카퍼리언 노인. 중요한 것은 그 물건인데 그건 바로 노인과 관계 있는 즉 나의 외삼촌 행크스 대위가 인도에서 갖고 왔다는 노란색 보석이죠."

"오, 그 노란색 보석 말인가요? 그런데 도련님이 어떻게 그걸 갖고 계세요?"

카퍼리언 노인의 얼굴은 점점 회색으로 변했다.

"그 보석을 외삼촌 대신 리젤에게 주려고 갖고 왔지요."

"그 보석을 왜 리젤 아가씨에게 주려고 합니까?"

"외삼촌이 저에게 부탁했어요. 다음 달 리젤의 생일에 생일 선물로 주라고 하셨어요. 그런데 리젤에게 그 노란 보석을 주면 안 됩니까?"

"프랑크린 도련님, 안 된다는 것은 아닙니다. 다만 그 보석은 가격을 매길 수 없는 보배이며 도련님께서 돈을 주고 산다고 해도 살 수 없는 것입니다. 그리고 그 보석에는 무서운 저주가 있읍죠."

"그런 전설은 나도 들어 알고 있습니다만 이렇게 과학이 발달된 오늘날 어떻게 불가사의한 일이 일어나겠습니까?"

"프랑크린 도련님, 도련님은 훌륭한 선장이십니다. 그러나 그동안 넓은 바다를 항해하면서 생각지도 못한 괴상한 일을 당해보시지 않았습니까? 그러한 일을 당했을 때 도련님은 어떻게 하십니까?"

"나의 배를 탄 사람들은 모두 과학적 지식을 갖춘 사람들입니다. 우리가 만든 것은 정확한 실험을 한 뒤에 얻은 것입니다. 카퍼리언 노인, 그 노란색 보석에 얽힌 불가사의한 전설을 더 자세히 말해줄 수 있습니까?"

충실한 카퍼리언 노인은 프랑크린의 요구를 거절할 수 없어 깊은 한숨을 내쉰 뒤에 다음과 같은 기이한 일들을 말했다.

2. 마신의 황색 보석

1799년, 그해 5월 4일, 페이루터 장군의 셀링거파탄 공격이 시작되었을 때 그 황색 보석은 비로소 우리 앞에 얼굴을 보였는데, 그 뒤로 그것은 사람들에게 많은 재앙을 갖다 주었다.

존 행크스 대위는 웰링턴 부인의 친오빠이며 카퍼리언 노인은 원래 행크스 집안의 고용인이었다. 물론 그때의 카퍼리언은 혈기 왕성한 청년이라 행크스 대위와 함께 셀링거파탄 공격부대에 소속되어 있었다.

그때 그들 대열 속에 하나의 이상한 전설이 무성하게 떠돌고 있었는데 그것은 셀링거파탄 궁전에 아주 귀한 보석이 숨겨져 있다는 것이었다.

 그런데 그 보석에는 이상한 사연이 얽혀 있는데, 이야기를 하자면 11세기 옛날로 돌아가야 한다.

 인도의 회교도를 이끌고 동방을 침략한 마무는 그의 군대가 우세한 것을 보고 인도를 가로질러 수무나의 성도를 공격했다. 그들은 몇 세기에 걸쳐 수무나에 숨겨둔 보물을 닥치는 대로 빼앗아갔다. 그러나 성도 수무나의 사원들은 모두 파괴되었지만, 유일하게 '달의 신'만은 손을 대지 못했다.

 달의 신은 밤하늘의 달을 상징한 네 개의 손을 가진 신으로 그 신상의 이마에는 세상에서 가장 아름답고 희귀한 보석이 하나 박혀 있는데 그것이 바로 마신의 황색 보석이다.

 그날 밤, 세 명의 바라문이 달의 신상을 인도의 제2성도인 베나리에스로 몰래 옮겨갔기에 수난을 당하지 않은 것이었다. 세 명의 바라문은 달의 신을 안치하기 위해 새 사원을 한 채 지었다.

 달의 신을 모신 대전이 완성된 그날 밤 세 명의 바라문은 똑같은 이상한 꿈을 꾸었다.

 인도의 3대 신 중에 한 명인 편조천 신이 세 사람이 자는 침대 옆에 나타나 마신상 이마에 박혀 있는 황색 보석에 신령을 불어넣은 뒤에 달의 신 앞에 꿇어앉아 있는 세 명의 바라문에게 말했다.

"오늘부터 너희 셋은 어떤 일이 있어도 달신의 황색 보석을 영원히 지켜야 한다."

세 명의 바라문이 땅바닥에 엎드려 명을 따르겠다고 맹세하자 편조천 신이 다시 말했다.

"만약 어떤 사람이 달신의 황색 보석을 훔쳐간다면 그 사람 자신은 말할 것 없고 그의 가족까지도 고통에 시달리고 불행해질 것이며, 보석을 물려받은 사람도 동시에 무서운 재앙을 당하게 될 것이다."

세 명의 바라문은 날이 밝은 뒤, 편조천 신이 한 말을 모든 사람들이 보고 주의하도록 커다란 현판에 황금 글씨로 써서 대전 처마에 높이 걸어두었다.

그런데 그 뒤로 많은 세월도 흘러갔고 시대도 변했으며 그 세 명의 바라문도 인간세상을 떠났다. 그래서 달의 신을 지키는 일도 한 대 한 대 다른 교도에게 계승되었으며 마신상과 함께 황색 보석은 계속 인도 사람들의 경앙을 받았다.

세월은 흘러 또 몇백 년이 지나갔다.

18세기 초, 대몽골의 황제는 백만 대군을 이끌고 인도를 공격했다.

성도 베나리에스도 예외가 될 수 없어 몇 세기 동안 바라문 교도들의 마음의 성전인 마신상도 파괴되었고, 달신의 황색 보석도 끝내 몽골군에 의해 도둑을 맞았다.

물론 몇 대째이지만 달의 신을 지키는 세 명의 바라문은 몽골군을 대항할 수 없어 변장을 하고 몰래 황색의 보석을 훔쳐간 몽골군의 뒤를 쫓았다. 편조천 신의 예언대로 몽골군은 바라문이 쫓아오기 전에 다른 사람에 의해 살해되었고 그 황색 보석은 또 다른 몽골 사람의 손에 들어갔다.

18세기 말 그 황색의 보석은 셀링거파탄의 왕실로 들어갔다.

당시의 군주인 젭은 세상에서 보기 드문 그 황색의 보석을 자신의 보검자루에 박아 두었다.

한편, 세 명의 바라문은 여전히 그 보석을 포기하지 않고 몰래 젭의 궁전으로 숨어들어가 되찾아올 기회를 엿보고 있었다.

앞에서 말한 것이 바로 페이루트 장군의 병사들 사이에 퍼진 괴상한 소문이었다.

그 괴이한 이야기는 비록 관심 있는 인도 사람들에게는 흥미를 끌 수 있을지 모르지만 삶과 죽음을 점칠 수 없는 전쟁 중에서 그것을 믿으려는 사람은 아무도 없었다.

그러나 행운일지 불행일지 모르지만 존 행크스 대위만은 이 일에 아주 관심이 많았다.

드디어 총공격의 날이 왔다. 무슨 일인지 모르지만 그날 행크스 대위와 카퍼리언은 서로 떨어져 있었다.

격렬한 전쟁 중에 서로를 돌아볼 수 없는 처지라 카퍼리언도 그렇게 섭섭한 일이 아니라 생각하고 있었다.

한바탕 무서운 전투가 있은 뒤, 아군은 결국 적군의 방어를 깨고 시내를 향해 전진해 들어갔다.

시가지는 가는 곳마다 불꽃이 피어오르고 시커먼 연기도 치솟고 있었다. 의심할 것 없이 적군은 무너져 갈팡질팡했다.

셀링거파탄을 점령한 뒤, 페이루트 장군은 산처럼 쌓여 있는 적군의 시체 속에서 적장 젭의 시체를 발견하고 승리의 만세를 불렀다. 그때는 해가 서산을 넘어가려는 황혼 무렵이었다.

그제서야 카퍼리언도 주인 존 행크스 대위를 찾을 수 있었다.

"행크스 대위님!"

"오, 카퍼리언, 너도 무사하군. 잘됐어."

주인과 종, 두 사람은 서로 얼싸안고 살아 있음을 축하했다.

그런데 누구도 생각하지 못한 일이 일어났다. 몇 시간 뒤, 주인과 종이 서로 죽이겠다고 칼을 뽑은 것이었다.

사실, 행크스 대위와 카퍼리언은 만난 지 얼마 안 되었을 때 명령을 받고 셀링거파탄 전투에 참가하게 되었는데 많은 병사들은 시내로 들어서자 곧장 궁전의 보물창고를 향해 미친 듯이 달려갔다. 그 소식을 들은 카퍼리언 부대는 쉬지 않고 말을 몰아 역시 보물창고를 향해 달려갔다. 그때, 행크스 대위의 머릿속에는 달신의 보석이 깊숙이 박혀 있었다.

"그 황색의 보석, 달신의 보석은 내가……."

그는 쉽게 충동을 받고 또 바로 미쳐버리는 사람이라, 그때 그는 황색 보석에 커다란 기대를 걸고 있었음이 분명했다.

행크스 대위는 굶주린 귀신처럼 피로 얼룩진 칼을 휘두르며 미친 듯이 보물창고를 향해 달려가고 있었다. 그런데 행크스 대위가 도착해서 보니 보물창고 안에는 이미 많은 사병들이 있었다.

"한 발 늦었군!"

행크스 대위는 온몸에 힘이 빠져 한동안 멍하니 서 있었다. 그래도 다행인 것은 사병들이 자기가 좋아하는 것을 만지기만 했지 그 보물들을 가져가거나 호주머니 속에 숨기지 않고 있었다. 행크스 대위는 잠시 후에야 정신을 차리고 나무라듯 소리쳤다.

"달신의 보석은 누가 훔쳐갔어?"

사병들은 그 소리에 가라앉은 마음이 다시 탐욕으로 불타오른 듯 갑자기 지옥의 악귀로 변하여 마구 빼앗고 훔치기 시작했다.

"달신의 황색 보석이라고?"

카퍼리언은 그 광경을 보고 사병들을 향해 소리치며 다가갔다.

"좀 조용히 하시오! 그리고 다들 정신을 차리시오."

그러나 미쳐 날뛰는 사병들을 안정시킬 방법은 없었다.

"먼저 가지면 임자지."

"누가 아니래?"

사병들은 눈에 불을 켜고 보물창고를 뒤졌다.

"진정하시오. 보물에 손을 대서는 안 됩니다!"

카퍼리언은 있는 힘을 다해 사병들을 안정시켰다.

바로 그때, 연못 쪽에서 사람의 비명이 들렸다. 카퍼리언은 뭔가 일이 잘못되었구나 생각하고 연못 쪽으로 달려갔다.

"사, 사람이 죽어……."

가서 보니, 연못가에 인도 사람 두 명이 쓰러져 있고 피가 흥건했다.

카퍼리언은 재빨리 다가가 그들이 아직 숨을 쉬고 있는가 가슴에 손을 대보았다. 그때였다. 무기창고 쪽에서 또 외마디

비명이 들렸다.

"또 무슨 일이 일어났나?"

카퍼리언은 중얼거리며 재빨리 무기고 쪽으로 달려갔다.

"또 한 명의 인도 사람이……."

가까이 가서 보니 피로 물든 인도 사람이 한 군관의 다리를 잡고 알 수 없는 말로 애원을 하고 있었다. 그 군관은 사람이 오는 소리를 듣고 몸을 돌려 보았다.

"누구냐?"

그 군관은 다름 아닌 바로 카퍼리언의 주인 존 행크스 대위였다.

"대위님, 저예요."

행크스 대위는 왼손에 횃불을 들고 오른손으로는 지금까지 한 번도 본 적이 없는 훌륭한 군도를 들고 카퍼리언을 향해 가볍게 웃었다.

"너였구나!"

"예. 대위님, 그런데 저것이?"

카퍼리언은 군도 자루에 박혀 찬연히 빛을 내고 있는 황색 보석을 발견하고 놀랐다.

온몸이 피로 물든 인도 사람은 힘들게 상반신을 일으켜 행크스 대위가 쥐고 있는 군도 자루에 박혀 있는 황색 보석을 가리키며 떨리는 목소리로 말했다.

"달신의 황색 보석은 당신과 당신의 가족들에게 오늘의 복수를 할 거요. 두고 보시오."

가련한 인도 사람은 간신히 말을 마치고 땅바닥에 쓰러져 숨을 거두었다.

"행크스 주인님, 이제 그만두세요. 그 황색 보석은 저주의 보석이라 멀리 내던져버리는 것이 옳겠습니다."

카피리언은 몸을 부르르 떨며 애원하듯 말했다.

"카퍼리언, 네가 간섭할 일이 아니야! 입 닥쳐!"

순간, 행크스 대위의 군도가 한 번 번쩍하고 움직였다.

"아얏!"

카퍼리언은 자신도 모르게 소리치며 왼쪽 어깨를 잡았다. 왼쪽 어깨에서 피가 흐르고 참을 수 없이 아팠다.

카퍼리언은 피를 멈추게 하려고 상처를 눌렀다. 그리고 점점 의식을 잃고 그 자리에 쓰러졌다.

상처는 그렇게 깊지 않았던지 이틀 뒤 카퍼리언은 정신을 차릴 수 있었다.

"여기가 어디지?"

간신히 몸을 일으켜 주위를 살펴보니 여러 명의 간호사들이 바쁘게 움직이고 있었고 의사처럼 보이는 군인도 몇 명 있었다.

카퍼리언은 직감적으로 그곳이 야전병원이란 것을 알 수 있었다. 그리고 이틀 전에 행크스 대위와 있었던 일도 생각났다.

그러나 존 행크스 대위는 카퍼리언이 병원에 입원한 사실을 아는지 모르는지 한 번도 찾아오지 않았다. 카퍼리언은 처음에는 행크스 대위를 원망하고 미워도 했지만 얼마 뒤 전쟁도 끝나고 또 세월이 흘러 그때 일은 점점 잊혀져갔다.

3. 이상한 유언

카퍼리언 노인은 지난날 이야기를 프랑크린에게 들려주었다.

"내가 그때 병사들을 구하려고 조금 늦게 들어갔으니 망정이지 그러지 않았더라면 벌써 이 세상 사람이 아니었을 것입니다. 아주 운이 좋았죠. 그때 어깨를 다친 것은 작은 일에 지나지 않습니다만 내가 런던에 돌아와서도 행크스 대위는 나에게 사과는커녕 위로의 말 한 마디도 없었습니다. 전처럼 상냥하고 자상한 사람이 아니라 얼음장처럼 차디찬 사람으로 바뀌어 있었죠. 그는 오로지 그의 여동생인 줄리아(웰링턴 부인)만 걱정했지 다른 사람은 안중에도 없었습니다. 그래서 줄리아 아가씨

가 이 웰링턴 집안으로 시집올 때 그녀의 간절한 부탁으로 내가 여기 와서 일을 하게 되었죠."

"그렇게 되었군요."

긴 이야기를 마치고 이마의 땀을 훔치는 카퍼리언 노인을 보며 프랑크린은 고개를 끄덕였다.

"카퍼리언 노인, 그 황색 보석 이야기 정말 재미있군요. 이번에는 외삼촌이 어떻게 황색 보석을 손에 넣게 되었는지 말해 드릴게요. 먼저 카퍼리언 노인, 노인은 런던으로 돌아간 행크스 대위가 얼마나 불쌍한지 아시겠어요?"

"알다마다요. 프랑크린 도련님, 나와 행크스 대위 사이에 크고 많은 불쾌한 일들이 있기는 해도 우리 두 사람은 삶과 죽음을 같이했고 전쟁터에서도 함께 생활했었죠. 그래서 어떤 사람이 존 행크스 대위 욕을 하면 나도 기분이 나빠진답니다."

"아마도 그 황색 보석의 저주일지 모르죠."

"그러게 말이에요. 행크스 대위가 보석을 가진 뒤로 사람들과의 관계가 좋지 않았죠. 형제들과 친척은 말할 것 없고 혼사도 뜻대로 이루어지질 않았으며 친구도 없어 그는 늘 외톨이로 살았죠. 그리고 그 뒤에도 여러 번 그의 소식을 전해 들었는데 그는 밤낮 아편을 피운다든지 술독에 빠져 살고 있더라고 했습니다. 또 어떤 사람이 보니 그는 고서적을 수집하여 이상한 화학실험을 하고 있더라고 했어요. 어쨌든 모두 쓸모없는 일만 하는 정신 나간 사람이라고 했는데, 이 이야기들은 전부 내가 웰링턴가에 온 뒤에 들은 것입니다. 그런데 놀라운 일은 도련님의 아버지와 도련님께서 바다 여행을 떠난 2년 뒤에 행크스 대위가 갑자기 런던 집에 나타났죠."

카퍼리언 노인은 잠시 멈추었다가 다시 지난 이야기를 계속했다.

6월 21일, 바로 리젤의 생일에 일어난 일이었다. 그날은 아침부터 많은 손님이 오기 시작하더니 저녁에는 더욱 붐볐다.

카퍼리언 노인은 손님을 맞이하기 위하여 응접실로 갔다. 생각지도 않게 그곳에는 존 행크스 대위가 장승처럼 꼼짝 않고 서 있었다.

그는 많이 변해 있었다. 깡마르게 야위고 힘없이 보였지만 그의 두 눈만은 번쩍이고 있었다.

"행크스 대위님, 정말 오랜만입니다. 그동안 어떻게 지내셨어요?"

행크스 대위는 카퍼리언을 보고는 반가운 척도 하지 않고 여전히 무뚝뚝하게 명령하듯 말했다.

"나의 여동생에게 내가 리젤 생일을 축하하러 왔다고 전해 줘!"

카퍼리언 노인은 행크스 대위가 웰링턴 부인과 가까이 지내려고 최근에 여러 통의 편지를 보낸 사실을 알고 있었다. 그리고 웰링턴 부인이 그 일로 혼자 괴로워하고 있다는 것도 알고 있었다. 왜냐하면 그는 딸 리젤의 장래를 생각하여 사촌오빠와의 교제를 반갑게 여기지 않았기 때문이었다.

그러한 내용을 누구보다 잘 아는 카퍼리언 노인이라 잠시 생각한 뒤 말했다.

"지금 손님이 많이 계셔 부인께서 시간이 나실지 모르겠습니다."

"……."

카퍼리언 노인은 지나칠 정도로 엄숙한 행크스 대위의 표정에 어쩔 줄 몰랐다. 그는 행크스 대위가 다시 입을 열기 전에 이층으로 올라가 웰링턴 부인에게 말했다.

"부인, 행크스 대위님께서 오셨는데 잠시 뵙기를 원하십니다."

웰링턴 부인은 얼굴색을 바꾸고 말했다.

"됐어요. 지금은 손님이 많아 뵐 시간이 없다고 전해줘요."

웰링턴 부인의 말이 보통 때와 다르게 들려 카퍼리언 노인은 두말하지 않고 몸을 돌려 응접실로 갔다. 그리고 웰링턴 부인의 뜻을 정확하게 전했다.

"대위님, 부인께서 무척 바빠서 지금은 어렵겠답니다."

원래 행크스 대위의 성격이 별나기에 카퍼리언은 꾸중을 들을지 모르겠다고 생각했지만 뜻밖에 행크스 대위는 가볍게 쓴웃음만 한 번 지었다.

"카퍼리언, 수고했어. 동생이 오빠를 만나지 않겠다고 해도 좋아. 그러나 나는 조카의 생일을 잊지 않고 왔다고 전해줘."

행크스 대위는 말을 마친 뒤 밖으로 나갔다.

프랑크린이 말했다.

"오, 그런 일이 있었군요. 그럼 아버지께서 행크스 대위의 초청을 받아 간 것은 그 일이 있은 뒤가 되겠군요. 그때 나는 작은 배가 한 척 있어 마침 프랑스를 여행하는 중이었어요. 그 뒤의 일은 아버지에게서 들었죠. 어느 날, 아버지께서 행크스 대위의 편지를 받았는데 편지에는 '한 가지 드리고 싶은 물건이 있는데 당신이 갖고 싶어하든 안 하든 편지를 받는 즉시 런던 교외에 있는 나의 집으로 와주시면 고맙겠습니다.'라고 씌어 있었죠."

카퍼리언이 이마를 한 번 만지며 말했다.

"그래서 도련님의 아버지께서 런던으로 가셨군요."

"그래요. 편지를 받고 바로 가신 것 같아요. 그리고 아버지는 돌아가신 어머니와 행크스 대위의 여동생인 이모님으로부터 황색 보석에 관한 이야기를 듣고 무척 궁금해하셨을지도 모르죠. 아버지는 어머니가 병으로 돌아가신 뒤에도 나 때문에 재혼하시지 않았습니다. 그래서 행크스 외삼촌은 특별히 아버지를 좋아하셨나 봅니다. 외삼촌은 런던으로 달려온 아버지를 보고 아주 반가워하며 그의 병상으로 아버지를 불렀죠. 그때, 아버지는 외삼촌의 머리맡에 앉아 조용하게 말했죠. 처남, 이게 웬 일이요? 옛날 그 용감무쌍했던 행크스 대위님께서 어떻게 하여 이런 병상에 누워 있소? 인도를 정복한 용감한 장교 같지 않군요. 어서 일어나 앉으시오. 그렇게 정정하던 처남이 환자가 되어 누워 있으니 나도 맥이 빠지는군요."

프랑크린의 아버지는 쇠약해 뼈만 앙상한 행크스 대위를 불쌍히 여기며 위로를 해주었지만 행크스 대위는 한숨만 땅이 꺼질 듯 쉬었다. 그는 더 이상 옛날 그 혈기 왕성한 대위가 아니며 삶의 의욕마저 잃어버린 폐인 같았다. 행크스 대위는 프랑크린 아버지의 말에 힘없이 웃으며 가까이 다가오라고 손짓을 했다. 그리고 침대 밑에서 작고 예쁜 상자 하나와 한 장의 문서를 꺼내어 말했다.

"여러 가지 일로 바쁘실 텐데 여기까지 와주어 정말 고맙소. 내가 말하고 싶은 것은 다름 아니라 이 작은 상자 안에 들어 있는 보석에 관한 것이오. 그 보석에 관해 잘 알고 있을지도 모르겠소."

"처남이 인도에서 갖고 왔다는 그 황색 보석 말이죠?"

행크스 대위는 고개를 끄덕였다.

"그래요. 이 황색 보석은 전쟁 때 얻은 것인데 우리 형제들까지도 내가 인도에서 훔쳐온 것으로 의심하고 나를 이상한 눈으로 보고 있지요. 사실은 그런 것이 아닌데 말이에요. 설령 누가 군법정에 고발을 한다 해도 떳떳해요."

행크스 대위의 말에 프랑크린 아버지는 위로의 말을 해주었다.

"처남보고 황색 보석을 훔쳤다는 사람은 아무도 없을 거요. 혹시라도 훔쳤다고 말하는 사람이 있다면 그건 자기가 그 보석을 갖고 싶어서 하는 말일 거예요."

행크스 대위는 고개를 끄덕였다.

"그래요. 이 보석은 세상에서 가장 귀한 보석 중에 하나이니 많은 사람들이 갖고 싶어하는 것도 당연하죠. 그래서 이것을 내가 오래 갖고 있을 수 없어 어디 안전한 곳에 맡겨 두려고 해요. 그렇게 하지 않으면 마음이 놓이지 않을 것 같아 부탁드리는데 내 청을 들어주시겠죠? 어때요?"

프랑크린의 아버지는 손을 내저으며 말했다.

"설마 내가 보관해 주었으면 하는 말은 아니겠죠? 그렇게 귀한 것은 응당 은행금고에 맡기는 것이 가장 안전합니다."

행크스 대위는 그렇게 하고 싶지는 않았다.

"간단한 일이 아니라서 하는 말인데 만약 나의 이름으로 은행에 맡긴다면 머리 아픈 일이 생길지 몰라서 하는 말이에요."

프랑크린의 아버지는 존 행크스의 말을 이해할 수 없었다.

"머리 아픈 일이라니 그게 무슨 일인가요?"

행크스는 심각하게 말했다.

"나는 내가 죽은 뒤의 일을 생각해 보았죠. 그래서 부탁하는데 귀찮겠지만 이 보석과 문서를 매부의 이름으로 믿을 만한 은행금고에 맡겨 주었으면 합니다. 그렇게 해준다면 1년에 한번 날짜를 정하여 내가 살아 있다는 편지를 띄우겠어요. 그리고 만일 내가 죽으면 그때 매부가 문서를 보고 거기에 씌어있는 대로 처리해 주면 고맙겠소."

프랑크린의 아버지는 선뜻 결정하지 못하고 한동안 머뭇거렸다.

"유언을 남기기에는 너무 젊지 않습니까?"

그러나 행크스는 보석상자를 프랑크린의 아버지 앞으로 내밀었다. 순간 프랑크린의 아버지는 뭔가 일이 잘못되어가고 있다는 생각이 들었지만 끝까지 거절하지 못하고 존 행크스의 부탁을 받아들였다. 그리고 그는 런던으로 돌아갔다.

프랑크린의 아버지는 개운치 않은 느낌이 들어 곧장 브레이크 변호사를 찾아가 의논했다. 브레이크 변호사도 은행금고에 맡기는 것이 좋겠다고 했다.

그 뒤로 5년이란 세월이 지났지만 아무런 일이 없었다. 그리고 해마다 정한 날에 존 행크스로부터 '나는 아직 살아 있소. 황색 보석은 손대지 말고 그대로 두시오. - 존 행크스' 라는 짧은 편지가 꼭 왔다.

그런데 6개월 뒤, 프랑크린의 아버지에게 '존 행크스 사망'이란 한 통의 전보가 날아왔다.

'아, 존 행크스 대위가 죽었구나!'

프랑크린의 아버지에게는 너무나 놀라운 일이었다. 그는 어떻게 했으면 좋을지 몰라 며칠을 고민했다.

'그래, 브레이크 변호사와 의논을 해봐야겠다.'

프랑크린의 아버지는 그렇게 결심하고 자리에서 일어났다.

프랑크린의 긴 이야기를 듣고 카퍼리언 노인은 갑자기 얼굴색이 변했다.

"존 행크스 대위님이 돌아가셨다고요?"

프랑크린이 물었다.

"설마, 웰링턴가에서도 그의 사망 통지서를 받았겠죠? 그래요. 그가 돌아가신 것은 사실이었어요. 그래서 아버지는 브레이크 변호사를 찾아가 외삼촌 존 행크스가 돌아가셨다는 말을 하고 문서를 보았는데…….”

"그래. 뭐라고 씌어있던가요?"

프랑크린이 웃으며 말했다.

"유언장도 세상에 그런 유언장이 또 있을까요? 유언장은 두 종류였어요. 한 장은 외삼촌이 병으로 돌아가셨을 경우이고, 다른 한 장은 다른 사람에게 살해당했을 경우였어요. 생각해 보니 외삼촌은 언제인가 다른 사람의 손에 죽을지도 모른다고 생각하셨나 봐요.”

"그런 것 같군요. 행크스 대위님은 여태 그 괴상한 무리들로부터 풀려나지 못 하셨나 봅니다.”

프랑크린은 잠시 머뭇거리다 이야기를 계속했다.

"외삼촌은 다른 사람에게 살해당한다면 그 황색 보석을 네 조각이나 여섯 조각으로 낸 뒤에 보석상에 팔라고 하셨어요. 그리고 그 돈으로 그가 졸업한 대학교의 화학실험실 교수 한 분을 불러 기증하라고 하셨어요.”

"그건 행크스 대위가 그 무리들에게 복수하겠다는 뜻이군요. 왜냐하면 그 귀중한 보석을 쪼갠다는 것은 그들에게는 죽음보다 더 무섭고 괴로운 일이기 때문이죠.”

"정말 그렇겠군요.”

"그런데 그 화학실험이란 것은 도대체……."

"듣기로 사막에 자라는 생물에 관한 것이었습니다. 그런데 외삼촌은 분명 병으로 돌아가셨습니다. 그래서 다른 유언장이 필요했죠. 그 유언장에는 황색 보석을 웰링턴가의 리젤 아가씨에게 주라고 적혀 있었습니다."

"아니, 그 황색 보석을 우리 아가씨에게 주라고요?"

"그렇습니다. 그런데 세 가지 조건이 있습니다. 카퍼리언 노인, 보세요. 이것이 바로 그 유언장을 복사한 것입니다."

프랑크린은 한 장의 종이를 카퍼리언 노인에게 보여주었다. 카퍼리언 노인은 떨리는 손으로 그것을 받아 펼쳐 보았다.

그 종이에는 다음과 같은 내용이 적혀 있었다.

제2유언(세 가지 조건이 따름)
아래의 세 가지 조건에 따라 내가 소장하고 있는 황색 보석, 즉 인도 사람들이 말하는 '달신의 보석'을 나의 여동생 줄리아 웰링턴의 딸 리젤에게 줌.

1. 기증 일은 내가 죽은 뒤 리젤의 첫 번째 생일 날. 그러나 그때 그의 어머니가 사망하면 취소함.
2. 기증 방법은 매부나 브레이크 변호사 또는 매부의 장남 프랑크린이 직접 웰링턴이 보는 앞에서 친히 리젤 웰링턴에게 주도록.

3. 동시에 줄리아 웰링턴에게 꼭 전할 말은 내가 살아 있을 때 줄리아가 저지른 무례, 특히 리젤의 생일 날 나에게 준 모욕은 용서하며 웰링턴이 굳이 말을 안 하든지 또는 리젤의 몸에 이상이 있을 시 황색 보석을 즉시 이스탄의 보석공에게 보내어 네 조각 또는 여섯 조각으로 쪼갤 것.

존 행크스

"정말 이상한 유언장도 다 있군요. 아마 행크스 대위는 웰링턴 부인에 대한 미움 때문에 그 황색 보석을 리젤 아가씨에게 주기로 했나 봅니다."

"그런 뜻은 아닐 것입니다. 아버지의 말씀에 의하면 외삼촌은 이모님을 무척 사랑하고 계속 사이좋게 지내기를 원했답니다. 왜냐하면 외삼촌의 혈육이라고는 이모님 한 분밖에 안 계시니 말입니다."

카퍼리언 노인이 말했다.

"프랑크린 도련님, 나는 도련님의 마음을 잘 알고 있습니다. 그럼, 이렇게 하시는 게 어떨까요? 그 황색 보석을 도련님이 잘 보관하고 계셨다가 그동안 무슨 괴이한 일이 일어나지 않으면 리젤 아가씨 생일 날 그때 아가씨에게 직접 드리면 좋겠습니다."

"그런데 리젤의 생일이 아직 4주일이나 남아 있지 않아요?

그 오랜 기간 동안 내가 그걸 갖고 있으려니 어쩐지 마음이 놓이지 않을 것 같아요. 말하지만, 지금 나도 이상한 인도 사람들의 추적을 받고 있지 않습니까?"

"그렇게 고민할 필요가 없습니다. 후리읍(장미별장 부근에 있는 작은 집) 은행에 보관해 두면 어떨까요?"

"그것 참 그럴듯한 방법이군요. 말을 한 필 빌려 곧바로 은행으로 달려가야겠습니다."

프랑크린은 불안한 마음을 안정시키고 모래 언덕에서 일어났다.

태양은 막 지평선 아래로 가라앉아 주위의 하늘은 황금빛으로 물들기 시작했다.

4. 모로코 담배

 카퍼리언 노인은 황색 보석에 관한 일들을 곰곰이 생각하며 걸어갔다.

그가 장미별장에 도착해서 보니 웰링턴 부인과 리젤 아가씨는 이미 후리즌읍에서 돌아와 있었다.

"카퍼리언, 무슨 일이에요? 안색이 썩 안 좋아 보이는데요."

웰링턴 부인은 카퍼리언 노인을 보자 관심있게 물었다. 카퍼리언 노인은 조금 놀랐지만 재빨리 대답을 했다.

"아마 광선 탓이겠죠. 그런데 부인께선 돌아오시는 길에 프랑크린 도련님을 만나지 않았어요? 도련님은 조금 전에 말을 타고 읍내로 가셨지요."

"프랑크린이 왔었다고 했어요? 그는 편지에 내일 이곳으로 온다고 했는데 무슨 일로 하루 빨리 왔지? 정말 이상하군."

웰링턴 부인은 이상한 눈빛으로 카퍼리언 노인을 쳐다보았다.

"그래요. 프랑크린 도련님은 리젤 아가씨가 보고 싶어 예정일보다 하루 일찍 오셨나 봐요."

카퍼리언 노인은 그렇게 말하며 빙그레 웃었다.

"그런데 곧장 이곳으로 오지 않고 읍내는 무슨 일로 갔지?"

"제 생각으로는 리젤 아가씨를 좀 더 빨리 만나기 위해서일 겝니다."

카퍼리언 노인은 차마 황색 보석 이야기를 할 수 없어 그렇게 얼버무렸다.

"오 어머니, 어떻게 하죠?"

리젤은 아무것도 모르고 기뻐서 웰링턴 부인의 손을 덥석 잡았다.

밤이 되어, 프랑크린도 후리즌읍에서 돌아왔다.

"그 일 어떻게 되었어요?"

카퍼리언 노인은 걱정스러운 듯이 작은 소리로 물었다. 프랑크린은 대수로운 일이 아니란 듯 말했다.

"걱정 마세요. 황색 보석은 은행 금고에 잘 맡겨 두었지요."

프랑크린은 그렇게 말하고 웰링턴 부인이 기다리고 있는 응접실로 갔다.

응접실에는 가스 불이 켜져 있어 리젤의 얼굴은 마치 왕자를 환영하는 백조공주처럼 무척 아름다웠다.

"오, 리젤! 너는 그림 속의 천사처럼 아름답구나."

"프랑크린 오빠도 멋진 선장처럼 준수해!"

"고마워. 그런데 보물섬은 아직 찾지 못했어."

프랑크린과 리젤이 반가움과 기쁨으로 가득 차 어쩔 줄 모르는 것을 보고 웰링턴 부인은 허무한 듯 웃으며 말했다.

"오느라 수고했다. 그런데 프랑크린, 이모에게는 언제 인사할 거야? 너희 둘밖에 아무도 없는 줄 아나 봐."

"오, 이모님이 옆에 계셨군요. 우리 이모님은 언제 보아도 아름다우셔서 나는 손님인가 했죠."

"저, 익살 좀 봐. 아무도 못 말려!"

"저는 사실대로 말했을 뿐이에요."

프랑크린은 웃으며 웰링턴 부인 앞으로 가서 공손하게 인사를 했다.

그때 마침 음식을 갖고 들어온 베네누프는 그 광경을 보고 웃느라 입을 닫지 못했다.

모든 것이 옛날과 같았다. 장미별장 사람들은 프랑크린을 가운데 두고 밤늦도록 이야기를 나누었다.

카퍼리언 노인은 그런 광경을 보니 마음이 놓여 혼자 베란다 쪽으로 걸어갔다.

밤은 아주 고요하고 하늘 높은 곳에 둥그런 달이 하나 걸려 있었다.

깊은 밤이라 주위는 조용했고, 먼 곳에서 바위에 부딪히는 파도 소리가 들렸다.

카퍼리언 노인이 서 있는 베란다는 집 그림자에 가리어 다른 곳에 비해 어두웠다. 그때, 갑자기 지붕 위에서 무언가 굴러내리는 소리가 들리더니 바로 카퍼리언 노인의 발 옆에 쿵! 하고 떨어졌다.

'무엇이 굴러떨어졌지? 이상한데……'

노인은 원래 조심성이 많은 사람이라 떨어진 물건을 바로 집지 않고 지팡이로 가까이 끌어당긴 뒤 자세히 보고 비로소 손으로 집어 올렸다. 그것은 먹물 병처럼 생긴 작은 유리병이었다.

'아니, 이건……'

카퍼리언 노인은 갑자기 얼굴색이 변했다. 그 작은 유리병은 낮에 몇 명의 인도마술사들이 마술을 부릴 때 검은 액체를 한 소년의 손바닥에 부을 때 사용한 그 병이 아닌가?

'분명 지붕 위에 그 이상한 인도 마술사들이 숨어 있는 게 틀림없어.'

카퍼리언 노인은 조용히 방안으로 들어갔다.

그는 마틴 사뮤엘을 불러 작은 소리로 명령했다.

"어서 지붕 위로 올라가서 이상한 사람들이 있는지 봐!"

마틴 사뮤엘은 카퍼리언 노인에게서 권총을 건네받은 뒤 재빨리 뒤쪽에 있는 사다리를 타고 고양이처럼 소리없이 지붕 위로 올라갔다.

지붕 위에는 달빛이 훤했다. 마틴 사뮤엘은 권총을 쥐고 여기저기 샅샅이 찾아보았다. 순간 굴뚝 뒤에서 이상한 그림자가 움직였다.

"누구냐?"

마틴 사뮤엘이 소리치자 굴뚝 그림자 속에서 시커먼 물체가 나오더니 재빨리 맞은편 지붕 위로 사라졌다.

탕!

사뮤엘이 재빨리 권총을 쏘았지만 아무런 반응이 없었다. 그는 굴뚝이 있는 곳으로 갔다. 바로 그때, 어디선가에서 씽~ 하는 소리와 함께 예리한 칼 한 자루가 날아와 사뮤엘의 오른팔 중간쯤에 꽂혔다.

"아얏!"

그 바람에 사뮤엘은 쥐고 있던 권총을 떨어뜨렸다. 권총은 지붕을 타고 굴러떨어졌다. 그는 즉시 왼손으로 칼을 뽑았다. 그리고 이상한 마술사 뒤를 쫓아갔다. 거의 지붕 끝까지 갔을 때 그는 생각했다.

'아무리 날쌘 마술사라 해도 더 이상 도망은 못 가겠지.'

왜냐하면 지붕 끝에서 다른 곳으로 갈 수가 없었다. 만약 그곳에서 넘어진다든지 떨어지면 뼈가 성치 않을 것이기 때문이다.

"움직이지 말고 손을 들어!"

사뮤엘은 칼을 쥔 왼손에 힘을 주었다. 바로 그 순간 그는 세상에서 가장 기이한 마술 한 장면을 볼 수 있었다. 궁지에 몰려 더 이상 도망칠 곳이 없었던 흑색 마술사는 갑자기 호주머니 속에서 밧줄 하나를 꺼내더니 휘익! 하고 공중으로 던졌다. 정말 믿을 수 없는 것은 그 밧줄이 마치 하나의 나무 막대기처럼 공중에 꼿꼿이 서는 것이 아닌가! 그리고 하늘에 떠 있는 둥근 달을 낚은 낚싯줄처럼 팽팽했다.

사뮤엘은 그 괴상한 광경에 넋을 잃고 말았다. 그리고 그가 한동안 멍하니 서 있을 때 마술사는 잽싸게 밧줄을 잡고 멀리 떨어져 있는 높은 담 밖으로 껑충 뛰어 그림자도 남기지 않고 사라졌다.

"그놈을 놓쳐버렸구나."

사뮤엘은 허탈감에 지붕 위에 오래 서 있을 수가 없었다. 그는 다리가 후들거리고 온몸에 힘이 빠져 재빨리 지붕에서 내려왔다.

카퍼리언 노인은 일찌감치 그곳에서 기다리고 있다가 걱정스런 얼굴로 물었다.

"어떻게 된 거야?"

"죄송합니다. 그놈을 놓쳐버렸습니다. 그놈은 역시 마술을 부리는 놈이라 기묘하게 밧줄을 이용하여 담벽을 뛰어넘고 어디론가 사라졌습니다. 그러나 멀리 가지는 못했을 것입니다. 제가 빨리 말을 타고 뒤쫓아가서 잡아오겠습니다."

사뮤엘은 화가 가라앉지 않아 씩씩거리며 말했다.

"그만 둬! 뒤쫓아가도 그놈을 잡을 수 없어. 먼저 네 팔의 상처나 치료해."

카퍼리언 노인은 무슨 생각인지 살금살금 베란다 쪽으로 갔다. 그때 프랑크린이 나왔다.

"노인, 조금 전 총소리가 들렸는데 혹시 그 흑색 마술사가 나타난 것이 아닌가요?"

"도련님, 이 병을 좀 보세요. 이건 바로 그들이 장미별장에 왔었다는 증거입니다. 그런데 부디 리젤 아가씨에게는 비밀로

하셔야 합니다."

"알았어요. 역시 그놈들이 왔다갔구나. 그들은 내가 은행 금고에 황색 보석을 맡기고 왔다는 걸 모르고 여기로 왔겠죠."

프링크린은 조금이나마 안심한 듯 미소를 지으며 응접실로 들어갔다.

그날 밤 다른 일은 일어나지 않았다.

날이 밝자 눈부신 햇빛을 받아 장미별장은 온통 행복한 웃음으로 가득 찼다.

오후, 카퍼리언 노인은 여느 때처럼 정원을 이리저리 둘러보며 꽃에 물을 주기도 했다.

그때, 그의 딸 베네누프가 달려와 이상한 이야기를 했다.

"아버지, 아버지, 정말 괴상한 일도 다 있지요?"

"무슨 일인데 그렇게 호들갑이냐? 지붕에서 고양이가 떨어지기라도 했느냐?"

"놀라지 마세요. 떨어진 것은 고양이가 아니라 마틴 사뮤엘이었어요. 그보다 더 이상한 것은 로산나입니다."

"뭐라 했느냐? 로산나에게 무슨 일이라도 생겼단 말이냐?" 카퍼리언 노인은 깜짝 놀라 그렇게 물었다. 왜냐하면 어제 해변에서 로산나의 행동이 너무 이상했기 때문이다.

베네누프는 작은 소리로 말했다.

"아버지, 제 이야기를 들어보세요. 오늘 아침에 있었던 일인데 리젤 아가씨가 로산나에게 프랑크린 선생이 쓸 방을 깨끗이 청소하라고 시켰죠. 로산나는 노래를 흥얼거리며 열심히 방청소를 하고 있는데 갑자기 프랑크린 선생이 들어왔죠. 그런데 이상한 것은 프랑크린 선생을 본 로산나의 얼굴색이 갑자기 변했다는 것입니다. 내가 마침 꽃병에 꽃을 꽂다가 보니 로산나의 얼굴은 곧 울음이 터질 것 같았고, 더 이상한 것은 그녀가 프랑크린 선생을 보고는 바로 밖으로 나가버렸다는 것입니다."

커퍼리언 노인도 알 수 없다는 듯 말했다.

"프랑크린 도련님이 혹시 로산나를 희롱한 것이 아닐까?"

"그건 아닐 거예요. 프랑크린 선생은 오로지 리젤 아가씨에게 홀랑 빠져 있어 다른 아가씨는 거들떠보지도 않아요."

"그럼, 네가 무슨 일이냐고 로산나에게 물어보지."

"로산나가 먼저 말해주지 않는데 제가 어떻게 물어봐요. 평소에 그는 저에게만은 할 말 안 할 말 다해주는데 오늘은 그게 아니었어요."

그렇게 말하는 베네누프는 기분이 썩 좋지 않은 것 같았다. 카퍼리언 노인은 은근히 걱정이 되었다.

"나도 모르겠는 걸. 프랑크링 도련님이 로산나에게 무슨 말을 했을까? 아니면 왜 그랬을까?"

"그런데 아버지, 프랑크린 선생도 이해할 수 없어요. 리젤 아가씨가 프랑크린 선생에게 '오빠, 이상한 담배를 피우고 있지? 그 냄새 지독해. 난 너무너무 싫어.'라고 말했죠. 그는 리젤 아가씨가 싫어한다는 말을 듣고 '이 담배 말인가? 이건 어느 날, 우리 배가 지중해를 항해하고 있을 때 어떤 모로코 선원이 나에게 준 것인데, 향은 좀 강하지만 자꾸만 피우게 되었어. 한번은 나도 끊으려고 했는데 담배를 끊으니 밤에 잠이 오지 않아 다시 피우게 되었단다. 그러나 리젤이 피우지 말라고 하면 피우지 않을 거야.'라고 하면서 옆에 있는 로산나에게 '이 담배를 모두 난롯불에 태워 없애버려요.' 하면서 주머니에서 담배를 몽땅 꺼내어 로산나에게 주었지요."

카퍼리언 노인은 고개를 끄덕이며 말했다.

"그런 일이 있었군. 그럼 로산나는 그걸 모두 난로 속에 집어넣었느냐?"

"그럼요. 바로 제가 보는 앞에서 모두 태워버렸죠."

"그랬다면 프랑크린 도련님이 무척 힘드셨겠구나."

카퍼리언 노인은 프랑크린이 그렇게 좋아하던 담배를 끊은 것에 동정하는 눈치였다.

"그렇게 쉬운 일이 아닐 텐데."

그는 가볍게 쓴웃음을 웃었다.

중독성이 강한 모로코 담배, 그 담배는 앞으로 있을 중대한 사건과 밀접한 관계가 있다. 그러나 카퍼리언과 프랑크린은 그것을 조금도 느끼지 못하고 있었다.

5. 쿠두오프리엘 중위

드디어, 웰링턴가의 장미별장에 즐거운 날이 왔다. 바로 리젤의 18번째 생일인 6월 21일이 되었기 때문이다. 아침에는 날씨가 무척 흐렸지만 오후 들어 차츰 맑게 개었다.

그런데 리젤은 자기 방에서 나오지 않았다. 몸이 불편한 것도 아닌데 응접실에 나오지 않고 프랑크린과 이야기만 하고 있었다.

장미별장의 도우미 십여 명은 여느 해처럼 리젤의 생일을 축하하기 위하여 며칠 전부터 준비하고 있었다.

그날, 카퍼리언 노인은 리젤이 내려오지 않아 장미별장 도우미 대표로 리젤의 방으로 갔다.

"리젤 아가씨, 빨리 내려오셔야죠. 많은 사람들이 기다리고 있어요."

카퍼리언 노인이 리젤의 방으로 가서 보니 프랑크린과 함께 그림을 그리고 있었다.

"아가씨, 오늘이 아가씨 생신이란 것을 잊으셨어요?"

카퍼리언 노인은 어이가 없어 문간에 한동안 멍하니 서 있었다.

"카퍼리언 노인, 어때요? 이 여신은 리젤을 닮지 않았어요?"

프랑크린은 카퍼리언 노인이 들어온 문을 가리키며 자신만만한 투로 물었다. 둘러보니 방문이란 문은 모두 그림이 그려져 있었다. 그것들은 동화 속에 나오는 괴수와 사랑의 여신 그리고 아름다운 신상과 꽃들 그리고 이집트 풍의 그림이었다.

카퍼리언 노인은 기가 막혀 쓴웃음을 지으며 말했다.

"모두 다 프랑크린 도련님의 걸작이죠?"

"아니오. 리젤과 저의 합작입니다."

"훌륭하긴 한데 페인트 냄새가 지독하여 이 늙은이는 견디기 힘들군요."

그때 리젤이 별것 아니라는 듯 말했다.

"카퍼리언 노인, 페인트 냄새 말인가요? 괜찮아요. 2~3일 지나면 날아간답니다."

카퍼리언 노인은 더 이상 두 사람과 잡담할 시간이 없음을 알고 리젤을 향해 말했다.

"리젤 아가씨, 오늘은 아가씨의 생신입니다. 많은 사람들이 아가씨에게 드릴 생일선물을 준비하여 기다리고 있습니다. 어서 아래층으로 내려가시죠."

"그런데 아직 그림을 그리고 있는 중인데 어떡하죠?"

"미안합니다. 제가 아가씨의 작업에 방해를 했군요. 용서하세요. 그런데 아래층에 많은 분들이 아까부터 아가씨를 기다리고 있습니다."

"오, 그래요? 정말 고마워라! 곧 내려갈게요."

리젤은 프랑크린을 향해 눈짓을 했다.

"함께 내려가!"

"그래. 내가 깜빡했네. 오늘이 다름 아닌 너의 생일이지? 내 정신 좀 봐. 중요한 것을 잊고 있었어."

프랑크린은 그렇게 말하고 붓을 내려놓은 뒤 리젤과 함께 일어섰다.

카퍼리언 노인은 앞서 응접실로 내려갔다. 그때 밖에서 말발굽 소리가 들렸다.

'누가 온 것인가? 아니야. 프랑크린 도련님이 리젤 아가씨에게 생일선물로 줄 황색 보석을 가지러 후리즌읍으로 달려가는 소리일 거야. 그에게 무슨 일이 없어야 할 텐데…….'

카퍼리언 노인이 이맛살을 찌푸리며 걱정을 하고 있을 때, 리젤이 드레스를 입고 내려왔다.

"리젤 아가씨, 생신 축하해요! 오늘 정말 아름다우세요."

모두들 리젤을 둘러싸고 축하의 말을 했다. 이어서 카퍼리언 노인의 딸 베네누프가 대표로 생일선물을 주었다.

"고마워요. 정말 훌륭한 선물이군요."

리젤은 여러 사람들이 보는 앞에서 받은 생일선물을 공개했다. 예쁜 브로치였다.

리젤은 그 브로치를 옷에 꽂고 물었다.

"어때요? 예쁜가요? 정말 마음에 들어요. 고마워요. 여러분!"

그때 심부름을 하는 로산나가 입을 열었다.

"리젤 아가씨, 오늘 정식으로 결혼선포를 하실 건가요?"

"결혼? 아, 몰라요."

결혼이란 말에 수줍어하는 리젤의 모습이 장미보다 더 아름답고 귀여웠다. 그때 베네누프도 한 마디 거들었다.

"아가씨, 숨기실 것 없잖아요. 아가씨에 관한 일은 이 베네누프가 다 알고 있는 걸요. 그렇죠? 아가씨는 이미 젊고 준수한 선장님과 약혼하셨잖아요."

"리젤! 리젤! 리젤!"

사람들이 박수를 치며 환호했다. 옆에서 지켜보고 있던 카퍼리언 노인은 사람들이 너무 예의없다고 생각했다. 리젤은 부끄러워 프랑크린에게라도 도움을 청할까 하고 주위를 둘러보았다.

"오, 프랑크린이 보이지 않네. 그는 도대체 어디로 갔지?"

리젤은 고개를 갸우뚱거리며 계속 프랑크린을 찾고 있었다.

카퍼리언 노인은 리젤 아가씨의 목소리가 떨리는 것을 느끼며 그 보석에 관한 이야기를 할까말까 망설이고 있었다.

그때 마침 웰링턴 부인이 안방에서 나왔다.

"내가 보니 조금 전에 프랑크린이 급히 말을 타고 나가더군."

"그가 말을 타고 나갔다고요?"

"아마 쿠두오프리엘 중위 마중을 갔겠죠."

"쿠두오프리엘 중위 오빠도 오세요?"

리젤의 말에 웰링턴 부인이 고개를 끄덕였다.

"응. 어제 런던에서 온 편지에 너의 생일을 축하하러 그의 여동생과 함께 온다고 했어."

"오, 여동생도 함께 온다고요? 나는 많은 사람들이 나를 위하여 신경쓰는 것은 싫어요."

리젤은 언짢은 듯 천천히 이층으로 올라갔다. 카퍼리언 노인은 난처한 듯 웰링턴 부인에게 말했다.

"쿠두오프리엘 중위가 어떻게 여기에 오십니까?"

웰링턴 부인은 미간을 찌푸리며 말했다.

"들리는 말에 의하면 그는 친위군 중위가 되어 런던에서 부녀자단체의 일을 열심히 한다는데 군인답지는 않아요."

"그래요. 나라를 위한 일보다 사회활동에 더 열심이군요."

"그의 아버지는 아직……. 아니 아니, 그의 여동생 캐롤라인은 어떻게 그런 사람에게 시집을 갔지. 그는 돌아가신 아버지가 그렇게 결혼을 반대했지만 결국 그 집으로 시집을 갔지요."

"전에 그가 구둣방을 했다지요?"

"그래요. 그 때문에 쿠두오프리엘은 아버지가 작위를 받을 때 말이 많았죠. 정말 안됐어요."

"그런데 쿠두오프리엘 중위는 죄가 없어요. 그는 좋은 점이 더 많은 사람이죠."

"카퍼리언, 조금 걱정스런 것이 있는데 쿠두오프리엘이 우리 리젤 이야기를 꺼낼지 모르겠네요."

"그건 걱정하지 마세요. 리젤 아가씨는 프랑크린 도련님께 빠져 있으니까요."

"기회를 봐서 그에게 한 번 말해주세요."

웰링턴 부인은 피로한지 옆에 있는 의자에 앉았다.

사실 쿠두오프리엘 중위는 프랑크린과 다른 점이 있었다. 프랑크린은 남자답지만 쿠두오프리엘은 어딘가 여자 같은 유약한 면이 있어 웰링턴 부인은 그 점이 마음에 들지 않았다. 그러나 그 역시 리젤의 사촌오빠이면서 젊고 뛰어난 군관이었다.

한편, 카퍼리언 노인은 저녁에 있을 연회를 위하여 도우미들에게 일을 시키고 있었다.

"다들 모자람이 없도록 하시오. 음식은 풍족하게 준비하고 장식도 예쁘게 달아야 해요."

도우미들은 카퍼리언 노인의 말에 따라 열심히 연회 준비를 했다.

시간이 얼마나 지났는지 어느새 서쪽 하늘이 발갛게 물들고 창문의 커튼이 황갈색으로 변하여 바람이 불 때마다 황금물결이 일렁이는 것 같았다.

그때, 멀리서 따그락따그락 말발굽 소리가 들렸다. 카퍼리언 노인은 급히 정원으로 나갔다. 웰링턴 부인의 말대로 프랑크린과 쿠두오프리엘 그리고 그의 여동생이 말을 타고 왔다.

"모두들 안녕하시오!"

쿠두오프리엘은 역시 예의가 발랐다. 웰링턴 부인에게는 말할 것 없고 도우미 로산나에게도 인사를 했다.

"모두 바쁘실 텐데 저희들을 맞이하러 나와주셔서 대단히 감사합니다."

쿠두오프리엘은 나온 사람들과 일일이 악수를 했다.

"이모님, 그동안 잘 계셨죠? 그런데 리젤은 안 보이네요. 리젤에게 빨리 생일 축하를 해야지."

쿠두오프리엘 중위는 여동생을 응접실에 남겨두고 혼자 리젤의 방으로 올라갔다. 그것을 본 프랑크린은 눈살을 찌푸리며 호주머니에 손을 넣었다. 그러나 담배는 없었다. 리젤과 세 가지 약속을 한 뒤로 모로코 담배는 피우지 않겠다고 모두 버렸기 때문이다. 프랑크린은 갈수록 마음이 불안했다.

그는 더 이상 참을 수 없었던지 쿵쿵 발자국 소리를 내며 베란다 쪽으로 갔다. 카퍼리언 노인은 걱정이 되어 그의 뒤를 따라 갔다. 프랑크린은 베란다 한구석에 머리를 싸안고 쭈그려 앉아 있었다.

"프랑크린 도련님, 왜 그러세요? 안색이 무척 안 좋군요."

"아, 카퍼리언 노인, 내가 모로코 담배를 끊어서 그런지 그날부터 밤에 잠을 이룰 수 없어요. 머리가 터질 듯 아파요."

"머리 아파할 것 없어요. 참아야 해요. 오, 그래요. 프랑크린 도련님, 조금 전에 황색 보석을 찾으러 후리즌에 가시지 않았습니까?"

"그걸 왜 물어보세요?"

"왜냐하면 나도 마음을 놓을 수 없거든요. 그런데 도련님은 왜 쿠두오프리엘 오누이와 함께 오셨어요? 도련님이 그들을 맞이하러 가지 않으면 안 될 일이라도 있나요?"

카퍼리언 노인은 무슨 꼬투리라도 찾아내겠다는 듯 프랑크린을 빤히 쳐다보았다. 프랑크린이 말했다.

"그들을 도중에서 만났어요. 후리즌 은행에서 보석을 찾아오는 길에서 그들을 만났지요?"

"그 두 사람 외 다른 사람은 만나지 않았습니까?"

"그 인도 마술사 말인가요? 노인이 말한 흑색 마술사는 어디에도 보이지 않았어요. 보세요. 황색 보석이 내 품속에 그대로 있지 않아요. 그래, 지금 바로 리젤에게 주어야지. 카퍼리언 노인, 미안하지만 이모님을 즉시 리젤의 방으로 모시고 와주시겠어요?"

갑자기 프랑크린의 눈이 반짝였다. 그는 리젤의 방으로 달려갔다. 프랑크린이 리젤의 방문을 열고 보니 쿠두오프리엘 중위와 리젤이 이야기를 하고 있었다.

쿠두오프리엘이 상자를 풀면서 말했다.

"생일 축하해. 이건 내가 준비한 선물이야. 어서 받아 봐."

"와! 정말 아름다운 함이로구나."

리젤은 너무나 기뻐 눈을 동그랗게 뜨며 웃었다. 그것은 자개로 장식된 중국제 아름다운 작은 함이었다.

그때, 웰링턴 부인과 커퍼리언 노인이 들어왔다. 프랑크린은 그들 두 사람을 기다린 듯 웃으며 말했다.

"리젤, 너에게 줄 것이 있어. 그런데 이것은 내가 주는 것이 아니고 얼마 전에 돌아가신 행크스 대위가 친애하는 리젤의 생일선물로 전해주라고 한 거야. 이모님도 와서 보세요. 이 황색 보석이 어때요?"

프랑크린은 마치 바다갈매기의 알처럼 큰 황색 보석 즉 달신의 보석을 조심스럽게 리젤의 손에 쥐어주었다.

"어머! 이 황색 보석!"

리젤은 잠시 숨을 멈추고, 눈도 한 번 깜빡하지 않고 손바닥 위에 놓인 보석을 뚫어져라 보았다.

"아, 정말 아름다운 보석이네."

언제 왔는지 쿠두오프리엘 중위의 여동생이 뒤에서 보고 감탄을 했다. 그녀의 눈빛은 그 황색 보석 위에서 떠날 줄 몰랐다.

"그 귀한 것을 리젤에게 주려고?"

웰링턴 부인은 떨리는 목소리로 물었다. 창밖에는 교교한 달빛이 대지를 환하게 비추고 있었다.

6. 만찬의 손님

만찬 시간이 되었다.

그날 밤, 리젤의 생일을 축하하기 위하여 온 손님은 모두 24명이었다. 그러나 이야기와 깊은 관계가 있는 사람은 두 명밖에 없었다.

그날 밤, 리젤이 정장 차림으로 축하객 앞에 나타났을 때 카퍼리언 노인은 깜짝 놀라 자신도 모르게 외마디 소리를 지를 뻔했다.

"아니, 저걸 어떡하지?"

실은 웰링턴 부인도 그렇게 걱정을 했지만 리젤은 조금도 개의치 않고 그 황색의 보석을 목에 걸고 나타난 것이었다.

"아가씨는 아무것도 모르시나 봐요. 그러니 저렇게 목에 걸고 나왔겠죠."

카퍼리언 노인은 그 황색 보석이 마음에 걸리어 작은 소리로 웰링턴 부인의 귀에 대고 말했다.

다행히 손님들은 그 보석이 어떤 것인지도 모르고 있었다. 다만 그 보석이 정말 아름다워 모두 한 마디씩 감탄하기에 바빴다.

그런데 후리즌에서 온 의사 칸디는 뻔뻔스럽게 안경을 벗었다 꼈다 하며 그 황색 보석을 이리저리 보며 말했다.

"리젤 아가씨, 그 보석을 나에게 넘길 수 없겠어요? 그걸 가스불에 한번 대어보고 싶군요."

리젤이 이상하다는 듯 물었다.

"왜 보석을 불에 대어보고 싶어하십니까? 보석도 불에 탑니까?"

의사 칸디가 웃으며 말했다.

"보석이라도 가짜는 열을 가하면 천천히 빛을 잃고 마지막에는 종적도 없이 사라지지요. 그러나 그 보석은 진짜인 것 같아 그런 걱정은 안 하셔도 될 것 같습니다. 잘 보관하십시오. 귀찮겠지만 은행의 금고 속에 넣어두면 안심이죠. 하하하!"

의사 칸디는 농담 비슷하게 말해놓고 밝게 웃었다.

그런데 옆에서 듣고 있던 프랑크린은 못마땅한 표정으로 그를 노려보고 있었다.

"다들 마음껏 마시고 즐기세요."

웰링턴 부인은 기분이 좋아 손님들 사이를 오가며 술과 음식을 권했다. 그녀는 갑자기 카퍼리언 노인 곁으로 가서 작은 소리로 물었다.

"카퍼리언, 저 의사의 말이 어때요?"

"예. 어떤 책에 쓰인 이야기 같아요. 그런데 누가 그런 짓을 하겠어요?"

웰링턴 부인이 걱정스러운 듯 말했다.

"저 호기심 많은 리젤이 그걸 믿고 실험이라도 한다면 어떻게 하지?"

"설마 그런 일이 있겠어요?"

카퍼리언 노인은 웰링턴 부인의 속뜻을 알 수 없었다. 그녀는 리젤의 가슴에서 반짝이는 황색 보석을 보고 또 보았다.

그때 카퍼리언 노인은 놀라운 말에 귀를 기울였다.

"리젤 아가씨, 만약 인도에 여행갈 기회가 있다면 그 보석을 갖고 가시면 안 됩니다. 인도 사람들은 그 보석을 신처럼 여기고 있기 때문이죠. 내가 아는 한 성의 사원에 지금 아가씨처럼 황색 보석으로 치장하고 나타난다면 바로 살해당할지도 몰라요."

카퍼리언 노인은 그 말에 온몸이 갑자기 얼어붙는 것 같았다. 그는 그걸 꾹 참고 그 사람을 뚫어져라 보았다. 더욱 놀라운 것은 리젤에게 그렇게 말하고 있는 사람은 바로 인도 탐험가로 이름이 나 있는 마사이틀 선생이었다. 아마도 그는 인도를 유랑할 때 달신의 황색 보석 이야기를 들은 것 같았다.

"큰일이야. 저걸 어쩌지?"

카퍼리언 노인이 어떻게 해야할지 모르고 있는데 뜻밖에 당사자인 리젤이 천진난만하게 물었다.

"마사이틀 선생님, 이 보석을 갖고 있는 사람은 왜 살해당할 위험이 있지요? 그 이유를 들려줄 수 있겠어요?"

리젤이 그렇게 묻자 마사이틀 선생은 사실대로 말하지 않을 수 없었다. 그런데 의외로 마사이틀 선생은 흥미로운 듯 주위를 한번 둘러보고 작은 소리로 말했다.

"아가씨, 그 보석은 유명한 달신의 보석이기 때문이죠. 인도의 바라문 교도들은 벌써 몇 대째 그 보석이 어디에 있는지 찾고 있는 중이랍니다."

"오, 이 황색 보석이 그렇게 중요한 것인가요?"

"중요하다 뿐이겠습니까? 그 보석은 그들이 가장 존경하는 신상의 이마에 박혀 있던 것이랍니다."

"그런 보석이 어떻게 저의 손에까지 오게 되었죠?"

리젤은 신기하다는 듯 황색 보석을 만져 보았다.

"그건 나도 잘 모르겠습니다만 들리는 소문에 의하면 그 황색 보석을 외국 사람에게 도둑맞았는데 누가 언제 그것을 훔쳐갔는지 모른다는 것입니다."

카퍼리언 노인은 혹시라도 요한 행크스 대위의 이름이 나올까 봐 식은땀을 쥐고 있었다.

다행히 마사이틀 선생은 요한 행크스 대위와 황색 보석의 얽힌 사연을 모르는 것 같아 카퍼리언 노인은 마음을 조금 놓았다.

마사이틀 선생의 이야기는 생각지도 않은 논쟁 때문에 거기서 끝이 났다.

그건 다름 아니라 의사 칸디와 프랑크린 사이에 일어난 괴상한 논쟁이었다.

그 발단은 프랑크린이 금연을 한 뒤 밤마다 잠을 이룰 수 없었다는 것에서 시작되었다.

의사 칸디가 말했다.

"당신의 신경은 이미 정상이 아니군요. 가장 좋은 방법은 즉시 약을 복용하는 것입니다."

프랑크린이 말했다.

"안 됩니다. 약을 먹고 잠을 자면 뭘 합니까? 또 다른 병을 일으킬지 모르잖습니까?"

"절대로 그렇지 않습니다. 의사의 처방대로 약을 쓴다면 아무 문제될 것 없습니다."

프랑크린이 믿을 수 없다는 듯 말했다.

"다른 약은 의사 선생님 말씀이 옳을지 몰라도 불면증에 수면제를 먹고 잠을 잔다면 그건 진정한 잠이 아니지요. 나의 신경은 밤새도록 어둠 속을 헤매다 아침이면 끝이 납니다."

"정말 말도 안 되는 소리를 하시는군요. 의사의 말을 믿어봐요. 의사가 신경 써서 처방한 약은 그런 바보 같은 일이 일어날 수 없습니다. 안심하시고 내가 처방한 약을 한번 써보세요. 당신은 오늘 밤부터 단잠을 잘 것입니다. 내가 보증합니다."

의사 칸디의 자신 있는 말에도 프랑크린은 고개를 내저었다.

"호의는 고맙습니다만 약은 먹고 싶지 않습니다. 나는 장님에게 나의 손을 맡기고 싶지 않으니까요."

"뭐, 뭐라고 하셨어요? 내가 장님이라고요?"

두 사람이 얼굴을 붉히며 말싸움을 하고 있을 때 뜻밖의 일이 일어났다.

갑자기 베란다 쪽에서 이상한 북소리가 둥둥! 하고 울렸다.

"저 북소리는……?"

카퍼리언 노인은 너무 당황하여 하마터면 쥐고 있던 포도주

잔을 떨어뜨릴 뻔했다.

카퍼리언 노인이 축하객들을 향해

"너무 놀라지 마시오. 제가 한번 나가보겠습니다."

하고 고개를 갸우뚱거리며 빠른 걸음으로 나갔다. 카퍼리언 노인은 만약 그 소리가 흑색 마술사의 북소리라면 빨리 무슨 수를 써서라도 쫓아버려야겠다고 생각했다.

그런데 카퍼리언 노인이 베란다에 가서 보니 아니나 다를까 쿠두오프리엘의 여동생이 영국 소년을 데리고 다니는 세 명의 인도 마술사를 불러 마술 구경을 하고 있었다.

"결국 일을 저질렀군!"

그때는 이미 늦었다. 카퍼리언 노인은 온갖 경험을 다한 나이 많은 노인이지만 지금에 와서 하고 있는 마술을 그만두라고 말할 수 없었다. 왜냐하면, 쿠두오프리엘 중위가 이미 축하객들을 베란다로 다 불러내었기 때문이다. 그뿐 아니라 리젤도 그들처럼 아무렇지도 않은 듯 프랑크린과 어깨를 나란히 하여 앞쪽에 서서 구경을 하고 있었다.

카퍼리언 노인은 차라리 그런 광경을 보지 않았더라면 좋았겠다 생각했다.

그는 모든 사람들을 거실로 되돌아가게 할 수 없는 것이 안타까웠다. 왜냐하면, 리젤의 가슴에 달린 황색 보석이 달빛을 받아 마치 마신의 눈빛처럼 찬란하고 눈부신 빛을 내고 있었기 때문이다. 카퍼리언 노인의 겨드랑이에는 식은땀이 흥건했다. 그는 흑색 마술사가 불쑥 베란다로 뛰어올라 예리한 단검을 휘두를까 몹시 걱정되었다.

'나 혼자라도 정신을 바짝 차리고 있어야지.'

그는 마술사가 어떤 절묘한 마술을 부리더라도 그것에 정신을 팔지 않았다. 그러나 마술이 진행될 때 크고 작은 박수 소리는 그의 귀에 들렸다.

그때 불가사의한 일이 또 발생했다.

어느 틈에 갔는지 인도 탐험가 마사이틀 선생이 정원으로 내려가 마술사 뒤로 다가가고 있는 것이 아닌가. 카퍼리언 노인은 깜짝 놀랐다. 그는 잽싸게 베란다에서 내려가 마사이틀 선생에게 달려갔다.

"마사이틀 선생님, 마사이틀 선생님!"

그러나 이미 늦었다. 마사이틀 선생은 갑자기 카퍼리언 노인이 알아듣지 못하는 인도 말로 흑색 마술사와 이야기하고 있었다.

그때 키가 가장 큰 인도 사람이 갑자기 위로 껑충 뛰었다. 그는 마치 칼에 찔린 듯 아얏! 하고 몸을 떨었다. 그러나 마사이틀 선생은 계속 인도 말로 이야기하며 웃기도 했다. 그런데 인도 사람의 얼굴이 점점 창백해지는 것이 아닌가. 구경하는 사람들도 그것을 보고 고개를 갸우뚱거렸다.

"갑자기 왜 저러지?"

사람들이 모두 이상하게 생각하고 있는데 인도 사람은 마사이틀 선생에게 공손하게 절을 한 뒤, 베란다에서 구경하고 있는 웰링턴 부인 쪽으로 손을 흔들었다.

"저희들 마술은 이것으로 모두 끝났습니다. 끝까지 봐주셔서 감사합니다."

그는 그렇게 말한 뒤, 곁에 서 있는 영국 소년에게

"모자를 벗어 한 바퀴 돌아라."

하고 말했다. 사람들이 모자에 돈을 던져주자 그들은 도망치듯 어둠 속으로 사라졌다.

카퍼리언 노인은 그제서야 한숨을 내쉬었다. 그는 한동안 흑색 마술사가 사라진 쪽을 보고 있다가 거실로 되돌아갔다. 거실에 들어서자 마사이틀 선생이 오랫동안 기다렸다는 듯이 말했다.

"카퍼리언 노인, 조금 전에 마술을 부리던 그 인도 사람은 단순한 재주꾼이 아니더군요."

그는 새로운 것을 발견한 듯 카퍼리언 노인을 보고 말했다.

"그렇다면……?"

카퍼리언 노인은 마사이틀 선생이 무슨 말을 하려는지 알 수 없어 그를 빤히 쳐다보았다.
　"아, 아니에요. 오늘 밤에 그들을 처음 만났지만 인도 마술에 관해서는 내가 잘 알고 있죠. 조금 전 그들이 우리들에게 보여준 것은 가장 바보스런 수법에 지나지 않아요."
　"그럼, 그 인도 사람들이 왜 왔죠?"
　마사이틀 선생이 말했다.
　"만약 나의 눈이 틀리지 않았다면 그들은 분명 바라문 교도들일 것입니다. 상류계급인 바라문 말입니다. 조금 전에 카퍼리언 노인도 보셨잖아요. 내가 그들의 꿍꿍이속을 알아냈을 때 그들이 얼마나 당황하던가요? 깜짝 놀라 얼굴이 새하얗게 변하죠?"
　카퍼리언 노인이 한 걸음 다가서며 물었다.
　"마사이틀 선생님, 그 인도 사람들이 도대체 무엇 때문에 변장을 하고 영국으로 들어왔죠?"
　"오, 그게 바로 우리가 알고자 하는 것이 아닙니까? 그 상류계급의 사람들이 변장을 하고 영국으로 왔다는 것은 틀림없이 무슨 중요한 사명을 띠고 있을 것입니다. 그 사명은 아가씨가 갖고 있는 그 황색 보석을 빼앗아가려고 어슬렁거리는 거겠죠. 어때요. 내 말이?"

마사이틀 선생은 리젤의 가슴에서 찬란한 빛을 내고 있는 황색 보석을 가리키며 가볍게 담배 파이프에 불을 붙여 한 모금 쭉 빨았다가 연기를 내뿜었다.

그 사이 먹구름이 밝게 비치는 달을 가리자 사방이 깜깜했다.

"마사이틀 선생, 방금 하신 이야기 다시 상세하게 들려줄 수 있겠습니까?"

언제 왔는지 프랑크린이 그들 두 사람 뒤에 서 있었다.

"프랑크린 선생이군요. 조금 전 이야기는……."

"당신의 황색 보석 말이군요."

"그것은 바라문 교도들이 신봉하고 있는 마신의 이마에 박혀 있던 보석입니다. 아름다움의 극치이지요. 아마 이 세상 어디에서도 찾아볼 수 없는 그런 보석이지요."

프랑크린이 웃으며 말했다.

"그걸 가로채 가려고 그들이 온 것이겠지요?"

프랑크린은 그제서야 요한 행크스 대위와 황색 보석에 얽힌 복잡한 이야기를 마사이틀 선생에게 들려주었다. 마사이틀 선생은 그 이야기를 다 듣고 나서 말했다.

"프랑크린 선생, 당신은 정말 운이 좋군요. 보통 사람 같으면 런던의 은행에서 나와 한 발자국 떼기 전에 죽음을 당했을 거요.”

프랑크린은 미소를 지으며 말했다.

“다행하게도 나는 며칠 전에 일이 잘 안 풀릴 예감이 들어 오기로 한 날보다 하루 앞당겨 이곳으로 왔지요.”

“그렇게 한 것이 정말 다행이었어요. 그런데 후리즌에서 이곳까지 오는 길은 아주 한적한데 그들이 어떻게 손을 쓰지 않았을까요?”

마사이틀 선생은 신기하다는 듯 프랑크린을 보았다.

“그것도 내가 운이 좋았기 때문이죠. 나는 도중에 사촌 형을 만나 네 사람이 마차 한 대를 빌려 타고 왔죠.”

“프랑크린 선생, 당신은 행운의 사나이입니다. 나도 이번에 런던으로 갈 때 당신처럼 운이 좋은 사람과 함께 갔으면 좋겠습니다.”

마사이틀 선생은 큰소리로 유쾌하게 웃었다. 옆에서 잠자코 듣고 있던 카퍼리언 노인이 참을 수 없다는 듯 물었다.

“마사이틀 선생님, 앞으로 어떻게 하면 좋을까요? 정말 앞으로 일어날 일이 걱정되는군요. 마음이 놓이질 않습니다.”

“노인이 괴로워하는 것도 이해할 수 있습니다. 왜냐하면 그들은 우리가 꽃을 꺾듯이 눈깜짝할 사이에 사람의 목숨을 앗아 갑니다. 그래요. 조금 전에 프랑크린 선생이 말한 것처럼 그 보석을 산산조각으로 부수어 버리는 것입니다. 그렇게 하면 그들도 더 이상 보석을 찾겠다고 뒤쫓아다니지 않을 거니까요. 이 세상에 없는 보석을 왜 찾으며, 사람을 왜 죽이겠습니까?"

프랑크린이 말했다.

"그래요. 그 방법밖에 없을 것 같아요. 내일 아침에 이모님께 말씀드린 뒤, 사람을 시켜 암스텔 보석상으로 보내야겠어요. 그런데 그 귀중한 보석을 부수어 가루를 내어 버리는 것보다 몇 조각으로 나누는 것도 생각해 볼 문제예요. 그럼, 마신의 보석으로서 신비함은 없겠지만 아름다움은 사라지지 않겠죠."

마사이틀 선생이 고개를 끄덕이며 말했다.

"이렇게 하면 어떨까요?"

"무슨 다른 방법이 또 있어요?"

"다른 방법이 아니라, 내일까지 기다릴 것 없이 오늘 밤에 바로 결정한 대로 하는 것이 어떨까요? 내 생각에는 그들은 오늘 밤 어떤 방법으로든 손을 쓸 것 같아요."

카퍼리언 노인이 말했다.

"그럼, 지금 바로 개들을 집 주위와 정원에 풀어놓는 게 좋겠군요."

그러자 마사이틀 선생이 웃으며 말했다.

"노인장, 그렇게 긴장하고 무서워할 것까지는 없습니다. 보세요. 밖에는 비가 오기 시작했습니다. 그들이 빗속으로 오겠습니까?"

조금 전만 해도 달을 가리고 있던 구름이 어느새 비를 뿌리기 시작했다. 그곳은 바다가 가까워서인지 비는 점점 많이 내렸다. 그러나 시간은 벌써 오래되어 생일 축하객들은 비가 내리지만 각자의 집으로 돌아가려고 서둘렀다.

"이렇게 좋은 날 비가 내리다니."

사람들은 내리는 비가 반갑지 않은 듯 모두 한 마디씩 했다. 그리고 돌아갈 준비를 했다.

프랑크린과 격렬한 말다툼을 한 후리즌에서 온 의사 칸디도 서둘러 문간으로 나갔다.

"칸디 선생님, 비가 오는데 어떻게 가시죠?"

프랑크린은 의사 칸디 선생이 비옷도 우산도 없이 말 위에 오르는 것을 보고 그렇게 물었다. 뜻밖에 의사 칸디는 쓴웃음을 지으며 말고삐를 잡았다.

"프랑크린 선생, 내 걱정을 해주어 고맙소. 나는 가끔 빗물로 목욕하는 것을 좋아한답니다. 그것도 멋이죠. 괜찮아요. 조금도 염려하지 마시오. 의사의 피부는 비 올 때는 비옷이고 햇볕이 날 때는 양산과 같지요."

의사 칸디는 그렇게 말한 뒤 이랴! 어서 가자! 하고 채찍을 들어 말 엉덩이를 쳤다. 말은 깜짝 놀라 앞발을 치켜들더니 빗속으로 뚜벅뚜벅 걸어갔다.

프랑크린은 마치 귀중한 물건을 잃은 듯 문간에 서서 의사 칸디가 장미별장을 떠나 비 오는 어둠 속으로 사라지는 것을 보고 있었다.

"아~"

그는 갑자기 눈꺼풀의 무게를 느끼며 길게 하품을 했다.

7. 한밤중의 괴상한 도둑

 리젤의 생일축하 파티를 마친 뒤, 손님들은 한 명씩 각자의 집으로 돌아갔다. 늦은 밤, 어둠 속으로 비는 추적추적 내리고 바람까지도 불었다.

마지막까지 남아서 카퍼리언 노인과 이야기를 나누던 탐험가 마사이틀 선생도 떠났다. 이제 거실에 남은 사람은 웰링턴 집안 사람들 뿐이었다. 그렇게 많은 사람들이 떠난 자리라서 그런지 큰 구멍이 뚫린 듯 허전하고 적막했다.

바깥의 빗소리가 더욱 크게 들렸다.

"아, 피로해!"

쿠두오프리엘 중위가 중얼거리면서 계속 포도주를 혼자 따라 마셨다. 그의 곁에는 프랑크린이 계속 하품을 하며 물 먹은 솜처럼 축 처져 의자에 비스듬히 앉아 있었다. 그는 사람들의 이야깃소리가 듣기 싫은 듯 두 손으로 슬며시 귀를 막았다.

"이제 방으로 들어가 자야지!"

웰링턴 부인은 침실 쪽으로 걸어갔다.

"어서 들어가 자거라."

웰링턴 부인이 쿠두오프리엘 중위의 여동생에게 인사를 하고 침실로 들어가려는데 황색 보석을 그대로 가슴에 걸고 있는 리젤이 옆에 서 있었다. 그녀는 걱정스런 표정으로 딸에게 말했다.

"리젤, 오늘 밤 그 황색 보석을 어디에 두려 하느냐?"

리젤은 여전히 밝은 표정으로 말했다.

"글쎄요. 어디가 좋을까? 방안 경대 위에 두는 것이 좋겠군요. 그런데 어둠 속에서도 환한 빛을 낸다고 하니 잠을 자다 보고 놀랄지도 모르겠어요. 그래요. 인도제 옷궤에 넣어두는 것이 가장 좋겠군요. 왜냐면 이 황색 보석도 인도에서 갖고 온 것이니까 말이에요. 그렇죠, 어머니?"

웰링턴 부인이 고개를 갸우뚱하며 물었다.

"어느 옷궤 말이냐? 인도제 옷궤는 자물쇠가 없는데 그래도 괜찮겠니?"

웰링턴 부인은 혹시라도 무슨 일이 생길까 봐 걱정이 되었다.

"어머니, 꼭 자물쇠가 있어야 하나요? 장미별장은 여관이 아니에요. 어머니는 이 별장에 도둑이 숨어 있다고 생각하세요? 그냥 놔두어도 괜찮아요."

리젤은 웃으며 그렇게 쏘아붙였다.

웰링턴 부인은 다른 사람이 있어 감히 말도 못 하고 리젤에게만 들리게 작은 소리로 말했다.

"물론 그런 일이 있을 수 없지. 그러나 조심하여 나쁜 것은 없어. 보아하니 너도 피로한 것 같은데 가서 자고 오늘 밤만은 내가 대신 보관했다가 줄게."

"그건 안 돼요. 저의 것은 제가 챙길 거예요. 이제 저는 아이가 아니에요. 아마 여기 있는 사람들은 오늘 밤 제가 누구와 약혼할지 눈치를 챌 거예요."

그 말에 사람들은 깜짝 놀랐다. 그들은 프랑크린과 쿠두오프리엘 중위를 번갈아 보며 고개를 갸우뚱거렸다. 그리고 리젤의 작고 예쁜 입술을 보았다.

"리젤, 약혼을 한다고? 상대는 누군데?"

웰링턴 부인의 얼굴이 조금 변했다. 그러나 리젤은 아무렇지도 않은 듯 프랑크린 곁으로 다가갔다. 그리고 조용히 프랑크린의 손을 잡으며 말했다.

"바로 이분이에요. 나의 사촌오빠 프랑크린이에요. 어머니, 설마 안 된다고 하시지는 않겠지요?"

리젤은 밝게 웃었다. 순간 쿠두오프리엘 중위가 들고 있던 찻잔이 떨어졌다. 쨍그랑! 소리가 사람들의 숨을 멈추게 했다. 다행히 다른 일은 없었다.

"리젤, 축하해."

맨 먼저 입을 연 사람은 역시 쿠두오프리엘 중위였다. 그는 조금 전 못마땅한 심성을 숨기기 위하여 억지로 웃으며 프랑크린의 어깨를 툭툭 쳤다.

"프랑크린, 너는 행운아야. 결혼식에는 나를 꼭 초청해줘."

모두들 축하의 분위기였지만 당사자인 프랑크린은 그렇게 기쁘지 않은 것 같았다. 프랑크린은 못마땅한 일이 있는지 슬며시 리젤의 손을 놓고 창밖의 어두운 곳을 보았다.

웰링턴 부인은 작은 소리로 말했다.

"리젤, 축하해. 엄마는 네가 행복하게 지낸다면 더 이상 바랄 것이 없겠어. 오늘은 시간이 많이 늦었다. 내일 다시 이야기하자. 그래. 꼭 할 말이 있으니 내일 아침 날이 밝으면 바로 나의 방으로 와다오."

웰링턴 부인은 다정하게 말한 뒤, 안쪽에 있는 자기 방으로 건너갔다.

리젤은 쿠두오프리엘 중위의 여동생과 베네누프 등 장미별장 여자들에게 둘러싸여 한바탕 축하인사를 받은 뒤에 베네누프와 함께 2층 자기 방으로 올라갔다.

남은 사람은 카퍼리언 노인과 두 명의 청년뿐 다들 신비한 표정으로 거실에 그대로 앉아 있었다. 그때 쿠두오프리엘 중위가 껄껄 웃으며 프랑크린에게 다가가 브랜디 잔을 내밀었다.

"프랑크린, 힘이 없어 보이는군. 얼굴색이 안 좋아. 자 이 브랜디를 한잔 마시고 힘을 좀 내라구."

프랑크린은 손을 내저었다.

"오늘 너무 많이 마셨어. 지금 머리가 깨어질 것 같아. 요즘 밤에 통 잠을 못 잤어."

"그러니까 좀 마셔야지. 마시면 잠이 잘 올 거야."

"됐어. 형마저도 그 엉터리 의사처럼 약을 권하려 하는 거야?"

"야, 이건 약이 아니라 술이야. 너는 담배를 끊은 것이지 술을 끊은 것은 아니잖아?"

"그것이나 이것이나 다 똑같아."

"정말 알다가도 모를 사나이로구나."

적지 않게 마신 쿠두오프리엘 중위는 브랜디 병을 나꿔채듯 빼앗아 비틀거리며 자기 방 쪽으로 걸어갔다. 그는 무슨 말인지 모를 말을 계속 중얼거리고 있었다.

프랑크린은 쿠두오프리엘 중위가 가는 것을 보고서야 마음이 놓이는 듯 깊은 한숨을 쉰 뒤, 카퍼리언 노인 곁으로 갔다. 그는 피로에 지쳐 몸이 축 늘어져 있었지만 두 눈만은 의외로 반짝였다.

"카퍼리언 노인, 그 이상한 탐험가 마사이틀이 한 이야기를 믿어요?"

"예. 그 마사이틀 선생은 좀 어눌하게 보이지만 아주 유명한 탐험가입니다. 다른 것은 모르지만 인도에 관한 것은 그를 믿을 수밖에 없죠. 인도에 관해 가장 많이 아는 사람이니까요."

"노인의 말씀도 옳아요. 그런데 탐험가란 사람 중에는 미신을 믿는 사람이 많아요. 꽤요. 그가 말한 것은 진실일지도 몰라요. 그런데 의심스런 것은 그 인도 마술사들이 왜 목숨을 걸고 보석을 찾으려 하는 건가요?"

"프랑크린 선생, 저번 일이나 오늘 있었던 일도 모두 그 흑색 마술사들이 황색 보석을 찾아가겠다는 것 때문에 일어났죠."

프랑크린이 카퍼리언 노인을 빤히 쳐다보며 물었다.

"그래서 노인은 사냥개를 풀어놓아야 한다고 했군요."

"그래요. 개들을 사방에 풀어놓아야 안심이 됩니다."

"마음대로 하세요. 아, 정말 피로하다. 그러나 침대에 누우면 또 뜬눈으로 날을 새겠지요."

"그렇게 고통스러운데 왜 애써 담배를 끊으셨어요?"

"아, 노인은 내 마음을 모를 거예요. 베네누프에게 물어보세요."

프랑크린은 그렇게 말하고 2층 자기 방으로 올라갔다.

카퍼리언 노인은 프랑크린이 간 뒤 마틴 사뮤엘을 불렀다.

"사뮤엘, 무서운 개 두 마리를 풀어놓아라. 혹시 도둑이 들어올지 몰라. 그리고 시간마다 한 번씩 직접 순찰을 해."

사뮤엘은 알겠다는 듯 고개를 끄덕이고 나갔다.

"이제야 일을 다 끝낸 것 같군. 오늘 밤도 아무 일이 없었으면 좋을 텐데."

카퍼리언 노인은 대청에 켜진 가스등을 끈 뒤 자기 방으로 가서 딱딱한 침대 위에 누웠다.

너무 피로해서인지 잠을 잘 이루지 못하고 이리 뒤척 저리 뒤척 몸부림을 쳤다. 그의 귀에는 이따금 가볍게 낙엽 밟는 소리와 바람 소리가 들리곤 했다. 틀림없이 두 마리의 맹견이 눈을 부릅뜨고 다니는 것 같았다. 아무리 애를 써도 잠이 오지 않았다. 추적추적 내리는 비바람 소리를 제외하고 무덤 속처럼 조용했지만 그날따라 카퍼리언 노인은 동쪽이 훤할 때까지 잠

한숨 이루지 못했다.

아침에 일어나 보니 어젯밤 내리던 비는 이미 멎어 유리창을 통해 보이는 하늘이 파랬다. 창문을 활짝 열었다. 맑은 날씨에 바람도 없는 화창한 아침이었다.

벽에 걸린 괘종시계는 7시 반을 가리키고 있었다. 카퍼리언 노인이 밖으로 나가려는데 갑자기 개 짖는 소리가 들렸다. 그때 베네누프가 창백한 얼굴로 달려왔다.

"아버지, 큰일 났어요. 빨리 좀 와 보세요. 밤사이 그 보석, 황색 보석이 사라졌어요."

"뭐라고? 황색 보석이 없어졌다고? 베네누프, 그게 사실이냐? 혹시, 잘못 들은 것은 아니겠지?"
베네누프가 숨이 차 헉헉거리며 말했다.

"없어졌어요. 정말 없어졌다니까요. 누가 가져갔는지 알 수 없어요. 감쪽같이 사라졌어요."

베네누프는 정신 나간 사람처럼 카퍼리언 노인의 팔을 잡고 2층으로 올라갔다. 리젤의 방은 2층 뒤쪽에 있었다.

"아가씨, 들어가도 돼요?"

카퍼리언 노인과 베네누프는 리젤의 방문을 밀었다. 침실의 문은 열려 있었다.

"아가씨, 도대체 어떻게 된 일이에요?"

카퍼리언과 베네누프가 방안으로 들어가 보니 리젤의 얼굴은 그녀가 입고 있는 흰 잠옷보다 더 하얗고 리젤은 말도 못하고 서서 떨고 있었다.

"아가씨, 말 좀 해보세요. 어떻게 된 일이에요?"

리젤은 입을 다문 채 손가락으로 방 한구석에 놓여 있는 인도제 옷궤를 가리키며 카퍼리언 노인더러 보라고 했다.

"옷궤가 열려 있군요."

카퍼리언 노인은 깜짝 놀랐다. 옷궤의 문이 활짝 열려 있고, 안쪽의 서랍이 나와 있었다.

"아버지, 어젯밤 리젤 아가씨는 그 황색 보석을 분명 서랍 속에 넣어두었답니다. 그런데……."

베네누프는 떨리는 목소리로 그렇게 설명했다. 리젤은 옆에 서서 훌쩍훌쩍 울기만 했다.

"아침에 아가씨가 불러서 들어가 보니 저 지경이었어요. 정말 귀신이 곡할 노릇이에요."

베네누프는 마치 자기 물건을 도둑맞은 것처럼 분해서 어쩔 줄 몰랐다.

"아가씨, 조금도 이상한 생각이 들지 않았습니까?"

그제서야 리젤이 입을 열었다.

"알았다면 도둑을 안 맞았겠죠."

리젤은 침실 문을 쾅! 닫았다.

"아가씨, 죄송해요. 제가 말을 잘 못했어요."

카퍼리언 노인은 즉시 리젤에게 사과를 했다. 리젤은 다시는 침실에서 나오지 않았다. 바로 그때, 웰링턴 부인이 얼굴색이 변해 들어왔다. 그녀는 카퍼리언 노인의 이야기를 듣고 리젤을 원망했다.

"내가 어젯밤 뭐라고 하더냐? 엄마 말을 들었어야지!"

그 일로 장미별장은 떠들썩했다. 잠시 후, 쿠두오프리엘 중위와 프랑크린도 달려왔다.

"그 황색 보석을 도둑맞았다고? 리젤은 다치지 않았어? 보석은 없어져도 리젤만 안 다쳤으면 됐어."

쿠두오프리엘 중위는 황색 보석에 대해서는 아무런 관심이 없었다. 그는 리젤에게 아무 일 없음을 보고 정원으로 나갔다. 그러나 프랑크린은 달랐다. 그 황색 보석은 생명의 위험을 무릅쓰고 런던에서 장미별장까지 특별히 갖고 온 것이었기 때문이다.

프랑크린이 침통하게 말했다.

"카퍼리언 노인, 도둑은 틀림없이 그 흑색의 마술사입니다. 바로 후리즌 경찰국으로 가서 신고하고 그 일당을 체포해달라고 부탁하겠습니다. 이곳의 모든 일은 카퍼리언 노인에게 맡기겠습니다."

 프랑크린은 시간을 당기기 위하여 마틴에게 말 한 필을 끌고 오라고 했다.

 "마틴, 잘 달리는 말 한 필을 부탁해. 어서!"
마틴이 말 한 필을 끌고 오자 프랑크린은 즉시 말에 올라 채찍을 휘둘렀다. 그는 날아가듯 후리즌을 향해 질주했다. 뽀얀 먼지가 한동안 말 뒤를 따라가다 잠시 후엔 말도 사람도 보이지 않았다.

8. 금반지

정오 가까이 되어서 프랑크린이 후리즌에서 돌아왔다.
"도련님, 어떻게 되었습니까? 경찰이 곧 온다고 합디까?"
카퍼리언 노인은 프랑크린 옆에 바짝 붙어 그렇게 물었다.
"그래요. 국장님이 두 명의 경찰을 데리고 온다 했어요. 그런데 희망은 거의 없어요."
프랑크린의 얼굴색은 출발할 때와는 완전 딴판이었다. 희망을 잃고 허탈한 표정이었다. 카퍼리언 노인은 실망적이라는 프랑크린의 말을 듣고 어이가 없었다.
"그럼, 그 흑색 마술사들이 도망쳐버렸다는 것입니까?"
"아니오. 그 세 명의 인도 마술사는 모두 붙잡았죠. 그런데 너무 이상한 것은 조사 결과 내가 생각했던 것과는 완전히 달라요. 그들에게 의심할 점이 조금도 없어요."

"세상에 그럴 수가. 무슨 증거라도 있습니까?"

카퍼리언 노인도 도저히 이해할 수 없다는 듯, 고개를 계속 갸우뚱거렸다.

프랑크린이 힘없이 말했다.

"그래요. 그들은 어젯밤 10시쯤 후리즌 여관에 들어간 뒤로 한 발자국도 밖으로 나오지 않았다는 것입니다."

"그건 누구의 말인가요?"

"여관집 심부름꾼이 그렇게 말했다면 경찰도 믿지 않았을 텐데 여관집 주인은 물론 그곳에 함께 묵고 있는 손님들까지도 모두 인도 마술사와 줄곧 함께 있었다고 했어요."

"돈으로 그들을 매수할 수도 있지 않아요?"

"경찰의 말을 들으면 그 여관은 믿을 수 있어 그런 일은 있을 수 없대요."

카퍼리언 노인은 정말 궁금하여 물었다.

"그럼, 그 인도 마술사들을 조사한 뒤 바로 풀어주었는가요?"

"아니오. 지금까지 그들에게 의심할 점이 없다고 해도 그들은 떠돌아다니는 사람들이라 일주일간 가두어 둘 거라고 했어요. 일을 신중하게 다루기 위해서 말이에요."

"그들은 지금 아직도 후리즌 경찰서에 있겠군요."

카퍼리언 노인은 마음이 조금 놓였다. 그는 뭔가 한동안 골똘히 생각하더니 응접실로 갔다. 그리고 바로 돌아와 프랑크린의 귀에 대고 말했다.

"프랑크린 도련님, 아마도 우리는 처음으로 되돌아가 다시 생각해봐야 할 것 같아요."

"그게 무슨 말이오? 왜 우리가 다시 시작해야 하나요?"

프랑크린은 카퍼리언 노인의 마음을 떠보기라도 하듯 빤히 쳐다보며 말했다.

카퍼리언 노인은 잠시 그의 시선을 피하며 말했다.

"정말 이상하지요? 이 별장의 문이란 문은 다 굳게 잠겨 있고 거기다 경비까지 삼엄한데 제아무리 날고 기는 마술사라 할지라도 연기처럼 사라지기란 불가능한 일일 텐데요. 정말 무서운 도둑이지요?"

"그래요. 카퍼리언 노인의 말이 옳아요. 나도 그래서 놀라고 있어요. 먼저 베네누프에게 문이 어떤 상태로 있었는지 조사해보라고 해야겠어요."

"베니누프를 부를까요?"

"아니오. 잠깐, 카퍼리언 노인의 말대로 문이 그대로 다 잠겨 있는데 어떻게 도적이 왔다 간 흔적을 찾을 수 있겠어요? 카퍼리언 노인, 나는 이렇게 생각해요. 도둑이 어젯밤 이 별장의 어느 한 방에 숨어 있다가 밤이 깊어 리젤의 방으로 들어가 그 보석을 훔친 뒤 다른 방에 숨었어요. 그리고 날이 밝아 우리들이 떠들썩한 틈을 타서 얼굴을 처들고 대문을 나갈 수도 있지 않겠어요? 그렇다면 장미별장 사람들이 그를 어떻게 잡겠어요?"

"정말 대단한 추리이시군요. 만약 도둑이 그런 높은 수법으로 보석을 훔쳐갔다면 무서운 놈입니다."

카퍼리언 노인은 계속 고개를 끄덕였다. 바로 그때 카퍼리언 노인의 딸 베네누프가 헐떡거리며 달려왔다.

"아버지, 후리즌 경찰서에서 세 명의 경찰이 왔어요!"

"그들이 벌써 왔군."

프랑크린은 재빨리 문간으로 나갔다. 문 밖에는 후리즌 경찰서 국장과 두 명의 경찰이 서 있었다.

"어서 오세요. 기다리고 있었습니다."

"죄송합니다. 조금 늦게 도착했습니다. 먼저 보석을 도적맞았다는 방이 어느 방인지 안내해 주시겠습니까?"

"예. 안으로 들어오세요."

시골 경찰서 국장이라서 그런지 무섭고 민첩하지 않고 오뚜

기처럼 생긴 모습이 조금 재미있게 보였다. 카퍼리언 노인도 그런 생각을 했지만 프랑크린도 그에게 별로 믿음이 가지 않았다. 그러나 일을 해결해 주겠다고 찾아온 경찰을 거절할 수 없어 먼저 응접실로 안내했다.

"자, 앉으세요."

카퍼리언 노인은 사람을 시켜 커피를 가져오라 했다. 그리고 어젯밤에 있었던 일을 모두 이야기해 주었다.

경찰 국장이 물었다.

"우리를 그 방으로 안내해 주시겠어요?"

"예. 저를 따라 오세요."

카퍼리언 노인이 앞장서 2층 리젤의 방으로 올라갔다. 세 명의 경찰은 노인을 따라 가며 다른 쪽 방도 힐끔힐끔 쳐다봤다.

"여기가 아가씨 방입니다."

국장은 방안을 둘러보고는 말했다.

"정말 훌륭한 방이군요."

그는 문을 유심히 보더니,

"어떤 사람이 스치고 간 흔적이 아직 완전히 마르지 않은 페인트 문에 나 있네요."

하고, 방에서 물건 정리를 하고 있는 여자 심부름꾼의 옷을 뚫어져라 보았다. 그때 갑자기 로산나가 먼저 밖으로 나갔다. 그녀가 왜 밖으로 나갔는지 알 수 없었다. 그러자 다른 여자 심부름꾼들도 나가고 베네누프도 따라 나갔다.

국장은 나가는 사람들을 보고 히죽히죽 웃더니 갑자기 얼굴을 바꾸고 아주 진지하게 말했다.

"노인장, 아가씨와 웰링턴 부인을 만나 뵈었으면 합니다."

국장의 말이 채 끝나기도 전에 언제 왔는지 웰링턴 부인이 들어왔다.

"국장님, 대단히 죄송하게 되었습니다. 나의 딸 리젤이 어젯밤 생각지도 않은 일로 충격을 받았는지 지금 심신이 몹시 불편합니다. 여기 올 수 없는 것을 용서하세요."

웰링턴 부인은 경찰의 요구를 한마디로 거절했다.

그때 키가 좀 큰 경찰이 말했다.

"아가씨 외에 그 일을 제일 먼저 안 사람은 누구인가요?"

커퍼리언 노인이 대답했다.

"나의 딸 베네누프입니다. 아침에 있었던 일을 그 아이가 가장 잘 알고 있을 것 같은데 지금 그 아이를 부를까요?"

다른 경찰이 말했다.

"아니오. 내가 그녀를 찾아가겠습니다."

경찰이 앞장을 서고 뒤따라 카퍼리언 노인이 아래층으로 갔다.

"범인은 잡을 수 있을까요?"

언제 왔는지 쿠두오프리엘 중위가 와 있었다. 그는 웰링턴 부인에게 물은 것인데 프랑크린이 듣고 이상하게 생각했다.

"프랑크린 선생, 리젤 아가씨가 베란다에서 찾으십니다."

뭔가 생각에 잠겨 있는 프랑크린 곁으로 마틴 사뮤엘이 와서 그렇게 말해주었다.

"그래?"

프랑크린은 대답하고 베란다 쪽으로 갔다. 그때 카퍼리언 노인은 이상한 장면을 보았다.

"정말 이상한 일이야."

그는 천천히 창가로 가서 커튼 뒤에서 베란다 쪽을 보았다. 그곳에 리젤이 있었다. 프랑크린과 이야기를 하고 있는 리젤은 금방이라도 울 것 같았다.

프랑크린이 말했다.

"그런 일은 절대로 있을 수 없어. 너는 도대체 뭘 생각하고 있어?"

"알 수 없는 것은 오빠의 편지예요. 아무에게도 말하지 않을 것이며 어젯밤 우리는 어떤 약속도 하지 않았어요."

"뭐라고? 그럼 우리의 약혼을 취소하겠다는 말이냐? 도대체 내가 뭘 잘못했단 말이냐?"

리젤은 화가 나서 온몸을 떨었다.

"프랑크린 오빠는 내가 말할까 봐 두렵죠?"

그녀는 그렇게 말하고 갑자기 몸을 돌려 정원으로 내려갔다.

"리젤, 기다려!"

프랑크린이 부리나케 베란다를 내려가 리젤을 뒤쫓아 가려는데 그때 쿠두오프리엘 중위가 정원 반대편에서 이쪽으로 천천히 걸어오고 있었다.

쿠두오프리엘을 본 프랑크린은 리젤을 쫓다 그만두고 다시 베란다로 되돌아갔다.

'두 사람 사이에 무슨 일이 있는 게 분명해.'

카퍼리언 노인은 혼자 중얼거렸다.

바로 그때 누가 뒤에서 그의 어깨를 툭 쳤다.

"누구냐?"

뒤돌아보니 경찰 국장이었다. 그는 八자형 수염을 매만지며 말했다.

"노 선생, 결국 실마리를 발견했죠."

그 말에 카퍼리언 노인은 깜짝 놀랐다.

"무슨 증거라도 잡았습니까?"

"아니오. 증거를 잡지는 못했지만 아무런 증거가 없다는 것은 범인의 수법이 대단하다는 거죠."

국장은 마치 유명한 탐정처럼 웃으며 말했다.

"노 선생, 범인은 틀림없이 집 안에 있습니다. 그렇지 않다면 철통같이 굳게 잠겨 있는 별장에서 어떻게 그 황색 보석을 갖고 나가겠습니까?"

카퍼리언 노인은 고개를 내저었다.

"국장님, 장미별장의 사람들은 우리들 일하는 일꾼 외에 다들 명예를 중하게 여기는 대단한 분들이고 웰링턴 집안과는 친척 관계인 훌륭한 청년들입니다."

카퍼리언 노인은 밖에 있는 두 청년을 가리켜 그렇게 말한 것이다.

"물론, 그 청년들에게는 아무런 문제가 없습니다. 그러나 내가 의심하는 것은 바로 여자 심부름꾼들입니다."

카퍼리언은 너무나 뜻밖의 말에 놀라며 다시 물었다.

"아니, 우리 집 여자 심부름꾼들이 이상하다고요?"

국장은 고개를 끄덕이며 말했다.

"말하자면 그 여자 심부름꾼들 중에 한 사람이 인도 마술사와 관련되어 있다면 문제가 되겠죠?"

"국장님, 설마 웰링턴가의 일꾼들을 나쁜 도둑으로 몰려고 하는 것은 아니겠죠?"

"글쎄요."

그때 언제 왔는지 웰링턴 부인이 뒤에 서 있었다. 커퍼리언 노인은 가볍게 눈인사를 하고 어쩔 줄 몰라 몸을 돌렸다.

"우리 집 일꾼들의 방을 뒤질 순 없어요. 나는 반대예요."

웰링턴 부인은 거절했다.

八자 수염의 경찰 국장은 수염을 매만지며 말했다.

"여러분의 의사를 존중한다면 아무 일도 할 수 없습니다. 우리가 왜 왔겠습니까? 당신들이 황색 보석을 훔쳐간 도둑을 잡아달라고 하여 온 것이 아닙니까? 범인을 잡는 데 협조도 안 해 주면서 어떻게 잡으란 말인가요?"

"범인을 잡는 것은 경찰의 일이 아닌가요?"

웰링턴 부인은 더 이상 그들을 상대하지 않고 가버렸다.

"이 일을 어떻게 하면 좋지?"

카퍼리언 노인이 어찌할 바를 몰라 발을 동동 구르고 있을 때 그의 딸 베네누프가 달려왔다.

"아버지, 여자 심부름꾼 모두가 자기들 방을 수사해도 좋다고 했어요. 여기 그들의 방 열쇠가 있습니다."

"그래? 그들이 경찰의 수사에 협조하겠다고 했느냐?"

"예. 기꺼이 받아들이겠다고 했어요."

베네누프는 국장에게 열쇠꾸러미를 넘겨주며 말했다.

"먼저 저의 방부터 수사를 하세요."

그러자 국장은 조금 전 불쾌했던 마음을 회복하고 베네누프를 따라 여자 심부름꾼들의 방으로 갔다.

그런데 그때 프랑크린은 무슨 일인지 투덜거리며 온몸을 부르르 떨었다. 그리고 자기 방으로 들어가 깊은 생각에 잠겼다.

'내가 왜 이러지? 그리고 리젤이 왜 그렇게 화를 내며 대들었지? 그래. 쿠두오프리엘 그 녀석이 리젤에게 뭐라고 고자질을 했음이 틀림없어. 지금 한바탕 욕이라도 퍼부어야겠다.'

프링크린은 그렇게 생각하며 의자를 잡고 일어섰다. 그때 방문이 스스르 움직였다.

'이상하다. 누구일까? 왜 아무런 기척도 없이 남의 방문을, 그것도 소리 없이 엿보려고 하지?'

프랑크린은 숨소리를 죽이고 방문을 계속 보고 있었다. 잠시 후, 사람의 머리가 보였다. 로산나였다. 로산나는 노크도 없이 문 사이로 여우처럼 머리를 내밀었다.

"무슨 일이 있어요?"

"저, 저……."

프랑크린에게 들킨 로산나는 소스라치게 놀라 멈칫했다. 그녀는 무슨 말을 해야 좋을지 몰라 말을 더듬거리다 복도 쪽으로 되돌아가려 했다.

"괜찮아요. 들어오세요. 나에게 할 이야기라도 있어요?"

프랑크린은 부드럽게 말했다.

"분명 나에게 한 말이 있는 것 같은데 어서 말해봐요."

"예. 예."

로산나는 몸을 떨며 프랑크린의 방으로 들어갔다.

"프랑크린 선생님, 이, 이 반지가 떨어져 있어……."

로산나는 하얀 손을 프랑크린 앞으로 내밀었다. 그 손에는 반지가 하나 있었다.

"그건 나의 금반지인데 어디에서 주웠어요?"

"네, 저기……."

프랑크린은 너무 이상하여 로산나의 손에서 반지를 집어들었다.

"어서 말해 보세요. 이 반지가 어디에 떨어져 있던가요? 왜 빨리 말 못해요?"

"저, 저……."

로산나는 금방이라도 울음을 터뜨릴 것 같았다. 그녀는 몹시 불안해하고 있었다. 프랑크린은 로산나의 그런 모습이 이상하게 느껴졌다.

"로산나, 나의 반지를 찾아주어 정말 고마워요. 그런데 궁금한 것은 나의 반지를 누가 왜 가져갔으며 왜 버렸을까 하는 것이에요. 내 추측에 로산나는 알고 있을 것 같은데 어서 말해

봐요."

 로산나는 한참을 머뭇거리다 모기 소리처럼 작은 소리로 말했다.

 "프랑크린 선생님, 그 반지는……."

 그때 밖에서 이상한 소리가 들려 로산나는 말을 멈추었다. 프랑크린이 재촉했다.

 "별것 아니에요. 괜찮으니 말을 계속해보세요."

 "그 금반지는 리젤 아가씨 방에 굴러다니고……."

 "리젤의 방에 떨어져 있더라고요?"

 "예. 그렇습니다."

 로산나의 목소리는 가늘고 몹시 떨리었다.

 '이 반지가 어떻게 그 방에 떨어져 있었을까?'

 프랑크린은 아무리 생각해도 알 수 없었다. 생각할수록 이상한 일이라 프랑크린은 반지를 이리저리 보며 고개를 갸우뚱거렸다. 그러다 잘못하여 반지를 방바닥에 툭하고 떨어뜨렸다.

9. 문 위의 그림

 떨어져 있는 반지를 보고 프랑크린은 몹시 기분이 상했다.

'반지가 어떻게 그곳에 떨어져 있었을까?'

프랑크린은 아무리 생각해봐도 알 수 없었다.

프랑크린은 한동안 로산나를 노려보았다. 아무래도 로산나가 의심스러웠기 때문이다.

"이 반지를 언제 주웠어요?"

로산나는 머뭇거리며 작은 소리로 말했다.

"조금 전에 주웠습니다. 모두들 경찰관을 따라 리젤 아가씨의 방으로 들어갔을 때 침대 곁에 떨어져 있는 것을 제가 주웠습니다."

로산나는 떨면서 대답했다.

"그럼, 왜 그때 주지 않고 지금 주어요?"

로산나는 일이 잘못되어가고 있다는 것을 느꼈다.

"그때는 경찰관이 옆에 있어서 말을 못했어요."

"그래요? 거짓말하지 마세요. 그 방에는 내가 몇 번이나 들락거렸고 아가씨도 우리가 문에 그림 그리는 것을 보았겠지요?"

"……."

"로산나 아가씨는 어젯밤에 내가 이 반지를 리젤의 방에 떨어뜨렸으리라 생각하는 것 같은데……."

"그러나 저는……."

로산나가 대답을 하려고 하는데 마침 카퍼리언 노인이 문을 두드리고 들어왔다. 로산나는 카퍼리언 노인을 보자 갑자기 얼굴색이 변해 어쩔 줄 모르며 재빨리 복도 쪽으로 갔다.

"프랑크린 도련님, 로산나에게 무슨 일이 있나요?"

카퍼리언 노인은 걱정스러운 듯 로산나의 뒷모습을 보며 그렇게 물었다.

"카퍼리언 노인, 정말 이상해요. 로산나가 어디서 나의 반지를 주웠는지 모르지만 리젤의 방에서 주웠다면서 몰래 나에게 주지 않겠어요? 마치 내가 범인인 것처럼 말입니다."

"그래요? 정말 이상한 아가씨로군요."

"저 아가씨는 도대체 어디서 왔으며 이곳으로 오기 전에는 어디에 있었지요? 어디서 많이 본 듯한데 도무지 생각이 나지를 않아요. 런던에서일까? 그래, 아마 런던에서 본 것 같아요."

카퍼리언 노인은 아주 난감했다. 만약 로산나가 전에 감화원에 있었다는 사실을 말해도 프랑크린에게는 별 문제가 없겠지만, 시골 경관인 신크리에프가 들었다면 그녀를 또 의심할지도 모른다. 카퍼리언 노인이 말했다.

"로산나는 주인 마님께서 친히 데리고 온 아주 성실한 가정부입니다."

"생각해보니 이상한 점이 너무 많아요. 그런데 카퍼리언 노인, 그 신크리에프 경관은 지금 무얼 하고 있지요? 가정부들의 방에서 무슨 단서라도 잡았다고 합니까?"

프랑크린은 시골 경관을 얕보듯 비웃으며 말했다.

"아니요. 아직 그런 보고는 듣지 못했어요."

"당연하지! 그 따위 시골 경찰이 뭘 찾겠다고. 일이 이렇게 되었으니 런던에 계신 아버지에게 전화를 해야겠군요."

"도련님의 아버지에게요?"

"그래요. 아버지에게 부탁을 하여 런던 형사대에 있는 그 유명한 카프 탐정을 이곳으로 모셔올 생각입니다."

"오, 그 유명한 명탐정 카프 선생 말인가요?"

카퍼리언 노인도 카프 탐정에 관해 들은 적이 있었다. 그는 경찰이 해결하지 못하는 사건이나 살인사건들을 많이 해결한 런던 형사대에서도 손꼽히는 명탐정이기 때문이다.

"카퍼리언 노인, 너무 걱정하지 마세요. 카프 탐정은 황색 보석을 훔쳐간 범인을 꼭 찾아낼 것입니다. 나는 지금 후리즌으로 가서 전보를 쳐야겠어요."

프랑크린은 웰링턴 부인에게 말도 하지 않고 바로 말을 타고 후리즌 전보국을 향해 달려갔다.

사건이 일어난 목요일은 그렇게 하여 넘어갔다.

이튿날, 금요일 카퍼리언 노인은 자리에서 일어나자마자 불길한 이야기를 들었다. 그가 마침 세수를 하고 자기 방으로 돌아왔을 때 베네누프가 그를 기다리고 있었다.

"베네누프, 어쩐 일이니?"

"예. 아버지, 빵집 주인이 와서 이상한 이야기를 했어요."

"빵집 주인이라고? 틀림없이 좋은 일이 아니겠군."

카퍼리언 노인은 이상한 생각이 들어 다시 물었다.

"그가 뭐라고 하더냐?"

베네누프는 좌우를 살핀 뒤 소리를 낮추어 말했다.

"로산나 말이에요. 어젯밤 그가 까만 스카프로 얼굴을 가리고 몰래 후리즌 쪽으로 가더랍니다."

"그래?"

"로산나는 어젯밤 나에게 머리가 좀 아프다며 일찍 쉬고 싶다고 했어요."

"그녀는 너희들보다 일찍 자러 가지 않았느냐? 사람을 잘못 보았겠지!"

카퍼리언 노인은 그 자리에서 베네누프의 말을 부정했지만, 빵집 주인이 로산나를 잘못 보지는 않았을 것이라 생각했다.

그렇다면 로산나는 어디로 갔을까?

카퍼리언 노인은 생각할수록 이상했다.

그리고 또 후리즌에서 왔다는 의사 칸디가 갑자기 병으로 앓아누웠다는데 그것은 마틴사무엘이 어디서 들었다고 했다.

그날 수요일은 리젤의 생일날이었다. 축하 파티가 있은 그날 밤, 비가 퍼붓듯이 쏟아졌는데 의사 칸디가 고집을 부려 프랑크린이 말했다.

"칸디 선생님, 비가 너무 많이 오고 있습니다. 주무시고 내일 가시지요?"

"걱정 마세요. 의사의 피부는 비옷과 같답니다."

카퍼리언 노인은 프랑크린과 의사 칸디의 말을 다 기억하고 있었다.
 정말 생각지도 않게 억수같이 내리는 비를 무릅쓰고 돌아가다 폐렴에 걸렸는지 칸디 선생은 견디기 힘든 고열로 자리에 누웠다고 했다.
 "쯧쯧, 큰소리 뻥뻥 치며 고집을 부리더니 벌을 받았지. 다른 사람 같으면 모르지만 의사가 앓아눕다니?"
 프랑크린은 의사 칸디가 자신의 말을 듣지 않아 자리에 누웠다는 말을 듣고 고소한 생각에 낄낄 웃으며 한 장의 전보지를 카퍼리언 노인에게 보여주었다.

 '카프 탐정 런던 출발'

 그 소식은 장미별장에 사는 모든 사람도 알게 되었다.
 일찌감치 돌아가기로 생각했던 쿠두오프리엘 중위도 시간을 늦추어 막차를 타기로 계획을 바꾸었다.
 "금요일 아침에 자선협회 모임이 있어 오늘 밤에 꼭 돌아가야 하는데 유명한 카프 탐정이 온다고 하니 그를 만나보고 가야 마음이 놓이겠어요."
 쿠두오프리엘 중위는 마틴사무엘에게 마차에 실어놓은 가방을 내려놓고 그의 여동생은 먼저 떠나도록 했다.

"프랑크린 도련님, 제가 카프 탐정을 모시러 가는 것이 도리인 줄 알지만 쿠두오프리엘 중위님의 여동생을 먼저 모셔다 드려야겠기에 돌아와 카프 탐정을 모시러 갈 시간이 없겠군요."

카퍼리언 노인은 죄송하여 어쩔 줄을 몰랐다.

"괜찮아요. 카프 탐정은 그런 작은 일에 신경 쓸 분이 아니에요. 그러나 우리 이모님에게는 카프 탐정이 여기 오신다는 것을 꼭 전해주셔야 해요."

카퍼리언 노인이 웰링턴 부인에게 카프 탐정 이야기를 하자 곁에 있던 리젤의 안색이 갑자기 변했다.

"프랑크린이 가서 부탁했구나?"

리젤은 아주 불쾌한 듯 방을 나갔다. 그런데 리젤은 카프 탐정이 오는 것을 왜 싫어할까?

카퍼리언 노인은 이상한 느낌이 들었다. 그가 카프 탐정을 맞이하기 위하여 장미별장의 대문까지 나갔을 때 마침 한 대의 마차가 도착했다.

카퍼리언 노인은 나이가 마흔이 넘어 보이고 사마귀처럼 날카롭고 앙상하게 야윈 중년신사가 특별한 장식을 한 지팡이를 짚고 마차에서 내리는 것을 보았다. 그는 오래된 나뭇잎처럼 누런 옷에 커피색 높은 모자를 쓰고 목에는 얇은 스카프를 두르고 두 눈은 유난히 반짝반짝 빛이 났다.

그는 카퍼리언 노인 쪽으로 뚜벅뚜벅 걸어오더니 낮고 무거운 소리로 물었다.

"노인장, 말씀 좀 묻겠습니다. 여기가 웰링턴 부인의 장미별장입니까?"

카퍼리언 노인은 그의 말에 온몸과 마음이 무거운 물건에 짓눌리는 듯한 느낌이 들었다. 노인은 한동안 멍하니 서 있다가 떨리는 소리로 대답했다.

"에. 그렇습니다. 바로 이곳이 웰링턴 부인의 장미별장입니다만……."

"오, 그렇군요. 나는 런던에서 온 카프입니다."

"카프 탐정님이시군요. 사람들이 모두 선생님이 오시길 기다리고 있습니다."

"정말 감사합니다."

"자, 어서 안으로 들어가시죠!"

카퍼리언 노인은 안쪽으로 앞서 걸어가며 자기는 웰링턴 집안의 관리인이며 젊을 때부터 부인을 돌보아왔다고 설명했다. 그리고 잃어버린 황색 보석을 찾기 위해서라면 어떤 힘든 일이라도 돕겠다고 말했다.

그러나 카프 탐정은 황색 보석의 도난 사건에 대해서는 한마디도 묻지 않고 신선한 해변의 공기와 풍경에 관해서만 감탄을 했다.

"오, 한적한 바닷가라 공기가 무척 좋고 장미별장도 이름처럼 아름답군요."

카프 탐정은 그렇게 말하며 정원사를 보더니 장미에 관해 물었다. 카퍼리언 노인이 보기에 카프 탐정도 장미에 관하여 많이 알고 있는 것 같았다.

"장미를 무척 좋아하시나 봐요."

카퍼리언 노인이 그렇게 말하자 카프 탐정은 빙그레 웃었다.

"아니오. 남보다 많이 안다고는 말할 수 없지만 살인사건과 같은 특수사건을 제외하고는 장미에 취미가 많습니다. 지금은 모두가 다 싫어하는 일을 열심히 하고 있지만 언제인가 이 일을 그만두게 되면 그때엔 장미나 심으며 즐길까 합니다."

"정말 좋은 생각을 하셨습니다. 꽃 중에 장미가 최고이죠."

카프 탐정은 갑자기 말을 멈추고 귀를 기울이는 듯했다.

"발자국 소리가 들리는데 부인께서 오시는 것 같군요."

카퍼리언 노인과 정원사도 발자국 소리를 듣지 못했는데 카프 탐정에게는 들렸다니 그는 분명 보통 사람이 아닌 것 같았다.

잠시 후, 과연 웰링턴 부인이 걸어나왔다.

"카프 탐정님이세요? 정말 잘 오셨습니다."

"부인, 카프입니다. 안녕하세요?"

웰링턴 부인은 걱정스런 표정도 없이 평소처럼 여유 있게 손님을 맞이했다.

카프 탐정이 말했다.

"도난사건이 있었다는데 먼저 아가씨의 방으로 안내해주시겠어요?"

"이쪽으로 오세요."

카프 탐정은 웰링턴 부인의 뒤를 따라 리젤의 방으로 갔다. 리젤의 방은 그날부터 후리즌 경찰들이 지키고 있어 현장은 조금도 바뀌지 않았다.

"아주 아름다운 방이로군요."

카프 탐정은 방안을 한번 둘러본 뒤 인도제 옷궤 위에 손을 올려놓았다.

그러나 생각 외로 그는 다른 조사는 하지 않고 옷궤의 표면만 슬슬 만져보고는 문 쪽으로 갔다. 그는 문에 그려져 있는 그림을 한동안 유심히 보았다. 그리고 그 기묘한 걸작품을 넋을 잃고 보았다.

"정말 놀라운 그림이군요. 이건 아마 최근에 그린 것 같은데 어느 화가의 그림입니까?"

카퍼리언 노인이 대답했다.

"그건 리젤 아가씨와 프랑크린 선생의 합작품입니다."

"음, 천사를 그린 것 같군요."

"아마 사랑의 여신일 겁니다."

"그렇군요. 사랑의 여신이 분명하네요. 그런데 이상한 것은 열쇠 구멍에 물감이……."

카퍼리언 노인은 깜짝 놀랐다.

"후리즌에서 오신 경관께서도 그걸 지적하셨어요."

"그래요? 그럼 무어라고 하던가요? 그리고 또 무슨 조사를 했나요?"

"지금도 조사 중이라 했어요. 그는 우리 집 가정부들을 한방에 모아놓고 '누군가의 옷이 스쳐지나갔는데 누구의 것이죠?' 하면서 지워지지 않도록 주의를 시켰어요."

카프 탐정이 물었다.

"그때까지 물감이 다 마르지 않았습니까?"

"저도 그건 잘 모르겠습니다."

카프 탐정은 고개를 갸우뚱거리며 그림을 손으로 가볍게 문질러 보았다.

바로 그때 몇 발자국 뒤늦게 들어온 프랑크린이 말했다.

"그 말을 들으니 이상한 점이 있군요. 시간을 계산해 보면 지금쯤 물감이 말라 있어야 하는데요."

카프 탐정은 프랑크린을 보고 물었다.

"당신은 그걸 어떻게 알아요?"

프랑크린은 한 걸음 앞으로 나아가 말했다.

"이 문에 그림을 그린 사람은 바로 저입니다. 그런데 보통 물감을 칠한 뒤 14시간이 지나면 바싹 말라버리죠."

"그럼, 당신이 열쇠 구멍 밑에 물감을 칠한 시간은 언제이죠?"

"아마 오후 2시쯤일 겁니다. 내가 붓을 놓았을 때 카퍼리언 노인이 오셨어요."

"2시라고요? 그렇다면 오전 4시 아니면 5시쯤이면 다 마르겠군요."

"그렇죠."

카프 탐정은 호주머니에서 확대경을 꺼내어 물감 자국을 자세히 조사했다.

잠시 후, 카프 탐정은 몸을 돌려 사람들에게 물었다.

"그날 밤, 이 방에 리젤 아가씨 외 누가 맨 뒤에 들어갔습니까?"

카퍼리언 노인이 대답했다.

"제 생각에 제 딸 베네누프인 것 같습니다. 그 애가 아가씨의 잠자리를 보살펴드려야 하기 때문입니다."

"좋아요. 그럼, 베네누프 아가씨를 좀 불러주시겠어요?"

"그렇게 하죠."

카퍼리언 노인은 재빨리 딸 베네누프를 데리고 들어왔다. 카프 탐정이 물었다.

"베네누프 아가씨, 한번 잘 생각해보세요. 수요일 밤 리젤 아가씨 생일을 축하하는 그날 밤 말입니다. 아가씨는 리젤 아가씨의 잠자리를 돌보아주기 위해 맨 나중에 이 방에 들어왔었죠? 그때 아가씨가 문에 칠한 물감에 몸을 부딪힌 적이 있습니까?"

"아니오. 그런 일은 없었습니다. 왜냐하면 리젤 아가씨께서 물감 칠한 것에 부딪히지 말라고 특별히 주의를 주셨기에 저는 조심해서 지나다녔죠."

"알겠습니다. 감사합니다. 나도 그렇게 했으리라 생각합니다. 좋아요. 돌아가셔도 됩니다."

베네누프가 카프 탐정을 향해 꾸벅 절을 하고 밖으로 나가려는데 갑자기 카프 탐정이 그녀를 다시 불러 세웠다.

"베네누프 아가씨, 죄송합니다만 또 한 가지 괴롭힐 일이 있습니다."

"무슨 일이시지요?"

"사람을 시켜 빨래할 옷을 보내주시겠어요?"

"빨래할 옷을 왜요?"

베네누프는 이상하다는 듯 반문을 한 뒤 방을 나갔다.

"카프 선생님, 빨래할 옷은 무엇에 쓰시려고요?"

카퍼리언 노인도 이해할 수 없다는 듯 그에게 물었다. 카프 탐정이 웃으며 말했다.

"페인트가 묻었는지 조사해보려고요. 페인트는 잘 씻기지 않거든요. 그런데 옷을 세탁소에 보냈는지 모르겠군요."

"그래요. 유화물감은 잘 지워지지 않죠."

카퍼리언 노인은 그렇게 세심한 카프 탐정이 몹시 존경스러웠다. 그래서 유명한 카프 탐정의 행동 하나하나 질문 하나하나에 놀라움을 금치 못했다.

바로 그때 로산나가 아주 조심스럽게 빨랫감을 들고 왔다.

"이걸 찾으셨습니까?"

"감사합니다. 수고하셨어요. 여기에 놓고 나가세요."

카프 탐정은 로산나의 얼굴을 빤히 쳐다보았다.

"아, 어디서 많이 본 아가씨인데. 그래, 옳아. 내 여동생의 딸을 많이 닮았어. 그래서 낯선 사람같이 보이지 않았군."

카프 탐정은 그렇게 중얼거리며 빨래할 옷을 하나하나 들어 꼼꼼히 살펴보았다.

카퍼리언 노인이 물었다.

"탐정님, 뭔가 수상한 것을 발견했습니까?"

"아직 아니요. 지금 살펴보고 있는 중입니다."

옆에서 지켜보고 있던 로산나의 얼굴이 무척 어두웠다.

카프 탐정이 말했다.

"범인은 나보다 더 총명하군요."

"의문점을 아직 발견하지 못했습니까?"

카퍼리언 노인의 물음에 카프 탐정은 말없이 고개만 끄덕였다.

그는 옷들을 로산나에게 도로 주었다. 로산나는 옷을 받아 재빨리 밖으로 나갔다. 그때 그녀의 손은 무척 떨렸다.

10. 바닷가 외딴집

로산나가 방에서 나가자 카프 탐정은 고개를 갸우뚱거렸다. 그리고 잠시 후, 웰링턴 부인에게

"부인, 이제 막 나간 그 가정부는 오래전부터 여기서 일해왔습니까?"

하고 물었다.

"그런 걸 왜 물으세요?"

웰링턴 부인은 얼굴을 다른 쪽으로 돌리며 그렇게 반문했다.

"제 물음에 신경 쓰실 것 없습니다. 나는 여러분들이 그녀가 전에 감화원에 있었던 사실을 알고 있는지 궁금하여 별 뜻 없이 물어보았을 뿐입니다."

"우리는 다 알고 있어요. 로산나가 전과자라 해도 나는 그녀를 무척 좋아합니다. 어쨌든 로산나는 온순하고 성실한 아가씨예요. 그런데 카프 탐정께서는 로산나를 의심하는 거예요?"

카프 탐정은 손을 내저었다.

"아니오. 아직 그렇게 생각하지 않습니다. 그러나 조금 전에 갑자기 로산나 아가씨도 그럴 수 있다는 생각을 했을 뿐입니다."

웰링턴 부인이 한 걸음 다가서며 말했다.

"괜찮아요. 탐정께서 하고 싶은 말이 있으면 다 해보세요."

카프 탐정이 방을 가리키며 말했다.

"예를 들어 로산나 아가씨가 그날 밤 몰래 이 방에 들어왔다고 가정합시다. 그리고 들어갈 때나 나갈 때에 문에 바른 물감에 스쳐지나갔다면 어떻게 되었겠습니까?"

카프 탐정의 말은 모든 사람들을 놀라게 했다.

"물감이 옷에 묻었겠죠!"

사람들은 서로의 얼굴을 보면서 고개를 갸우뚱거리고 있었다.

카프 탐정은 웃으며 말했다.

"물감이 옷에 묻은 줄 알고 즉각 씻으러 갔겠죠. 그런데 씻어도 지워지지 않았다면 그녀는 잠옷을 몰래 내버릴 생각도 했겠죠? 왜냐하면, 그녀가 직접 세탁소에 가져갈 수 없기 때문입니다. 그러나 만약 물감 묻은 잠옷을 내버렸는데 다른 잠옷이 없다면 난감하겠지요?"

카퍼리언 노인은 그 말을 듣고 작은 소리로

"그래서 어젯밤에 잠옷을 만들려고 옷감을 사러 검은 스카프로 얼굴을 가리고 후리즌으로 갔군요."

하고 고개를 끄덕였다.

"노인이 정확하게 말씀하셨습니다."

"카프 선생님, 로산나를 체포할 겁니까?"

옆에 있던 프랑크린이 걱정스레 물었다.

"아니오. 나는 아직 로산나 아가씨가 범인이라고 말하진 않았습니다. 사실은 이번 반지 도난사건이 절도인지 유실인지 나 자신도 확정을 내리지 못하고 있습니다."

"그럼, 카프 탐정께서는……?"

"부인, 리젤 아가씨의 방을 좀 보여줄 수 있습니까?"

카프 탐정의 말에 웰링턴 부인의 안색이 점점 변했다. 웰링턴 부인은 카프 탐정의 말에 기분이 몹시 상했는지 몸을 가볍게 떨었다.

"당신이 나의 딸을……?"

"부인, 고정하십시오. 저는 아직 아무도 의심하지 않습니다.

그러나 보석을 찾기 위해 모든 사실을 명확하게 알아야 하지 않겠습니까? 혹시 불편한 일이라도 있으신지요?"

웰링턴 부인은 화가 치밀어 오르는 것을 억지로 누르며 카프 탐정의 요구를 그 자리서 거절했다.

"죄송해요. 나는 카프 탐정께서 나의 딸 리젤의 침실에 들어가는 것을 찬성하지 않아요. 나의 딸은 지금 몸이 편찮아 누워 있어요. 이번 일로 리젤은 몹시 불편하답니다."

카프 탐정은 웰링턴 부인의 말에 갑자기 안색이 변했다. 그의 얼굴에는 검은 그림자가 감돌았다.

"몹시 섭섭하군요. 그럼, 로산나 아가씨를 다시 만나봐야 되겠습니다."

카프 탐정은 몹시 언짢은 듯 그렇게 말하고 응접실을 향해 성큼성큼 걸어갔다.

"만약 오늘 이런 골치 아픈 일이 있을 줄 알았다면 일찌감치 그 보석을 바위 위에 서서 바다에 던져버렸을 것을……."

프랑크린은 응접실 의자에 앉아 기분이 위축된 듯이 그렇게 중얼거렸다.

그리고 얼마나 시간이 지났을까 저녁때가 가까워 왔다. 그런데 카프 탐정은 어디서 무슨 일을 하는지 얼굴도 보이지 않았다.

잠시 후, 해가 서산을 넘기 시작했다.

한 시간쯤 지나서 카프 탐정은 어디서 왔는지 얼굴을 내밀었다. 쿠두오프리엘 중위는 카프 탐정을 보자 달려가 말했다.

"카프 선생, 어디까지 진행이 되었어요? 곧 실마리가 잡히겠어요? 저는 오늘 런던으로 돌아가봐야 할 것 같은데 가도 좋다는 허락을 해주시겠어요?"

카프 탐정이 빙그레 웃었다.

"그렇게 하세요. 붙잡지 않겠습니다."

"저의 짐은 이미 조사를 다 하셨겠지요?"

"당신을 의심하는 사람은 처음부터 아무도 없었습니다. 그럼, 다음에 런던에서 봅시다."

쿠두오프리엘 중위는 '고맙습니다!' 라고 말한 뒤 즉시 응접실 쪽으로 걸어가 마틴사무엘을 불렀다.

"사무엘! 사무엘! 어서 돌아갈 준비를 해!"

"알았어요. 잠시만 기다리세요!"

쿠두오프리엘 중위와 사무엘은 짐을 챙겨 런던으로 떠났다.

잠시 후, 프랑크린은 쿠두오프리엘 중위가 간다는 말도 없이 장미별장을 떠났다는 말을 듣고 마음 깊은 곳으로부터 기쁨이 차올랐다.

한편, 카프 탐정은 응접실에 도착하여 먼저 카퍼리언 노인을 불렀다.

"카프 선생님, 이 늙은이를 찾으셨어요?"

카프 탐정의 말이 채 떨어지기도 전에 나타난 카퍼리언 노인은 허리를 굽실거리며 말했다.

"그래요. 만약에 로산나 아가씨가 또 나가려 한다면 그대로 내버려 두세요. 아시겠죠?"

카프 탐정은 카퍼리언 노인에게 그렇게 분부한 뒤 장미별장에서 마련해준 그의 방으로 들어갔다.

프랑크린은 카프 탐정을 눈으로 보낸 뒤 카퍼리언 노인의 귀에 대고 말했다.

"카퍼리언 노인, 보아하니 카프 탐정이 로산나를 의심하는 것 같죠?"

"저는 로산나가 전과자라 해도 카프 탐정의 말을 믿지 않아요."

"물론 나도 마찬가지예요. 그런데 로산나가 의심스럽다는 것은 어쩔 수 없습니다. 왜냐하면, 로산나는 지금까지 괴상한 일만을 해왔으니까 말이에요. 그리고 나이가 17~8세밖에 안 되는데 보기에는 훨씬 많이 든 것처럼 보이지 않아요? 또 그 반지 말이에요. 나도 그녀가 그것을 어디서 주웠는지 알 수 없어요."

"그러나 프랑크린 도련님, 어쨌든 로산나가 도련님께 죄를 둘러씌우지는 않을 겁니다."

"그래요?"

프랑크린은 여전히 카퍼리언 노인의 말을 믿지 못하겠다는 듯 오만상을 지으며 다시 의자에 앉았다.

마침 그때, 로산나가 그림자처럼 소리없이 응접실로 들어왔다. 그녀는 작은 소리로 말했다.

"카퍼리언 선생님, 죄송합니다. 밖에 좀 나갔다 오고 싶은데요."

"왜 무슨 일이라도 있니? 얼굴색이 아주 안 좋은데?"

"예. 머리가 좀 아파서요."

"또 바닷가로 가고 싶어 그러는 게지? 달이 곧 뜰 거야. 너무 늦지 않게 돌아와야 한다. 알겠지?"

"예. 바람 좀 쐬고 바로 오겠습니다."

카퍼리언 노인은 카프 탐정의 말이 생각나서 부드럽게 허락했다. 로산나는 절을 꾸벅 하고 도망치듯 응접실을 나갔다.

카퍼리언 노인은 다른 가정부에게 하던 일을 계속하라고 지시하고 카프 탐정에게 다과를 좀 갖다 주라고 분부했다. 그는 한 가지 일을 끝내고 카프 탐정 방으로 달려갔다.

"카프 선생님, 로산나가 또 나갔어요."

"역시 나갔군요."

"아마도 인적이 드문 바닷가로 갔을 것입니다."

"바로 그 바닷가 말인가요? 노인장, 미안하지만 나를 좀 그곳으로 데려다 주시겠어요?"

"물론 모셔다 드리죠. 나도 로산나가 걱정되어서요."

카퍼리언 노인과 카프 탐정은 바위가 많이 있는 바닷가로 갔다.

두 사람은 소나무 숲을 지나 모래 언덕을 천천히 걸어갔다. 그때 둥근달이 수평선 위로 얼굴을 내밀었다. 파도소리도 크게 들렸다.

갑자기 카프 탐정이 다른 손으로 지팡이를 바꾸어 쥐며 말했다.

"노인장, 걱정할 필요는 없어요. 만약에 로산나 아가씨와 이번 사건이 연관되어 있다 해도 그녀에게는 아무런 죄도 없을 것 같습니다."

"혹시 웰링턴 부인께서 용서해주시겠다고 하시던가요?"

카프 탐정은 고개를 저었다.

"아니오. 내 생각에 그녀는 범인이 아니고 겨우 도적의 손발일 뿐입니다."

"그렇다면 그 인도 사람들의……?"

카프 탐정은 심각한 표정으로 말했다.

"나도 그 인도 마술사 이야기를 들어 알고 있습니다. 이번 도난사건과 인도 마술사는 연결시키고 싶지 않습니다."

"그건 또 무슨 말씀인가요?"

"그들 인도 마술사들이 보석을 노리고 있다 하더라도 이번 사건과 직접적인 관계는 없다고 봅니다. 이 점에 바로 우리가 당했고, 또 해결해야 할 문제이기도 합니다."

카퍼리언 노인은 이상하다는 듯 물었다.

"그럼, 도대체 어떤 사람의 짓일까요? 또 다른 범인이 있다는 말씀인가요?"

"그건 아직 대답할 수 없어요."

카프 탐정은 끝까지 대답하지 않고 계속 머리를 숙인 채 바닷가를 거닐고만 있었다.

잠시 후, 그는 갑자기 머리를 들고 말했다.

"카퍼리언 노인장, 빨리 와 보시오. 여기 로산나 아가씨가 지나간 발자국이 있어요. 생각대로 로산나 아가씨는 물건을 숨기기 위해 이곳으로 왔음이 틀림없습니다. 그런데 저 외딴집은 무엇이죠? 정말 이상한데……."

"아, 저 집 말인가요? 저건 어부 유에랑이 사는 집이지요?"

"이 발자국을 보면 로산나 아가씨는 저 집에 들렀다가 이 바닷가를 따라 바위가 많은 저쪽으로 간 것 같은데 어떻게 생각하세요?"

"그럼, 로산나가 유에랑의 집에 들렀다가 갔단 말인가요?"

"틀림없습니다. 우리 먼저 저 집으로 가봅시다."

카프 탐정이 앞서 걸어가자 커퍼리언 노인이 뒤따라 유에랑의 집을 향해 걸어갔다.

바닷가 그 외딴집에는 어부인 유에랑과 그의 부인 그리고 아들 테이스와 딸 로즈가 살고 있었다. 그런데 로즈는 천진난만한 절름발이 소녀였다.

카프 탐정과 카퍼리언 노인이 외딴집에 도착하여 보니 배는 보이지 않았다.

아마도 유에랑과 테이스가 고기 잡으러 가서 아직 돌아오지 않은 것 같았다. 그러나 다리가 아픈 로즈는 언제나 2층 방에 누워 있었다.

카퍼리언 노인이

"안에 누가 계세요?"

하고 말하자 유에랑의 부인이 작은 부엌 창문으로 머리를 내밀었다.

"장미별장의 카퍼리언 선생 아니신가요? 어쩐 일이세요?"

유에랑의 부인은 생각지도 않았던 사람이 밤에 찾아와 깜짝 놀랐다.

"아⋯⋯. 마침 런던에서 손님이 오서 바닷가에 바람을 쐬러 왔다가 잠시 들렀어요."

"오, 그러세요. 어서 안으로 들어와 앉으세요."

"정말 감사합니다."

카프 탐정은 노련한 사람이라 처음부터 로산나 이야기는 꺼내지 않고, 유에랑 부인과 바다에 관한 이야기만 했다.

"바닷가라서 그런지 주위 환경도 아름답고 무엇보다 공기가 좋군요."

유에랑의 부인이 말했다.

"바다가 아름답고 공기도 좋지만 우리만 살아서 언제나 적적하답니다."

"그런 점도 있겠군요."

카프 탐정은 사건과는 아무런 관련 없는 이야기만 하다가 호주머니에서 시계를 꺼냈다.

"오, 벌써 시간이 이렇게 되었군요. 오늘 초면인데 부인께서 많은 이야기를 들려주셔 정말 감사합니다. 우리는 그만 돌아가겠습니다. 그런데 부인, 당돌한 물음 같지만 로산나 아가씨는 장미별장을 떠나고 싶어하는 것 같죠?"

카프 탐정은 슬쩍 그렇게 물어보았다.

유에랑의 부인이 말했다.

"그래요. 로산나가 오면 우리 딸 로즈를 잘 보살펴 주어 언제나 고맙게 생각하고 있어요. 만약 다른 곳으로 가버린다면 우리는 아주 쓸쓸할 것 같아요."

카프 탐정이 말했다.

"아마 로산나 아가씨가 부인의 딸 로즈에게 모든 것을 말했을 것입니다. 그런데 로산나 아가씨가 보석을 훔친 도둑으로 의심을 받고 있어 정말 불쌍해요. 하지만 우리는 그녀를 의심하지 않아요. 우리는 그녀의 혐의를 벗게 해주려고 이렇게 동분서주하고 있답니다."

유에랑의 부인은 아주 심각하게 말했다.

"정말 슬픈 일이군요. 어쨌든 로산나는 전과가 있기 때문에 무척 힘들 거예요. 그래서 친구에게 모든 것을 털어놓으려고 여기서 긴 시간 편지를 쓴 뒤에 딸 로즈에게 우표가 있으면 빌려 줄 수 없겠느냐고 했답니다. 아마도 다른 친구를 찾아갈 준비를 하고 있나 봐요. 정말 불쌍한 로산나!"

"오, 로산나 아가씨가 정말 그렇게 말했다는 것이죠?"

그때 카퍼리언 노인이 불안한 듯 끼어들었다. 유에랑의 부인이 이어 말했다.

"틀림없어요. 조금 전에 그녀가 와서 얼마 동안 여행을 하겠다며 여러 가지 물건들을 챙겼죠. 그래서 내가 불쌍하다면서 필요한 것이 있으면 사양하지 말고 말하라 했더니 도리어 이렇게 많은 돈을 나의 손에 쥐어주지 않았겠어요. 그리고 몇 번이나 뒤돌아보면서 떠났어요."

유에랑의 부인은 호주머니에서 은화 5개를 꺼내어 손바닥 위에 놓고 말했다.

"이 1실링 9펜스를 로산나에게 돌려주었으면 합니다. 사실 로산나가 갖고 간 것은 버려도 될 폐물 같은 것인데 만약 저의 남편이 내가 돈을 받았다는 것을 알면 나를 용서하지 않을 거예요."

"부인의 말을 들으니 이상한 점이 많군요. 로산나 아가씨가 갖고 간 물건들은 어떤 것들인가요?"

유에랑의 부인은 잠시 방안을 두리번거리다가

"오, 저기에 마침 그런 것이 하나 남아 있네요."

유에랑의 부인은 촛불을 들고 카프 탐정을 안내했다.

"이쪽으로 와서 보세요."

부엌 한구석에는 조난당한 배에서 주워온 폐품들이 수북이 쌓여 있었다.

유에랑의 부인은 그 폐품들 속에서 작은 화란제 청동함을 집어 들었다.

"로산나가 갖고 간 것은 바로 이러한 함입니다."

"감사합니다. 내가 자세히 봐도 되겠습니까?"

"예. 물론입니다."

그 청동으로 만든 작은 함은 배가 항해할 때 해도나 온도계 같은 것이 바닷물에 젖지 않도록 보관하기 위하여 특별히 단단하게 만든 것이었다. 그래서 작은 구멍이나 틈이라도 있으면 안의 물건이 못쓰게 됨으로 함의 뚜껑은 특별히 튼튼하게 만들어져 있었다.

"오, 이렇게 튼튼한 함이 한 개에 1실링이라면 너무 싼데요. 거저예요. 그렇죠?"

카퍼리언 노인이 머뭇거리고 있는데 카프 탐정은 그 함의 무게가 얼마나 나가는지 손으로 올렸다 내렸다 견주어 보았다.

"오, 저기에 또 다른 것이 있네요."

유에랑의 부인은 그때 또 쓰레기 더미 속에서 쇠사슬 하나를 집어 들었다.

"이런 쇠사슬도 있죠. 로산나는 물건을 묶는 데는 쇠사슬이 가장 좋다고 하면서 갖고 갔어요."

"쇠사슬까지……."

카프 탐정은 너무나 뜻밖인지 혀를 내둘렀다.

잠시 후, 카프 탐정은 작별인사를 했다.

"부인, 부인의 친절에 감사드립니다. 저희들은 이만 돌아가겠습니다. 오늘 정말 고마웠습니다."
두 사람은 어부의 외딴집을 나와 모래 위를 걸었다.
"노인장, 노인장의 도움, 정말 감사합니다. 나는 로산나 아가씨의 행동을 알고 있었는데 오늘 다시 확인하였습니다."
두 사람은 달빛이 내리는 모래 위를 걸어서 작은 곶이 있는 쪽으로 갔다.
카프 탐정이 갑자기 멈추어 섰다.
"카퍼리인 노인장, 어떻게 생각하세요? 로산나는 두 개의 쇠사슬을 연결한 뒤 그 청동함을 묶었을 것입니다. 그리고 자기만 아는 바다 밑 바위 사이에 그 함을 숨겨놓았을 것이 틀림없어요."
"정말 무서운 일이군요."
카퍼리언 노인의 얼굴은 보름달의 달빛처럼 노랗게 변했고 몹시 긴장한 듯 말했다.
"그 속에, 그 청동함 속에 황색 보석을 숨겨 놓았겠군요?"
카프 탐정은 고개를 저었다.
"아닙니다. 아마도 그 보석은 아닐 것입니다."
"그럼, 무엇이 들어 있을까요?"
"글쎄요."
카퍼리언 노인이 다급히 말했다.

"카프 선생님, 우리 이러고 있을 것이 아니라 당장 가서 보면 안 되겠습니까? 그럼 그 속에 무엇이 들었는지 정확하게 알 수 있겠죠. 혹시 그 황색 보석보다 더 귀중한 것이 들어 있는지 누가 알겠습니까?"

"노인장, 침착하세요. 우리가 바로 그곳으로 가면 안 됩니다."

"왜 안 됩니까?"

카프 탐정이 말했다.

"우리는 그보다 더 급한 일이 있습니다."

카퍼리언 노인은 이해할 수 없다는 듯 물었다.

"그보다 더 급한 일이라니요?"

"노인장, 빨리 장미별장으로 돌아갑시다. 나의 심장이 끓어오르는 걸 보면 이상한 예감이……."

"그럼, 빨리 돌아가시죠?"

달빛에 카프 탐정의 얼굴은 차디차게 보였다. 그는 파도가 꿈틀거리는 것을 보며 카퍼리언 노인을 재촉했다.

"노인장, 빨리 돌아갑시다. 늦으면 안 됩니다."

두 사람은 모래 언덕을 지나 소나무 숲길을 빠져나갔다. 그리고 장미별장을 향해 달려갔다.

11. 소용돌이

 장미별장으로 돌아가는 길이었다. 카퍼리언 노인은 조용한 숲 속을 걸어가며 카프 탐정에게 물었다.

"카프 선생님, 저는 갈수록 선생님이 하시는 일을 이해할 수 없군요. 왜 작은 곳에 가서 조사하지 않습니까?"

"로산나는 그곳에 없어요. 내 생각에 로산나는 일찌감치 장미별장으로 돌아갔을 것입니다. 사실, 나는 로산나가 상자를 바다 밑에 숨긴 것보다 앞으로 그녀가 무슨 짓을 할 것인가에 더 관심을 갖고 있어요. 우리는 좀 더 걸음에 속도를 내어 돌아가야 합니다."

카프 탐정은 갑자기 걸음을 재촉했다.

그런데 카프 탐정은 장미별장에 도착하여 정문으로 가지 않고 빙 돌아 큰 정원이 있는 뒷문으로 들어갔다. 그리고 큰 정원에서 베란다 쪽 길을 소리 없이 걸어갔다.

아직 베란다까지는 가지 않았는데 카프 탐정은 갑자기 고개를 들어 이층 창문을 보았다.

"쉿! 카퍼리언 선생, 저 창문을 좀 보시오."

카프 탐정은 마치 무엇이라도 발견한 것처럼 불빛이 환한 이층 창문을 가리켰다.

"왜 그러세요. 카프 선생님? 저 창문은 리젤 아가씨 방……."

카퍼리언 노인의 말이 채 끝나기도 전 카프 탐정이 작은 소리로 말했다.

"저 그림자는 누구일까요?"

"아니, 저건……."

카퍼리언 노인은 깜짝 놀랐다.

자세히 보니 그림자는 하나뿐이 아니었다. 몇 개의 검은 그림자가 마치 무슨 일로 바쁘게 오른쪽 왼쪽으로 왔다 갔다 움직이고 있었다.

"보아하니 아가씨께서 어딘가로 여행을 떠날 준비를 하는 것 같은데요."

"갑자기 여행을 떠나다니요?"

카퍼리언 노인은 다시 한 번 놀랐다.

"어쨌든 한번 들어가 봅시다. 보시면 내 말이 맞는지 틀리는지 아실 거예요."

카프 탐정은 웃으며 앞장을 섰다. 카퍼리언 노인은 원인도 모르고 땀을 주르륵 흘렸다.

두 사람이 응접실에 들어섰을 때 웰링턴 부인이 얼굴에 수심을 띤 채 걸어나오고 있었다.

카프 탐정이 상냥하게 물었다.

"부인, 혹시 무슨 일이라도 생겼습니까?"

웰링턴 부인이 힘없이 말했다.

"오 카프 선생님, 정말 큰일 났습니다. 딸아이 리젤이 갑자기 이곳을 떠나려 해요."

"이곳을 떠나려 한다고요?"

웰링턴 부인이 머리를 저으며 말했다.

"그래요. 후리즌에 있는 친구 집으로 가서 당분간 그곳에서 머물겠다고 우기지 않겠어요?"

"그래요?"

"그 아이가 울며 이렇게 계속 가면 틀림없이 병이 날 것 같대요."

카프 탐정이 물었다.

"부인, 리젤 아가씨가 언제 그런 말을 하던가요?"

"한 30분 전쯤 갑자기 그런 말을 했어요."

"그래서 짐을 챙기느라 분주하셨군요."

"그래요. 베네누프와 로산나를 불러 짐을 꾸린 지 제법 되었나 봅니다."

"아가씨는 언제 떠나겠다 했어요?"

"몹시 급하다면서 내일 아침 일찍 떠나겠다고 했어요. 카프 선생님, 어떻게 했으면 좋겠어요?"

"이것 참 일이 이상하게 꼬이는군요. 나는 내일 아침 그 인도 사람들 때문에 후리즌 경찰국으로 가겠다고 이미 약속을 했는데요. 물론 조사를 한 뒤 즉시 이곳으로 돌아온다 해도 오후라야 돌아올 것 같은데 어떻게 하죠? 혹시 부인께서 아가씨에게 내가 돌아올 때까지 기다렸다가 출발하라고 말해줄 수 없겠습니까?"

"그건 한번 말해보겠습니다."

"부인, 죄송하지만 로산나를 불러주시겠어요?"

"로산나요?"

웰링턴 부인은 그렇게 기분이 내키지 않은 듯 흥! 하며 이층으로 휑하니 올라갔다.

카프 탐정은 시가를 꺼내어 불을 붙이고 한 모금 길게 빨아당긴 뒤 천천히 연기를 내뿜었다.

"카퍼리언 선생, 어때요? 나의 추리가 틀리지 않죠?"

카퍼리언 노인은 고개를 갸우뚱거리며 물었다.

"무슨 뜻인지 이해가 안 가는군요."

"방금 웰링턴 부인께서 리젤 아가씨가 30분 전 갑자기 이곳을 떠나겠다는 말을 들었다고 했잖아요? 카퍼리언 선생도 알지요? 바로 그 시간에 로산나가 돌아왔어요. 틀림없이 리젤 아가씨는 로산나의 말을 듣고 이곳을 떠나겠다고 결심한 것입니다. 그래도 이해가 안 가세요?"

"그럼, 카프 선생님, 우리 리젤 아가씨가 자신의 보석을 숨기려 한다는 말이 아닌가요?"

카퍼리언 노인은 몸을 떨었다. 그러나 카프 탐정은 여전히 침착하게 시가를 피우며 말했다.

"그럴 수도 있죠. 하지만 내가 전에 말한 대로라면 어떤 사람도 의심하지 않고 진상만 밝히고 싶을 따름입니다. 그런데 나쁘게 생각한다면 리젤 아가씨가 로산나에게 보석 훔친 죄를 덮어씌우려 하지 않을까 하는 거죠."

"설마 그런 일이 있겠어요?"

"알 수 없죠. 만약 그렇게 하지 않는다면 로산나가 어떤 이유로 아가씨 대신 죄를 둘러쓰려고 했음이 분명합니다. 어쨌든 내일 오후 내가 후리즌에서 돌아오기 전에 그들이 떠났다면 나의 추측이 틀리지 않을 것입니다."

바로 그때 카퍼리언 노인의 딸 베네누프가 총총히 달려와 말했다.

"아버지, 로산나가 갑자기 어지럽고 눈앞이 흐릿하다면서 자기 방으로 자러 갔습니다. 만약 또 무슨 일이 있으면 저를 불러 주세요."

"아니야. 일이 있는 쪽은 로산나야. 너는 부를 일이 없을 거야. 어서 가서 쉬어라."

"그럼, 저는 갑니다."

베네누프는 카프 탐정을 향해 가볍게 인사를 한 뒤 안쪽으로 들어갔다.

카퍼리언 노인이 물었다.

"카프 선생님, 도대체 어떻게 된 일인가요? 리젤 아가씨가 어떻게 자기 것을 훔친단 말입니까? 아가씨가 왜 그렇게까지 해야 하는 건가요?"

카퍼리언 노인은 카프 탐정의 말을 도저히 믿을 수 없었다.

카프 탐정은 손으로 턱을 괴고 깊은 생각에 잠겼다. 두 사람은 한방에 있어도 한 마디 말도 하지 않았다.

얼마 뒤, 프랑크린이 구두 소리를 내며 나타났다.

"오, 두 분 다 여기에 계셨군요."

"왜 그래요? 유령이라도 만났어요? 그렇지 않다면 얼굴색이 왜 그렇게 창백하세요?"

카프 탐정은 농담 비슷하게 말했다.

프랑크린은 뜻밖에 진지한 표정으로 의자를 카프 탐정 곁으로 끌고 가서 앉으며 입을 열었다.

"카프 선생님, 선생님의 추측이 맞았어요. 나는 유령을 만나 죽을지도 모르겠어요."

카퍼리언 노인이 말했다.

"장난이시죠? 도련님."

그러나 그의 웃음은 자연스럽지 못했고 소리도 떨렸다.

프랑크린이 말했다.

"사실대로 말씀드리자면, 다름 아닌……."

"어서 말해 보세요."

"예. 다름 아닌 로산나에 관한 것인데 조금 전에 내가 침대에 누워 신문을 보고 있는데 누군가 방문을 두드렸습니다. 내가 '들어오세요.'했더니 방문이 슬며시 열렸습니다. 나는 얼른 침대에서 일어나 앉았죠. 그런데 기척이 없었습니다. 이상하다 생각하며 일어나 문 밖을 보니 로산나가 깜깜한 복도에 혼자

서 있었습니다. 나는 그녀에게 무슨 일이냐고 물었죠. 그리고 나에게 볼일이 있으면 어서 들어와 말하라고 했죠. 그러자 로산나는 검은 그림자처럼 방안으로 들어왔는데 무슨 일이냐고 물어도 대답은 하지 않고 뚫어져라 나의 얼굴만 빤히 쳐다보고 있었습니다. 나는 겁이 나서 특별한 일이 아니면 돌아가도 좋다고 했죠. 그러자 로산나는 대뜸 '안심해도 돼요.'라고 한 마디 한 뒤 기분 좋은 듯이 웃지 않겠습니까? 순간 나는 찬물을 끼얹은 듯 온몸이 싸늘해 오는 것을 느꼈습니다."

프랑크린은 당시의 일을 생각하고 계속 떨고 있었다.

"로산나가 '안심해도 돼요.'하고는 웃었다고요?"

카프 탐정은 그렇게 말하고 깊은 생각에 잠겼다.

"일이 갈수록 묘하게 되어가는군."

갑자기 카프 탐정이 의자에서 벌떡 일어났다. 카퍼리언 노인은 카프 탐정에게 또 무슨 일이 있는가 하고 깜짝 놀랐다.

사실 카프 탐정이 자리에서 갑자기 일어선 것은 웰링턴 부인이 이층에서 한 발 한 발 내려오는 것을 보았기 때문이다.

카프 탐정이 물었다.

"부인, 어떻게 되었어요? 아가씨가 오후에 떠나겠다고 했습니까?"

웰링턴 부인이 말했다.

"예. 선생의 뜻을 따라 오후에 떠나겠다고 했습니다."

"감사합니다. 이제야 마음이 놓이는군요. 그런데 리젤 아가씨가 나의 뜻을 따르지 않겠다고 했다면 나는 이 사건을 맡지 않으려고 했습니다."

카프 탐정은 만족한 듯 웃었다.

"프랑크린, 할 이야기가 있으니 나의 방으로 좀 와."

웰링턴 부인은 프랑크린의 귀에 대고 몇 마디 말한 뒤 거실을 떠났다.

그날 밤, 카퍼리언 노인은 잠을 이룰 수 없었다. 왜냐하면 낮에 있었던 여러 가지 일들이 파도처럼 머릿속에 출렁거렸기 때문이다.

"설마……? 아니야, 그렇게 온순한 아가씨가 그런 무서운 일을 할 수 없어. 그리고 로산나만 하더라도 주인의 보석을 훔칠 아무런 이유도 없고……."

카퍼리언 노인은 고개를 내저으며 침대에서 내려와 깜깜한 복도 쪽으로 걸어갔다. 프랑크린의 방에는 아직도 불이 켜져 있었다.

'프랑크린 도련님도 잠을 이루지 못하고 있음이 틀림없어.'

카퍼리언 노인은 그런 생각을 하면서 살금살금 로산나의 방 쪽으로 갔다.

방안에서 흐느끼는 소리가 들렸다. 로산나가 울고 있었다. 카퍼리언 노인은 방안으로 들어가 위로라도 해줄까 하고 문고리를 잡았다.

그런데 순간 무슨 생각이 났는지 카퍼리언 노인은 손을 내리고 카프 탐정의 방으로 갔다.

"카프 선생님, 주무세요?"

두어 번 문을 두드렸지만 방안에서는 아무런 대답이 없었다. 카퍼리언 노인은 속으로 카프 탐정이 너무 피로하여 일찌감치 단꿈에 젖었나 보다 하고 생각했다.

카퍼리언 노인은 다시 이층으로 올라갔다. 그때 밖에는 추적추적 비가 내리고 있었다. 창문을 열고 밖을 내다보니 하얀 장미가 빗속에서 떨고 있었다.

이층으로 올라간 카퍼리언 노인은 깜짝 놀랐다. 왜냐하면 잠꼬대 같은 괴상한 소리를 들었기 때문이다.

그는 소리 난 쪽으로 가서 살펴보았다. 너무나 뜻밖이었다. 다름 아닌 카프 탐정이 깜깜한 복도에서 담요를 둘러쓰고 곤하게 자고 있었기 때문이다.

"카프 선생님이 어떻게 이런 곳에서……."

카퍼리언 노인은 너무 이상하여 마치 거지처럼 길바닥에서 자고 있는 카프 탐정을 흔들어 깨웠다.

"카프 선생님, 방으로 들어가 주무세요. 잘못하다간 감기드시겠어요."

카프 탐정은 눈을 뜨고 작은 소리로 말했다.

"카퍼리언 선생, 걱정 마세요. 나는 여기서 하룻밤을 보낼 생각입니다."

"또 무슨 일이 일어났습니까?"

"아니오. 아마 오늘 밤 어떤 손님이 리젤 아가씨를 찾아올 것 같아 여기서 그분을 기다리고 있죠."

"손님이라고요?"

"바로 로산나 말이에요. 그녀가 리젤 아가씨와 뭔가 의논하러 이곳으로 올 것입니다."

카퍼리언 노인은 잠시 머뭇거렸다. 로산나가 지금 방에서 울고 있더란 말을 카프 탐정에게 할까 말까 망설이고 있는데 카프 탐정이 먼저 말을 하여 그대로 있었다.

"정말 알 수 없는 일들만 일어나네."

카퍼리언 노인은 그렇게 중얼거리며 아래층으로 내려갔다.

이튿날도 비는 그치지 않고 계속 내렸다. 카프 탐정은 계획대로 아침 일찍 말을 타고 후리즌으로 갔다.

모두 아침 준비에 바쁜데 베네누프가 왔다.

"아버지, 로산나에게 무슨 일이 있는 것이 분명해요. 창백한 얼굴로 침대에 누워 일어나지 못하고 있어요."

카퍼리언 노인은 크게 한 번 하품을 하고 물었다

"열이 있는 것이 아닌가? 들어가서 몸이 불편한지 물어보고 후리즌의 칸디 선생을 모셔오도록 하여라."

"아버지, 칸디 선생님의 소식을 못 들었어요?"

"오, 역시 아프다는 말은 들었지만 아직도 낫지 않았어?"

"제가 듣기로는 칸디 선생님이 몹시 편찮으시답니다. 그런데 칸디 선생님의 조수인 슈에런에게도 무슨 문제가 있는 것 같아요."

"그래? 어쨌든 칸디 선생 역시 고집이 보통 아니지. 이번 일은 그에게 좋은 교훈이 되었을 거야."

"로산나는 괜찮겠죠?"

"그럼!"

베네누프는 로산나가 걱정되어 장미 한 묶음을 갖다주려 급히 정원으로 갔다.

한편 프랑크린도 어젯밤에 잠을 못 잤는지 날이 훤히 밝아도 나타나지 않았다. 웰링턴 부인 역시 리젤의 방으로 간 뒤 계속 나오지 않았다.

오후까지 비는 계속 내렸고 날씨는 더욱 나빠졌다. 바람도 세게 불어 장미별장의 창문들은 덜커덩 덜커덩 소리를 냈다.

괘종시계가 두 번 울렸다. 그때 밖에서 말발굽 소리가 들렸다. 카프 탐정이 후리즌에서 돌아온 것이었다.

카퍼리언 노인이 그를 맞이하러 재빨리 대문간으로 갔을 때 말에서 내린 카프 탐정은 껄껄 웃으며 이미 돌계단을 올라오고 있었다.

"돌아오셨군요. 그래, 일은 어떻게 되었어요?"

"아주 잘됐어요. 나는 인도 사람을 만나보고 로산나가 왜 후리즌에 샀는지도 알았습니다. 인도 사람은 다음 주에 석방하기로 결정했답니다."

"그럼, 그 사건과 인도 사람은 아무런 관계가 없다는 것인가요?"

"관계가 없다고는 단정지을 수 없지요. 그들은 선생이 말한 것처럼 역시 보석을 훔치려 했죠. 그런데 그들이 손을 쓰기 전에 어떤 사람이 먼저 가서 보석을 훔쳐간 것이죠. 카퍼리언 선생, 그 인도 사람들 말인데 만약 우리가 그 보석을 찾지 못한다면 그들이 찾아서 보여주겠답니다. 그들이 그렇게 큰소리치는 것을 보고 웃음을 참을 수 없었어요."

카프 탐정은 또 한 번 크게 웃었다. 그 웃음소리는 통쾌하여 웃는 소리 같기도 하고 비웃음 같기도 했다.

카퍼리언 노인이 물었다.

"로산나가 나간 것은 무슨 특별한 이유가 있어서일까요?"

"로산나는 역시 옷감을 사러 간 것이 분명해요. 더럽혀진 옷을 그대로 입겠어요? 그래서 새 옷을 지어 입으려 했겠죠."

카퍼리언 노인과 카프 탐정이 이야기를 하고 있는데 웰링턴 부인이 나왔다. 그리고 바로 이어 리젤이 헐레벌떡 뒤따라 나왔다.

"어디 가시려고요?"

카프 탐정이 바보처럼 물어보았다.

그러나 리젤은 카프 탐정을 본 척도 하지 않고 몸을 돌려 나갔다. 그녀는 마틴사뮤엘에게 빨리 마차를 끌고 오라고 분부했다.

"아가씨, 일이 아직 끝나지 않았는데 떠나시려고요?"

카프 탐정은 마차에 오르려는 리젤의 손을 잡고 그렇게 물었다.

"무슨 일이 있나요?"

리젤도 스스럼없이 반문했다. 카프 탐정은 간청하듯 말했다.

"아가씨가 가시면 앞으로 수사에 많은 어려움이 있습니다. 부디 가시겠다는 생각을 그만두시죠."

"그 보석은 웰링턴가의 것이니 선생님은 걱정 안 하셔도 돼요."

리젤은 냉정하게 딱 잘라 말했다. 그때 안에서 프랑크린이 나왔다.

"리젤, 지금 무슨 소리를 하고 있는 거야? 카프 선생님은 웰링턴가를 위하여 런던에서 특별히 오셨어. 그리고 보석은 너의 것이지만 도적을 맞았으니 경찰관이 와서 수사를 하는 것도 당연해. 후리즌에는 가지 마."

프랑크린은 마차에 앉아 있는 리젤을 향해 질책하듯 말했다. 그러나 리젤은 조금도 고집을 꺾지 않고 당당하게 말했다.

"사뮤엘, 뭘 하고 있어? 저 소리 듣지 말고 빨리 마차나 몰아!"

프랑크린이 웰링턴 부인을 보고 말했다.

"이모님, 왜 리젤을 붙잡지 않으세요?"

프랑크린이 웰링턴 부인에게 몇 번이나 반복해 말했지만 웰링턴 부인은 리젤에게 가면 안 된다는 말은 한 마디도 하지 않았다.

"프랑크린, 좀 있다가 이야기해 줄게."

웰링턴 부인은 그렇게 말한 뒤 역시 마차에 올라 리젤 옆자리에 앉았다.

"이모님, 이모님마저 이 별장을 떠나시렵니까?"

프랑크린은 리젤의 팔을 잡고 다시 부탁하다시피 말했다.

"리젤, 어서 내려. 가면 안 돼. 어서 내리라니까!"

그러나 리젤은 못 들은 체 프랑크린을 떠밀다시피 팔을 뿌리치며 쌀쌀하게 말했다.

"사뮤엘, 뭘 하고 있어? 빨리 마차를 몰라니까! 어서!"

결국 마차는 빗속으로 움직이기 시작했다.

"리젤! 이모님! 저 프랑크린은 어쩌란 말입니까? 저도 떠나겠어요. 다시는 이 장미별장에 오지 않을……."

프랑크린은 멀어져가는 마차의 뒷모습을 보며 비통한 소리로 울부짖었다.

웰링턴 부인은 프랑크린의 애절한 소리를 듣고 고개를 돌려 뭐라고 몇 마디 말을 했지만 빗소리 때문에 어느 한 사람 그녀의 말을 똑똑히 듣지 못했다.

"나도 떠나겠어!"

어떻게하든 못 가게 하려고 꼭 붙잡고 있는 카퍼리언 노인의 손을 뿌리치고 프랑크린은 끝내 비를 맞으며 장미별장을 떠났다.

그 뒤로 프랑크린은 그 장미별장에 다시 오지 않았다.

여러 사람들이 대문간에서 웅성대고 있을 때 베네누프가 안에서 황급히 달려나왔다.

"아버지, 로산나가 너무 이상해요."

"지금 뭐라고 했니? 도대체 어떻게 되었다는 거냐?"

"로산나가?"

카프 탐정이 카퍼리언 노인보다 더 긴장하여 뒤돌아보았다. 베네누프는 마치 무슨 난처한 것이 있는 듯 더듬거리며 말했다.

"조금 전에 고깃집 심부름꾼이 여기에 왔었죠."

"그래서 어떻게 되었느냐?"

"로산나가 그에게 편지 한 통을 주면서 후리즌 우체국에 가서 대신 부쳐달라고 하였답니다."

"틀림없이 그건 그때 쓴 편지일 거야. 다시 후리즌으로 달려가봐야겠군. 우체국에 가서 조사해 보면 어디 누구에게 부치는 것인지 알 수 있겠지. 카퍼리언 선생, 죄송하지만 다시 말을 한 필 준비해 주시겠습니까?"

"그렇게 하죠. 바로 나오세요."

카프 탐정의 말이 끝났을 때 갑자기 한 소년이 비를 맞으며 달려왔다.

"카퍼리언 선생님, 큰일 났습니다. 로산나가 물에 빠진 닭처럼 비를 맞으며 혼자서 곶을 향해 걸어갔습니다."

그렇게 말해준 소년은 장미별장에 종종 와서 정원을 손질해 주는 부근에 사는 아이였다. 소년은 숨을 헐떡이며 어쩔 줄 몰라했다.

"얘야, 고마워. 우리에게 이야기해주어 정말 고맙다. 그래, 네가 나를 그곳으로 데려다 주겠니?"

카프 탐정은 다시 카퍼리언 노인을 향해 부탁했다.

"카퍼리언 선생, 일꾼들에게 어서 말을 준비하여 끌고 나오라고 일러주세요."

카프 탐정은 일꾼이 말을 끌고 나오자 낚아채듯 말고삐를 받아쥐고 말등에 올라탔다.

"얘야, 어서 그곳으로 가보자!"

카프 탐정은 소년의 뒤를 따라 곶 쪽으로 달려갔다.

비는 갈수록 많이 내리고 파도소리도 평소보다 더 무섭게 들렸다. 카퍼리언 노인은 마음이 진정되지 않아 아래층과 이층을 오르내리며 아무 목적도 없이 왔다 갔다 했다.

얼마쯤 지났을까 조금 전 그 소년이 달려왔다.

"카퍼리언 선생님!"

"얘야, 무슨 일이니?"

소년은 떨리는 손으로 카프 탐정이 노트를 찢어 쓴 메모지를 카퍼리언 노인에게 건네주었다. 메모는 이렇게 적혀 있었다.

'로산나의 구두를 즉시 소년 편으로 부탁합니다.'

카퍼리언 노인의 심장은 몹시 뛰었다.

"베네누프야, 먼저 이 꼬마 친구에게 따끈한 커피 한 잔을 갖다 주어라. 나는 로산나의 신발을 챙겨 카프 탐정에게 가봐야겠다."

카퍼리언 노인은 끓어오르는 격동을 꾹 누르고 숲을 지나 아무도 없는 바닷가의 곶을 향해 달려갔다. 하늘의 먹구름이 움직일 때마다 비는 대야로 퍼붓듯이 쏟아졌다.

카퍼리언 노인은 곶의 모래 언덕에 까마귀처럼 서 있는 카프 탐정의 그림자를 발견했다. 카프 탐정도 카퍼리언 노인을 발견하고 손을 흔들었다.

"카프 선생님, 거기에 계시군요. 바로 갈 테니 조금만 기다리세요."

카퍼리언 노인은 거센 바람에 몸의 중심을 잡지 못하고 이리비틀 저리 비틀 했지만 정신을 바짝 차리고 있는 힘을 다해 카프 탐정이 서 있는 곳으로 달려갔다.

"수고하셨어요. 정말 힘드셨죠?"

카프 탐정은 로산나의 구두를 받아들고 진흙에 찍혀 있는 구두 발자국에 그것을 갖다 대어보았다. 한 치도 차이 없이 꼭 들어맞았다.

"틀림없이 로산나의……."

카프 탐정과 카퍼리언 노인은 동시에 놀라며 서로를 쳐다보았다. 로산나의 발자국은 곶 앞쪽에 있는 '해골바위'를 향해 한 줄로 찍혀 있었다. 해골바위는 바로 곶 앞쪽 끝에 있는 두 개의 암초였다.

언제인가 프랑크린이 그 바위를 보고 '해골바위'라 부른 적이 있는데 과연 어느 방향에서 보든 진짜 해골같이 보였다.

카프 탐정과 카퍼리언 노인은 한 마디 말도 없이 해골바위 쪽으로 달려갔다. 젖은 모래 위에 찍힌 구두 발자국은 해골바위에서 사라졌다.

만약 로산나가 해골바위에 갔다가 되돌아갔다면 틀림없이 반대쪽으로 향한 발자국이 있을 텐데 다른 발자국은 찾아볼 수 없었다. 두 사람은 간신히 해골바위 위로 기어올라갔다. 물론 해골바위 위에도 로산나의 그림자는 없었다.

멀리서 성난 파도가 계속 밀려왔다. 그 파도에 실려온 하얀 물결이 바위에 부딪히자 귀를 찢는 듯한 큰소리와 함께 물보라가 사방으로 튀었다.

두 사람은 전전긍긍 서로를 붙잡고 깎아세운 듯한 절벽 끝에서 아래를 내려보았다. 절벽 아래는 마치 깊은 지옥처럼 무시무시한 소용돌이가 춤을 추듯 빙글빙글 돌아가고 있었다. 온몸이 감전이라도 된 듯 찌릿하고 팔에 힘이 쭉 빠져 숨을 제대로 쉴 수도 없었다.

"아유 너무 아찔하고 무서워!"

"카퍼리언 선생, 조심하세요. 잘못하면 우리 함께 저 소용돌이 속으로 휘말려 들어가겠어요!"

"카프 선생님도 조심하세요."

바로 그때였다.

"아버지, 아버지!"

뒤쪽에서 누가 부르는 소리가 들렸다. 카퍼리언 노인의 딸 베네누프였다. 카퍼리언 노인은 죽은 사람처럼 창백한 얼굴로 간신히 몸을 돌려 보았다.

"베네누프, 무슨 일이냐?"

카퍼리언 노인은 비에 흠뻑 젖어 흐트러진 머리칼의 베네누프가 울면서 알아들을 수도 없는 말을 하며 달려오는 것을 보았다.

"베네누프, 어서 말해봐. 무슨 일이냐?"

카퍼리언 노인이 떨리는 손으로 손을 내밀자 베네누프는 편지 한 장을 건네주었다.

"이게 뭐냐?"

"아버지, 로산나의 방 탁자 위에서 이 편지를 발견했습니다."

카퍼리언 노인은 몸을 부르르 떨며 편지를 펼쳐 보았다.

'카퍼리언 선생님, 선생님이 오랫동안 저에게 베풀어주신 은혜는 영원히 잊지 않을 것입니다. 감사합니다. 그리고 먼저 이 세상을 떠나는 죄 많은 저를 용서해 주세요. 그러나 저 로산나는 아주 기쁩니다. 저는 끝내 북쪽 바위 절벽 아래 돌아가는 소용돌이 속에 저를 던질 수 있었습니다. 이곳을 저의 안식처라고 언제나 생각해왔습니다. 이곳에서 영원히 쉴 수 있어 저는 행복합니다. 안녕히 계십시오. 로산나 올림.'

카퍼리언 노인의 두 눈에 고였던 눈물이 주르륵 흘러내렸다. 그는 떨리는 목소리로 카프 탐정에게 말했다.

"카프 선생님, 로산나, 그 불쌍한 로산나가 이 해골바위 위에서 뛰어내려 자살을 했나 봅니다."

아래를 내려다보니 로산나를 삼킨 소용돌이는 아무 일도 없었던 것처럼 빙빙 돌고 있었다.

12. 절름발이 소녀

 오랫동안 두 사람이 지켜보고 있어도 소용돌이 속으로 뛰어든 로산나의 시체는 끝내 떠오르지 않았다.

"카프 선생님, 로산나는 왜 죽었을까요? 카프 선생님께 자신이 결백하다는 것을 증명하기 위하여서가 아닐까요?"

카퍼리언 노인은 하룻밤 사이 더 늙은 사람처럼 힘없이 물었다.

"나의 생각은 달라요. 어떤 사람으로부터 의심을 받았다 하더라도 자신이 결백하다면 두려울 것이 뭐가 있겠습니까? 정말 알 수 없는 일이군요."

카프 탐정은 한가롭게 시가를 피우며 혼잣말처럼 말했다.

"카프 선생님, 로산나는 겨우 열일곱이며 마음을 터놓고 이야기할 친구도 없는 불쌍한 아이였어요. 그런데 나의 딸 베네누프가 눈치를 챘더라면 이런 불행은 일어나지 않았을 겁니다. 정말 어이없는 일이군요."

"그래요. 일이 엎친 데 덮친 격이 되었군요. 카퍼리언 선생, 당신은 정말 좋은 반면에 사람의 마음을 꿰뚫어 보는 능력은 조금 모자라는 것 같군요."

카프 탐정은 카퍼리언 노인을 한번 힐끗 쳐다보고 이어 말했다.

"카퍼리언 선생, 웰링턴 부인이 로산나를 감화원에서 꺼내왔다고 말한 적이 있죠?"

"예. 그래요."

"선생은 로산나가 감화원에 들어가기 전에 어디에 있었는지 아세요?"

카퍼리언 노인은 고개를 흔들었다.

"나는 그것까지는 모릅니다. 경찰도 아니고 남의 과거를 조사해 본 적은 없어요?"

"그렇죠. 선생의 말이 옳아요. 그런데 카퍼리언 선생, 이번 사건과 도난사건은 아주 밀접한 관계가 있는 것 같은데 해결할 열쇠가 쉽게 보이지 않군요."

카프 탐정은 의미 있는 웃음을 웃었다.

"그럼, 카프 탐정님께서……."

카퍼리언 노인은 카프 탐정의 마음을 읽을 수도 없고 또 그가 무슨 말을 할지 불안했다. 카퍼리언 노인은 고개를 갸우뚱거리며 마른 장작처럼 야윈 카프 탐정을 자세히 보았다.

"선생은 잘 모르시는 것 같은데 로산나는 감화원에 들어가기 전 런던에 있는 이느 고리대금업자의 집에서 일을 했죠."

"고리대금업자의 집에 가정부로 있었다고요?"

카프 탐정은 고개를 끄덕였다.

"그래요. 런던에서도 꽤 명성이 높은 '라이크'라는 사람에 대해 아는 것이 있으세요?"

"라이크라? 예. 언제인가 신문에서 그의 이름을 본 것 같습니다."

카프 탐정은 훅! 하고 시가의 연기를 푸른 하늘을 향해 내뿜으며 말했다.

"겉으로는 마치 돈놀이를 하는 것처럼 보였지만 그는 언제나 우리들 골치를 아프게 했죠."

카프 탐정은 한번 피식 웃었다. 그 웃음에는 심각한 의미가 숨겨져 있는 것 같았다. 카퍼리언 노인은 카프 탐정을 빤히 쳐다보며 물었다.

"그건 또 무슨 말씀인가요?"

"바로 훔친 물건들을 파는 곳이죠."

"그럼, 로산나가 그 보석을 라이크에게 팔았다는 말입니까?"

"일을 잘 모르는 사람은 그렇게 생각할지 모르겠지만 그 생각이 틀렸다고도 할 수 없죠."

카퍼리언 노인은 카프 탐정의 말을 이해할 수가 없었다.

"카프 탐정님, 속 시원하게 말씀 좀 해주십시오. 도대체 무슨 이야기를 하는지 알 수가 없습니다."

"나는 근본적인 원인을 조사하고 있죠. 로산나로부터 리젤 아가씨까지 말입니다. 그런데 카퍼리언 선생, 만약 리젤 아가씨가 라이크의 점포에 자주 왕래했다면……."

"아니, 아니에요. 절대로 그런 일은 있을 수 없습니다. 우리 리젤 아가씨는 라이크의 점포에 한 번도 가지 않았을 것입니다. 아가씨는 부잣집 외동딸인데 뭐가 아쉬워 그런 어리석은 일을 하겠습니까?"

카프 탐정은 웃으며 말했다.

"보통 사람들은 모두 그렇게 생각할 것입니다. 그처럼 떵떵거리며 사는 웰링턴 집안의 외동딸이 무슨 돈이 필요하겠느냐 생각하겠죠? 그런데 카퍼리언 선생, 골치 아픈 사건은 종종 이런 데서 일어난답니다. 런던의 큰 백화점을 들락거리며 아주 비싼 옷들을 사는 부인들이라고 하여 모두가 돈 많은 사람이라 생각하면 오해예요. 그들 중에는 그렇지 않은 사람들도 많은데 언뜻 보면 잘 알 수가 없지요."

"도대체 무슨 이야기를 하는지 알 수 없군요."

"예를 들면 바로 이런 경우죠. 겉으로는 부잣집 마님같이 보이지만 밥도 제대로 먹지 못하는 가난뱅이가 있는가 하면, 리젤 아가씨처럼 부잣집의 고귀한 아가씨도 어떤 사정으로 머리를 싸매고 아파하는 사람도 있다는 것입니다. 겉으로 보고 그것을 어떻게 알 수 있겠습니까?"

"……?"

"만약에 리젤 아가씨가 돈이 절박하게 필요한데 어머니에게 말할 수 없는 입장이라 합시다. 카퍼리언 선생은 어떻게 하겠어요?"

"가까운 사람에게 빌리면 되겠죠."

"가까운 사람도 없고 빌릴 처지도 안 된다고 하면 어떻게 하겠어요?"

"……."

"집 안에 있는 물건을 몰래 파는 수밖에 없겠죠?"

카퍼리언 노인의 얼굴은 갈수록 창백해졌다. 그는 그것이 불가능한 일이라고 생각했지만 카프 탐정의 말을 듣고 보니 궁하면 그럴 수도 있겠다는 생각을 했다. 카프 탐정이 말했다.

"리젤 아가씨가 로산나를 통하여 라이크를 알게 되었고 한두 번 왕래를 했다면 그녀는 조금도 거리낌없이 손쉬운 물건을 몰래 팔았을 것입니다. 그리고 그런 일이 계속 일어나 큰 돈이 필요하면 서슴없이 비상수단을 쓸 것이고 라이크의 마수에서 벗어나지 못하게 되겠죠?"

"그렇다면 리젤 아가씨가 그 달신의 보석을 라이크에게……. 아, 생각만 해도 무서운 일이군요."

카퍼리언 노인은 부르르 떨며 말을 잇지 못했다.

카프 탐정은 소리를 낮추어 말했다.

"리젤 아가씨는 달신의 보석을 불길한 것으로 생각하고 숨기고 싶었을지도 모릅니다."

"왜요?"

"왜냐면 리젤 아가씨는 언제인가 그 인도 사람들이 그것을 빼앗아갈 것이라 생각하고 불안에 떨고 있었기 때문이죠."

"설마?"

"리젤 아가씨는 경찰이 그 인도 사람들의 소행이라 단정 지었으면 일이 순조롭게 풀릴 것이라 생각했을지 모릅니다만 조사 결과 그들의 짓이 아니라고 밝혀졌죠. 그래서 최후의 수단으로 모든 것을 로산나에게 덮어씌우기로 계획한 것입니다."

"그렇다면 이번 사건은 모두가 리젤 아가씨가 꾸민 것이라 생각하시는군요."

카퍼리언 노인은 절망한 듯 침통하게 말했다.

바로 그때였다. 정문 쪽에서 마차 멈추는 소리가 들렸다. 그것은 웰링턴 부인이 로산나가 바다에 빠져 죽었다는 소식을 듣고 후리즌에서 급히 달려온 것이었다.

"카퍼리언, 카퍼리언! 로산나가 왜 죽었는지 말해주세요. 로산나가 죽을 것 같으면 왜 나에게나 당신에게 말하지 않았을까요? 어서 말 좀 해보시오!"

"부인, 진정하세요. 사실은 이 늙은이도 모릅니다."

웰링턴 부인은 의자에 풀썩 앉으며 힘없이 말했다.

"모든 것이 끝났어요. 그 달신의 보석인가 뭔가 하는 것 때문에 저주를 받은 것이 틀림없어요. 만일 프랑크린이 그것을 우리 장미별장에 갖고 오지 않았더라면 그런 머리 아프고 불행한 일은 일어나지 않았을 거요."

카퍼리언 노인이 손을 모으고 말했다.

"부인, 일은 아직 밝혀지지 않았습니다. 저는 죽은 로산나가 그 황색 달신의 보석을 훔쳐갔다고 하지 않았습니다."

카퍼리언 노인은 카프 탐정 쪽으로 고개를 돌리고

"그런데 카프 선생님, 로산나는 이미 죽었습니다. 그 아이가 물건을 훔치지 않았다면 왜 자살을 했을까요?"

하고 말하자 카프 탐정이 자리에서 일어섰다.

"죄송합니다. 내가 즉시 말씀 드리지 않은 것을 용서하십시오. 그런데 내가 그 대답을 하기 전에 어떤 사람을 먼저 만나봐야겠습니다."

"그가 어떤 사람입니까?"

"예. 아가씨입니다. 후리즌으로 간 부인의 딸 리젤 아가씨 말입니다."

그 말에 웰링턴 부인의 안색이 갑자기 변했다. 그녀는 눈 하나 깜짝하지 않고 마치 어떤 물건이라도 탐색하듯 카프 탐정을 빤히 쳐다보았다. 그리고 이렇게 말했다.

"리젤은 이미 후리즌에 없습니다."

"후리즌에 없다고요? 그럼, 어디로 갔습니까?"

이번에는 카프 탐정의 안색이 바뀌었다. 그는 마치 사람을 물어뜯을 듯 노려보며 웰링턴 부인 곁으로 다가갔다.

웰링턴 부인은 아무렇지도 않은 듯 말했다.

"런던으로 갔습니다."

"런던의 집으로 말입니까?"

"그래요. 후리즌에는 좋은 의사가 없어 런던으로 갔죠."

카프 탐정은 고개를 가로저었다.

"아가씨는 정말 몸이 편찮으신가요?"

"그 아이가 병이 나지 않았다면 이렇게 시끄러운 일도 일어나지 않았을 거예요. 나는 리젤에게 고통이 되는 일은 기쁘게 생각하지 않습니다. 그동안 카프 탐정님의 수고를 모르는 것은 아니지만 이제 좀 쉬세요."

"부인의 말씀은 이 사건에서 내가 손을 떼었으면 하는 뜻이죠?"

웰링턴 부인은 대답도 없이 고개를 끄덕였다. 그리고 잠시 후 입을 열었다.

"대단히 죄송하지만 선생의 호의와 수고에 우리 웰링턴 집안에서 작은 감사의 표시를 하고자 하니 이 수표를 받아 주시기 바랍니다."

웰링턴 부인은 수표 한 장을 카프 탐정에게 내밀었다.

"이 한 장의 수표로 나의 입을 막으려고요?"

"아니에요. 어찌 그런 말씀을 하세요?"

"부인이 원하신다면 나 카프는 당장이라도 장미별장을 떠날 수 있습니다. 그런데 부인께서 나의 입을 막으려 하시면 그 인도 검은 마술사들이 부인을 그냥 두지 않을 걸요. 그리고 조만간에 그 세 명의 인도 마술사가 나 대신 황색 보석이 숨겨진

장소를 찾아낼 것입니다. 그렇게 되면 아무리 애써도 안 될 것입니다. 부인, 이 카프는 사설 탐정이 아니라 런던 경찰청의 경관이기도 합니다. 그래서 이런 종잇조각은 절대로 받을 수 없습니다."

카프 탐정은 몹시 화가 난 듯 수표를 갈기갈기 찢어 창밖으로 던져버렸다.

찢어진 수표 조각은 마치 꽃잎처럼 바람에 날아갔다.

그날 저녁 때, 카프 탐정은 그가 말한 것처럼 누군가를 만나겠다고 런던으로 갔다.

그는 배웅 나온 카퍼리언 노인의 손을 잡으며 말했다.

"카퍼리언 선생, 그동안 고생 많았습니다. 언젠가 런던에 올 기회가 있으면 나를 꼭 찾아주세요. 환영하겠습니다. 아마 그때는 탐정을 그만두고 런던의 한적한 교외 어떤 곳에서 장미를 기르고 있을지 모릅니다. 그래요. 깜빡 잊을 뻔했군요. 먼저 꽃을 좀 꺾어 로산나 무덤에 올린 뒤 출발해야겠습니다."

카프 탐정은 그렇게 말하고 조용히 장미별장을 떠났다.

월요일 아침.

웰링턴 부인과 베네누프 그리고 두세 명의 가정부들이 런던으로 갈 준비를 했다. 준비를 끝낸 웰링턴 부인은 먼저 마차에 올라 눈물을 흘리며 손을 내밀었다. 카퍼리언 노인은 허리를 굽혀 절을 하며 웰링턴 부인의 손을 잡았다.

"카퍼리언, 정말 누구보다 수고 많았어요. 그런데 나는 당신만은 카프 탐정의 말을 믿지 않을 것이라 생각해요. 부탁인데 불쌍한 로산나를 기억하고 기도하는 일을 잊지 마세요. 나는 언제인가 진상이 밝혀지리라 믿어요. 잘 부탁해요. 장미별장과 남아 있는 가정부들도 잘 챙겨주세요. 그럼."

웰링턴 부인과 몇 명의 가정부들이 떠난 장미별장은 유령의 집처럼 적막하고 조용했다. 시간이 얼마나 지났을까. 하늘은 이미 깜깜하고 늦가을처럼 뼈를 깎는 찬바람이 바다로부터 불어왔다.

카퍼리언 노인은 한 마리 늙은 고양이가 몸을 웅크리고 앉아 있는 것처럼 거실 의자에 기대어 깊은 생각에 잠겼다.

바로 그때, 고막을 찢는 듯한 여자의 목소리가 대문 밖에서 들렸다.

"이게 무슨 소리지?"

카퍼리언 노인은 헐레벌떡 대문 쪽으로 달려나갔다.

"거기 누구요? 무슨 일이 있어요?"

아무런 대답이 없었다. 카퍼리언 노인은 급하게 문을 열고 나가보았다. 어떤 사람이 돌계단에 서 있었다. 그는 다름 아닌 바닷가 외딴집에 사는 로즈였다. 로즈는 소나무 가지로 만든 지팡이를 짚고 혼자 서 있었다. 급하게 달려와서인지 로즈의 머리칼은 흩어져 있었고 숨도 급하게 몰아쉬었다. 로즈는 카퍼리언 노인을 보고 말했다.

"카퍼리언 선생님, 이 장미별장에 프랑크린이란 청년이 있어요?"

로즈는 몹시 화가 난 듯 떨리는 소리로 말했다.

"로즈, 조금 전 그 소리는 네가 질렀느냐?"

"예. 너무 화가 나서 소리를 한번 질렀습니다."

"난 또 무슨 일이 있는 줄 알고 놀랐지. 그런데 무슨 일이냐? 프랑크린 선생은 우리 장미별장의 귀한 손님인데 무슨 일이 있어 그렇게 불손한 말을 하느냐?"

카퍼리언 노인은 로즈의 창백하고 험상궂은 얼굴에 소름이 오싹 끼쳤다.

"뭐라고 하셨어요? 그놈이 귀한 손님이라고요? 프랑크린이란 놈은 바로 사람을 죽인 살인범이에요. 그놈 때문에 착한 로산나가 죽었단 말이에요."

로즈는 갑자기 쥐고 있던 지팡이로 돌계단을 내리쳤다. 그리고 큰소리로 엉엉 울었다.

"나쁜 놈, 살인자!"

"로즈, 어서 말해 봐. 그리고 로산나가 너에게 뭐라고 하더냐?"

"로산나가 보낸 한 통의 편지를 받았죠. 그 편지에 '나는 프랑크린 선생을 위해 기쁜 마음으로 죽는다.'라고 씌어 있었어요."

카퍼리언 노인은 그 말을 듣고 놀라 어쩔 줄 몰랐다.

"로즈, 그게 정말이냐?"

"제가 어찌 거짓말을 하겠어요. 로산나는 저를 무척 사랑해 주었고 저도 로산나를 마음속의 태양으로 알고 있어요. 그런데 그 로산나는 프랑크린 때문에 세상을 떠났어요."

로즈는 연약한 몸을 겨우 가누며 그렇게 말하고 계속 울었다. 카퍼리언 노인이 물었다.

"로산나가 왜 프랑크린 선생을 위해 죽었는지 그 이유가 적혀 있더냐?"

카러피언 노인은 부드럽게 로즈의 어깨를 어루만지며 말했지만 사실 그는 로즈의 말을 듣고 싶지 않았다. 왜냐하면 로즈의 말은 카프 탐정의 말보다 더 충격적이고 무서울 것이기 때문이었다.

카퍼리언 노인은 그래도 로즈가 말하면 들으려 했지만 로즈는 고개를 내저었다.

"안 돼요. 그것만은 말할 수 없어요. 그런데 로산나 대신 프랑크린에게 보낼 물건을 제가 갖고 있어요."

"로즈야, 프랑크린 선생은 이미 이곳에 없어. 나에게 주면 전해줄게. 도대체 무슨 물건이냐?"

"편지예요. 아주 중요한 로산나의 편지입니다."

"로산나의 편지라고? 그럼 너에게 보낸 편지에 그것을 프랑크린 선생에게 전해주라고 씌어 있더냐?"

카퍼리언 노인은 그렇게 말하며 로산나 앞으로 손을 내밀었다.

"안 돼요. 이 편지는 제가 직접 프랑크린에게 전해주어야 합니다."

로즈는 심오한 비밀을 감추고 몸을 돌려 지팡이에 의지하여 절룩거리며 장미별장을 떠났다.

13. 검은 악마의 손길

 시간은 정말 빨리도 지나갔다. 웰링턴 집안의 어머니와 딸이 요크셔의 장미별장을 떠나 런던으로 간 지 한 달이 지났다.

그동안 카퍼리언 노인은 장미별장에 남아 있으면서 두 통의 편지를 받았는데 그중 한 통은 웰링턴 부인을 도와주는 카퍼리언 노인의 딸 베네누프에게서 온 것으로 그동안 있었던 일들을 아버지에게 보고하는 내용이었다.

리젤 아가씨의 병은 런던에 와서 좋은 의사를 만나서인지 빠르게 회복되고 있으며 쿠두오프리엘 중위와 관계 있는 자선협회의 일을 도와주고 있습니다. 그리고 종종 그와 함께 음악회며 연극 등을 감상하러 다니기도 합니다. 보아하니 리젤 아가씨는 황색 보석으로 골머리 앓았던 일들을 빨리 잊을 것 같습니다.

다른 한 통의 편지는 앞의 것과 달리 외국의 어느 항구에서 부친 프랑크린의 편지였다.

카퍼리언 노인, 제가 장미별장에 머물 때 노인을 너무 많이 괴롭힌 것 같아 정말 죄송합니다. 우리가 헤어진 뒤 범선 한 척을 사서 동쪽 나라들을 향해 멀고 긴 항해를 시작했습니다. 물론 마법의 보석을 찾기 위해 인도로 가는 겁니다. 내 생각에 그 나라에 가면 '달신의 보석'이 어디로 갔는지 알 수 있을 것 같습니다. 그러나 나는 실망했습니다. 그래서 지금은 머나먼 곳에서 밤낮 리젤의 행복을 기도하고 있을 뿐입니다. 이 밖에 내가 또 무슨 이야기를 노인에게 해야 할지 모르겠군요.

카퍼리언 노인은 프랑크린 생각을 하니 가슴이 아팠지만 리젤의 병이 빨리 회복되어 간다는 말에 어느 정도 위로가 되었다. 그런데 그 사이 불길한 그림자가 웰링턴 집안을 향해 한 발 한 발 다가오고 있었다.

7월 어느 목요일, 쿠두오프리엘 중위가 집으로 돌아가니 여동생이 많이 기다렸다는 듯이 말했다.

"오빠, 한 시간 전쯤에 어떤 낯선 소년이 이 편지를 전해주고 갔는데 오빠는 그가 누구인지 아세요?"

여동생은 쿠두오프리엘 중위에게 편지 한 통을 넘겨주었다.

"낯선 소년이라? 누구지? 이런 이름은 들어본 적이 없는데?"

쿠두오프리엘 중위는 이상하게 생각하며 여자의 이름으로 된 편지를 뜯었다. 편지의 내용은 이러했다.

세상을 떠난 아들을 위해 유산의 일부를 당신의 자선협회에 기부하고자 합니다. 이 편지를 받고 한 시간 안으로 누우산파란가로 오십시오. 편지 봉투에 적힌 주소대로 오시면 됩니다.

쿠두오프리엘 중위는 이런 일이 1년에 한두 번은 있기에 조금도 의심하지 않고 그곳으로 갔다. 누오산파란가에 도착하여 목적지를 아주 쉽게 찾을 수 있었다.

마침 그 집 앞에 서 있던 한 명의 영국 신사는 쿠두오프리엘 중위가 이름을 말하자 바로 이층으로 안내했다.

그 신사가 말했다.

"여기서 잠깐만 기다려 주십시오. 저의 아내에게 손님이 오셨다고 이야기하고 나오겠습니다."

그는 바로 아래층으로 내려갔다. 이층 방은 조금 어두웠지만 안은 그런대로 잘 꾸며져 있었다.

쿠두오프리엘 중위는 무심코 탁자 위에 놓여 있는 인도제 주전자를 발견하고 호기심에 가까이 가서 주전자를 한번 쓰다듬어 보았다.

바로 그 순간, 어디서 날아왔는지 검은 그림자 두 개가 그를 습격했다. 분명 상대는 두 명이었다. 그중 한 명은 갑자기 뒤에서 쿠두오프리엘 중위의 목을 조였다.

"아! 아……."

쿠두오프리엘 중위는 그의 목을 조이고 있는 커피색 검은 손을 뿌리치려 애를 썼다. 순간 그의 손을 보고 인도 사람이란 것을 알았다. 그런데 잠시 후, 쿠두오프리엘 중위는 의식을 잃고 몸은 이미 침대 위에 던져졌다. 그리고 입을 틀어막고 눈은 두꺼운 검은 천으로 가리워졌다. 발만 아니라 손발 모두 꽁꽁 묶인 채였다. 정말 눈 깜짝할 사이에 일어난 무서운 일이었다.

"OO.KTY……."

두 명의 인도 사람은 알 수 없는 인도 말을 주고받으며 쿠두오프리엘 중위의 온몸을 샅샅이 뒤졌다. 그리고 심지어 바느질한 곳까지 따서 헤쳐보았다.

"OO.KTY?"

두 명의 인도 사람은 쿠두오프리엘 중위의 몸을 뒤진 뒤 부대에 넣어 소파에 던져놓고 아무 일도 없었던 듯 방을 나갔다. 하마터면 목숨을 잃을 뻔한 쿠두오프리엘 중위는 마치 한바탕 악몽을 꾼 것 같았다. 그리고 희미하게나마 순간의 악몽을 기억하고 있었다.

잠시 후, 쿠두오프리엘 중위는 어떤 사람이 이층 방문을 열고 들어오는 소리를 들었다. 그리고 이어 앗!하고 놀라는 여자의 비명소리를 들었다.

"여보! 이리 좀 와 보세요. 여기 이상한……."

그 소리에 어떤 남자가 급하게 달려왔다.

"여보, 왜 그러세요? 무슨 일이 있었소? 소파 위에 저건……."

그는 떨리는 목소리로 그렇게 물으며 소파에 던져진 이상한 부대를 풀었다.

"사, 사람이 안에 들어 있어!"

그는 쿠두오프리엘 중위의 입과 눈에 가린 검은 천과 몸을 묶은 밧줄을 풀어주었다. 처음에는 두 사람을 같은 일당이라 의심했다.

뒤에서야 알았지만 쿠두오프리엘 중위를 구해준 사람은 집주인 부부였다.

"조금 전 먼저 선생께서 이층으로 올라가자 바로 뒤따라 여러 사람이 올라갔다가 내려갔죠. 그런데 그들이 나간 지 오래 되었는데 선생께서 내려오지 않아 이상하게 생각하고 이층으로 올라와 보았죠. 정말 선생이 밧줄에 묶여 소파 위에 뒹굴 줄은 생각지도 못했습니다."

"순간적인 일이라 무엇이 어떻게 되었는지 알 수 없지만 두 분께서 많이 놀라셨겠습니다. 그런데 그 사람들은 도대체 어떤 사람입니까?"

"어제 한 사람이 와서 방을 좀 빌려 달라고 하여 그렇게 하겠다고 했죠. 그래서 아직도 그가 어떤 사람인지 잘 모릅니다."

"어제라고 하셨어요?"

"예. 어제 어떤 신사 한 분이 와서 세 명의 인도 귀족이 며칠 머물 거라며 방을 하나 빌려달라고 했습니다. 그 신사는 자기가 인도에 있을 때 알게 된 친구인데 최근 영국에 왔다고 하였습니다. 우리가 방을 보여주었더니 방이 깨끗하고 조용하여 그들이 좋아하겠다고 하면서 일주일치 방세를 미리 주고 갔죠. 그런데 알 수 없는 일은 왜 그들이 선생을 이렇게 했을까 궁금합니다. 혹시 빼앗긴 물건이 있습니까?"

여주인은 미안해하며 그렇게 물었다.

"지금 봐선 없는 것 같습니다만……."

쿠두오프리엘 중위는 흩어져 있는 시계며 지갑 열쇠 등을 하나씩 집어 도로 호주머니에 넣으며 그렇게 말했다.

"어쨌든 두 분께서 저를 구해주셔서 감사합니다. 그런데 아무리 생각해봐도 재수 없군요. 마치 하늘에서 갑자기 떨어진 재난 같지만 사실 그 사람들과 무슨 원한이 있는지 조금도 알 수 없습니다."

쿠두오프리엘 중위는 그 두 친절한 방주인에게 고맙다는 인사를 한 뒤 거리로 나왔다.

거리에는 짙은 안개가 깔려 있어 어느 쪽 길로 가야 무서운 인도 사람들로부터 피할 수 있을지 걱정되었다.

쿠두오프리엘 중위는 인도 사람들과는 아무런 원한 관계가 없다고 했지만 요크셔의 장미별장에서 인도 사람들의 마술공연을 본 것이 기억났다.

쿠두오프리엘 중위가 그런 일을 당했을 때 다른 거리에 있는 고리대금업자 라이크도 똑같은 일을 당했다.

중요한 장사거리가 있어 런던에 와 지금 투오트람가의 엘프리엘 호텔에 묵고 있으니 빨리 만나고 싶습니다.

라이크는 위와 같은 내용의 편지를 받고 즉시 마차를 타고 편지봉투에 적힌 주소대로 엘프리엘 호텔을 찾아갔다.

편지를 보낸 사람은 동양의 골동품을 수집하는 사람으로 라이크는 전에 그로부터 골동품을 사서 적지 않은 돈을 번 적이 있었다.

그런데 투오트람가의 엘프리엘 호텔에 도착해서 보니 그를 기다리는 사람은 쿠두오프리엘 중위가 만났던 바로 그 낯선 영국 신사였다.

그는 라이크를 이층으로 안내했다.

"제가 곧 돌아올 테니 여기서 잠시만 기다려 주십시오."

신사가 나간 뒤, 라이크도 탁자 위에 있는 인도 주전자에 마음이 끌렸다. 그는 탁자 곁으로 갔다. 그런데 그의 손이 주전자에 닿자 쿠두오프리엘 중위가 겪은 것처럼 갑자기 검은 마수가 라이크의 목을 졸랐다.

라이크가 한참 뒤 의식을 회복하고 보니 그가 갖고 있던 물건은 사방에 흩어져 있고 중요한 서류 한 장만 보이지 않았다. 그 서류는 은행으로부터 귀중품을 맡기고 받은 물품보관증인데 그날은 은행이 일찍 문을 닫아 물건을 찾을 수 없었다.

라이크는 바로 은행과 경찰청에 서류 도난 신고를 했다.

그 일로 런던 경찰청은 또 바쁘게 되었다. 하지만 그들은 시종 소동만 부렸지 세 명의 이상한 인도 사람은 잡지 못했다.

한편, 쿠두오프리엘 중위는 난감했다.

런던 경찰청의 카프 탐정이 무슨 수작을 부린 것이 틀림없었다.

이튿날, 신문에 다시 장미별장의 '보석도난사건'이 크게 실렸다. 그다음 주 화요일 오후, 쿠두오프리엘 중위가 갑자기 웰링턴 부인을 찾아갔다. 웰링턴 부인은 쿠두오프리엘 중위의 이야기를 듣고 아주 불쾌한 듯 물었다.

"경찰에 신고는 무얼 하려고 해?"

"그런데 이모님, 나는 도둑맞은 것이 하나도 없어요. 그들이 사람을 잘못 본 것 같아요."

웰링턴 부인이 말했다.

"오, 어떻게 설명해야 할지 모르겠군. 그런데 사람들의 이론이 분분해. 고리대금업자 라이크가 도둑맞은 은행의 물품보관 중 사건 말야."

"도대체 무슨 말씀을 하시는지 저는 아무것도 모르겠는데요."

"사람들 이야기는 라이크가 은행에 보관한 물건이 바로 웰링턴 집안의 보석이라는 거야."

"당신의 황색 보석 말인가요?"

"그래. 그들은 바로 그 보석이라 믿고 있다는 거야."

"어떻게 웰링턴 집안의 보석이 고리대금업자 라이크의 손에 들어갔죠?"

"쿠두오프리엘, 너는 일찍이 라이크라는 사람을 잘 알고 있다고 들었는데 사실이냐?"

"누가 그런 말을 합디까? 저와 라이크는 이번 사건으로 경찰청에 함께 불려갔고 그때 처음 만났었죠."

"그럼, 마음을 놓겠어. 그런데 어떤 사람이 나에게 네가 요크셔 장미별장에서 황색 보석을 훔쳐 고리대금업자 라이크에게 팔고 많은 돈을 챙겨갔다고 하더군."

"그건 얼토당토 않은 말입니다."

쿠두오프리엘 중위는 화가 나서 온몸을 떨었다.

"이모님은 그 거짓말을 믿습니까? 그 편지 한번 보여주세요. 틀림없이 프랑크린 그놈이 리젤과의 약혼이 취소되자 앙심을 품고 했을 것입니다."

쿠두오프리엘 중위는 웰링턴 부인 곁으로 갔다. 그때 뒷문으로 리젤이 한 가닥 바람처럼 걸어 들어왔다.

14. 웰링턴 부인의 죽음

리젤은 거실에 들어서자마자 퉁명스럽게 말했다.
"어머니, 왜 쿠두오프리엘을 나무라세요? 쿠두오프리엘은 아무 잘못한 일 없어요. 나는 잘 알아요. 누가 그 황색 보석을 훔쳐갔는지."

"뭐라고? 네가 보석 훔쳐간 도둑을 알고 있어?"

"그럼요. 범인을 잘 알고 있어요."

"리젤, 그게 사실이냐? 알고 있다면 왜 일찍 말하지 않았어? 좋아, 지금이라도 말해봐. 늦지 않으니."

"안 돼요. 죽어도 말 못해요."

리젤은 얼굴을 돌렸다.

"네가 말하지 않으면 쿠두오프리엘은 그 혐의를 벗을 수 없어."

웰링턴 부인은 무서운 눈빛으로 리젤을 보았다.

"어머니, 저는 쿠두오프리엘과 약혼하고 싶어요. 허락해 주세요. 그렇게 하면 쿠두오프리엘의 혐의도 벗겨질 것입니다. 그렇죠? 어머니."

리젤의 그 말에 웰링턴 부인의 얼굴이 갑자기 변하더니 썩은 나무둥치처럼 풀썩 땅바닥에 쓰러졌다.

"어머니, 왜 그러세요? 어머니, 정신 차리세요!"

리젤은 어머니를 안으며 베네누프를 불렀다.

"베네누프! 빨리, 빨리 의사를 불러와!"

리젤의 다급한 소리가 온 집 안 구석까지 울려 퍼졌다.

구급차가 와서 웰링턴 부인은 응급실로 실려갔다. 진찰을 마친 의사가 말했다.

"심장이 무척 쇠약한데다 많이 놀라셨나 봐요."

"어떻습니까? 곧 나아지겠습니까?"

의사는 한동안 묵묵히 있다가 입을 열었다.

"상태가 아주 좋지 않아요. 지금 상태로는 일주일을 넘기지 못할 것 같습니다."

"그건 안 됩니다. 선생님, 어머니가 돌아가시면 안 됩니다. 제발 살려주십시오. 제발 부탁입니다."

"최선을 다해보겠으나 아무리 해도 힘들 것 같습니다."

의사는 그렇게 말하고 병실을 나갔다.

"어머니, 어머니!"

리젤은 생각 밖에 일어난 갑작스런 일로 어찌할 바를 몰랐다. 그녀는 싸늘해진 어머니의 손을 잡고 울며 혼자 병실을 지키고 있었다.

웰링턴 부인은 계속 잠을 자더니 이튿날 오전 10시가 넘어서야 깼다.

리젤은 베네누프를 불렀다.

"베네누프, 브레이크 변호사를 급히 모시고 오너라."

브레이크 변호사는 '달신의 보석'을 갖고 온 행크스 대위와 관련 있는 변호사였다. 행크스 대위는 그 보석을 웰링턴 집안의 리젤에게 보내기 위하여 이상한 유언을 남겼는데 그 유언장을 다름 아닌 브레이크 변호사가 보관하고 있었다. 그런 관계로 웰링턴 집안은 유산과 관련 있는 법률적인 문제를 종종 그와 의논하곤 했다.

웰링턴 부인은 마치 자신이 세상을 떠날 시기가 멀지 않았음을 알고 있는 것 같았다.

그날 오후, 브레이크 변호사가 도착하자 웰링턴 부인은 그에게 유언장 쓸 준비를 부탁했다. 유언장은 몇 시간에 걸쳐 정리가 되었고 그날 밤, 웰링턴 부인은 조용히 눈을 감았다.

"어머니, 어머니! 저를 두고 떠나시면 어떡해요?"

리젤은 계속 흐느껴 울었다. 생일날 일어난 뜻밖의 일과 불행을 보면서 괴로워 살고 싶은 생각이 없었다. 그러나 다행히 쿠두오프리엘의 도움과 격려로 웰링턴 부인의 유해를 요오크서 묘지에 안장했다.

웰링턴 부인이 돌아간 지 한 달이 지난 8월 어느 날, 브레이크 변호사가 갑자기 리젤을 찾아왔다.

"아가씨, 말씀드리기 정말 곤란한 사건이 있습니다."

"어서 말씀해보세요. 그게 무슨 일입니까?"

"쿠두오프리엘 중위님과의 약혼을 취소해 주실 수 없겠습니까?"

"그게 무슨 말씀인가요? 왜 저는 쿠두오프리엘과 결혼을 할 수 없습니까?"

리젤은 너무 놀라 브레이크 변호사를 뚫어져라 쳐다보았다. 그러나 브레이크 변호사의 엄숙한 얼굴은 조금도 변하지 않았다.

"정말 죄송합니다. 그러나 아가씨, 어머니의 유언에 따라 이야기하지 않을 수 없습니다. 만약 아가씨께서 유언을 따르지 않으면 웰링턴 집안의 막대한 유산 전부가 고아원에 기증됩니다."

"고아원예요?"

리젤은 마치 천 길 절벽에서 떠밀리어 굴러떨어지는 것처럼 몸을 비틀며 소리쳤다.

"예. 바로 그렇게 되어 있습니다."

리젤은 뾰족한 방법이 없어 부득이 브레이크 변호사의 말내로 쿠두오프리엘 중위에게 파혼 통지서를 보낼 수밖에 없었다.

"세상에 이런 일이?"

파혼 통지서를 받은 쿠두오프리엘 중위는 화가 머리끝까지 올라 단숨에 리젤을 찾아와 소리쳤다.

"리젤, 나와 결혼하겠다고 한 것은 바로 너야! 결혼하겠다고 해놓고 의논도 없이 너 마음대로 파혼하겠다니 도대체 무슨 이유야?"

쿠두오프리엘 중위는 분하여 온몸을 떨며 질책했다. 리젤은 자신의 아픔을 억지로 참으며 조리있게 대답했다.

"쿠두오프리엘, 너무 화내지 마! 나도 누구보다 사랑하고 있어. 그래서 내가 먼저 결혼하자고 했고 약혼까지 했어. 그런데 어머니의 유언이라 어쩔 수 없어. 그리고 내가 웰링턴 집안의 후계자로서 어머니의 유언을 따르지 않을 수 없어. 이해해줘요."

"그 따위 투서로 이모님이 나를 의심하시다니. 그래 좋아. 오늘부터 웰링턴 집안에 어떤 불행이 와도 일체 못 본 체 할 거야."

쿠두오프리엘 중위는 기분이 몹시 상해 가버렸다.

브레이크 변호사는 그 일이 있은 뒤 갑자기 행크스 대위가 위탁한 달신의 보석에 특별한 관심을 갖기 시작했다.

"그렇지. 달신의 보석에 관해 더 알고 싶으면 그 유명한 인도 탐험가에게 물어볼 수밖에 없지."

브레이크 변호사는 갑자기 오늘자 신문에 실린 광고 생각이 떠올랐다. 그 내용은 마사이틀 박사가 부근 박물관에서 「인도의 전설」 강연을 한다는 것이었다.

브레이크 변호사는 박물관으로 달려갔다. 용케도 금방 강연을 마친 마사이틀 박사는 아주 반갑게 그를 맞아주었다.

"당신도 그 달신의 보석에 관심을 갖게 되었군요. 나는 언제인가 요오크서 장미별장에서 그 보석을 직접 보았고 또 3인조 인도 마술사도 만났습니다."

마사이틀 박사는 많은 불가사의한 일과 장미별장에서 일어난 일들을 상세하게 이야기해 주었다.

"오, 그런 놀라운 일들이 있었군요."

"그 일들뿐만 아니죠. 나는 몇 차례 경찰국에 불려가 그들이 끌고 온 인도 사람의 통역을 해주었죠."

"그때 무슨 특별한 일은 없었습니까?"

"특별한 일이 왜 없었겠습니까? 하지만 귀찮은 일이 생길까 봐 경찰에 이야기를 안 했죠. 그때 나는 인도 사람의 괴상한 편지를 보았어요."

"비밀 문자 같은 것 말인가요?"

"그래요. 아주 재미있는 것이었어요. 마침 내가 경찰국에 있을 때 세 명의 인도 사람이 묵고 있는 호텔 주인이 인도어로 씌어진 한 통의 편지를 그 인도 사람에게 전해주러 왔었어요. 경찰은 물론 그 사건과 관련이 있을 것이라 생각하고 나보고 편지를 읽어 달라고 부탁했죠."

"내용은 어떠했어요?"

"그걸 내 수첩에 베껴둔 것 같은데……."

마사이틀 박사는 그렇게 말하며 호주머니에서 수첩을 꺼내어 한 장 한 장 넘겼다.

"오, 여기 있군. 바로 이거요. 읽기가 아주 어렵겠지만 보시겠어요?"

그는 수첩을 브레이크 변호사에게 넘겨주었다.

브레이크 변호사가 보니 위쪽에 영어로 번역이 되어 있고 아래쪽에는 알아볼 수 없는 괴상한 글들이 씌어 있었다.

기러기는 지구의 네 귀퉁이를 안고 나는데 그건 밤의 지배자가 내린 명령을 따르기 위해서이다. 친구여, 너의 얼굴을 남쪽으로 돌려 번잡한 골목 내가 있는 곳으로 오너라. 내 눈은 직접 물체를 보았노라.

"무슨 뜻인지 알겠어요?"
마사이틀 박사가 수첩을 되돌려 달라고 손을 내밀자 브레이크 변호사는 수첩을 주며 고개를 갸우뚱했다.
"정말 알 수 없군요. 도대체 무슨 말인가요?"
"인도의 신화를 안다면 쉽게 이해할 수 있을 것입니다. 인도 사람들은 달의 신을 밤의 지배자로 부르고 있죠. 내가 알기로 달의 신은 손이 네 개인데 종종 날아다니는 기러기와 함께 다닌답니다. 이렇게 말하면 그 달신의 보석과 관련이 있다는 것을 아시겠죠?"
"그 세 인도 사람이 보석을 손에 넣는 것은 어렵지 않다고 봐요. 그래서 그들의 친구는 세 사람을 급히 런던으로 오라고 한 것이고 번잡한 골목이란 바로 런던을 가리킨 거죠. 그들은 달신의 보석이 런던의 어딘가에 있다는 것을 미리 탐색해 둔 것 같아요."

브레이크 변호사도 짐작이 간다는 듯 고개를 끄덕였다.

"오, 알겠습니다. 그래서 고리대금업자 라이크와 쿠두오프리엘 중위가 그들의 농간에 넘어갔군요."

마사이틀 박사가 말했다.

"맞았어요. 당신의 말은 조금도 틀리지 않았어요."

"이건 내 생각인데 라이크가 은행에 맡겨둔 보석이 바로 그들의 목표인 것을 보면 그들이 찾고 있는 것이 달신의 보석임에 틀림없어요."

"브레이크 선생, 당신은 모르세요? 라이크가 빼앗긴 보관증에는 아마 그 보석의 보관 기한이 적혀 있을 겁니다."

"그래요. 경찰의 말을 들으면 라이크와 은행과의 계약은 1년인데 내년 6월에 계약이 끝난다고 했어요?"

"바로 그것입니다. 그날이 오면 틀림없이 무서운 일이 발생할 것입니다. 그 세 명의 인도 사람은 달신을 위해서는 조금도 거리낌없이 살인도 할 것입니다."

"지금까지 그것과 관련 있는 사람들은 아주 행운이라 볼 수 있겠죠?"

마사이틀 박사는 의미심장한 미소를 지었다.

15. 범인은 바로 너

인도의 사원을 돌아다니며 달신의 비밀을 찾고 있던 프랑크린은 어느 날 런던의 브레이크 변호사로부터 한 통의 전보를 받았다.

'부친이 갑자기 돌아가셨으니 급히 돌아오시오.'

프랑크린은 계속 인도에서 조사해야 할 일들이 많이 남아 있었지만 아버지가 돌아가셨다는 소식을 듣고 계획을 중단할 수밖에 없었다. 그는 즉시 전보를 쳤다.

'즉시 런던으로 돌아가겠음.'

프랑크린은 전보를 친 뒤 바로 배를 타고 출발했다.

프랑크린이 런던의 집에 도착한 것은 5월 말이었다. 그는 런던에 도착하자마자 바로 브레이크 변호사를 찾아갔다. 그리고 너무나 뜻밖의 소식도 들었다. 그것은 아버지보다 먼저 웰링턴 부인이 세상을 떠났다는 것이다.

"내가 떠나가 있는 동안 많은 것이 변했군. 정말 이모님이 돌아가실 줄 꿈에도 생각지 않았는데. 리젤은 어떻게 되었을까? 몹시 슬퍼하고 있겠지?"

프랑크린은 유산승계 수속을 마친 뒤 장미별장을 찾아갔다. 문을 두드리자 베네누프가 나왔다.

"프랑크린 도련님 아니세요? 그동안 어디 가서 계셨어요?"

"인도에 가 있었죠. 이모님이 돌아가셨다는 소식을 들었는데 정말 섭섭하군요. 리젤은 잘 있겠죠?"

"예. 아직도 슬퍼하고 계십니다. 그래서 어느 누구도 만나고 싶지 않으시답니다. 모처럼 오셨지만 되돌아가셔야 하겠습니다."

"들어가 리젤에게 내가 왔다고 전해주시오."

"물어보나마나 만나지 않겠다고 하실 것입니다. 정말 죄송합니다."

프랑크린은 혼잣말처럼

"리젤이 지난일 때문에 아직 화가 풀리지 않은 모양이군." 하며 돌아섰다. 그는 비분에 안개 속 런던 거리를 이리저리 배회했다. 그는 언제인가 다시 장미별장으로 가서 잃어버린 달신의 보석에 얽힌 수수께끼를 풀고야 말겠다고 마음먹었다.

"만약 내가 그 문제를 해결한다면 리젤의 고집도 꺾일 것이고 나에 대한 사랑도 역시 돌아오겠지."

프랑크린이 그렇게 결심하니 정신이 맑아지고 마음도 훨씬 밝아졌다.

이튿날, 프랑크린은 다시 장미별장을 찾아갔다. 그런데 성안의 여왕을 만날 수 없다고 생각하니 마음이 착잡했다. 프랑크린은 조용히 뜰을 거닐었다.

추억과 그리움이 가득한 장미별장은 옛날과 다름없이 장미향기가 그윽하게 풍겼다. 마치 동화 속 성안 같았다.

뜰 한쪽에 머리가 하얀 노인이 개 세 마리를 데리고 쓸쓸하게 의자에 앉아 햇빛을 쬐고 있었다. 물어볼 것 없이 카퍼리언 노인이었다.

조용한 뜰에 갑자기 어떤 사람이 나타나자 카퍼리언 노인은 무심코 고개를 돌렸다. 카퍼리언 노인이 벌떡 일어서며 말했다.

"오, 프랑크린 도련님 아니세요?"

카퍼리언 노인은 자신이 꿈을 꾸는 줄 알았다.

"카퍼리언 노인, 아직도 건강하시군요."

카퍼리언 노인은 반가워 프랑크린을 얼싸안았다.

"무사히 돌아오셨군요. 전에 그 사건 이후로 웰링턴 집안에 재앙이 연거푸 찾아왔죠. 정말 슬픈 일이 많았습니다. 말로 다 할 수가 없어요."

"그랬었군요. 그래도 카퍼리언 노인께서 아직도 건강하시니 좋습니다."

"사실 나 같은 늙은이는 벌써 죽었어야 하는데 이렇게 오래 살아 온갖 슬픈 일도 다 보고 있어요."

그렇게 말하는 카퍼리언 노인의 눈에서 뜨거운 눈물이 주루룩 흘러내렸다.

"이모님이 돌아가셨다는 이야기를 들었는데 그게 사실인가요?"

카퍼리언 노인은 한동안 머뭇거리다 입을 열었다.

"그렇습니다. 그리고 가정부로 있던 로산나도 북쪽 바닷가 바위 위에서 뛰어내려 자살을 했죠."

"로산나가 왜 자살을 했죠? 왜 그런 끔찍한 일을 했을까요?"

프랑크린은 알 수 없다는 듯 고개를 갸우뚱거렸다.

"로산나는 어떤 사람의 행복을 위해 자신의 생명을 희생한다고 했어요."

카퍼리언 노인은 뭔가를 탐색하려는 듯 그렇게 말했다.

"뭐라고 하셨어요? 어떤 사람의 행복을 위해서라고 하셨어요? 설마 리젤 대신 죽은 것은 아니겠죠?"

"그건 아닙니다. 카프 탐정이 대단한 분이지만 내가 분명히 그에게 리젤 아가씨를 의심해선 안 된다고 했죠. 그렇게 착한 리젤 아가씨가 어떻게 그런 일을 하겠습니까? 카프 탐정은 리젤 아가씨가 반갑게 대해주지 않으니 기분이 상해 일부러 불손한 말을 했을지도 모릅니다."

프랑크린은 한 발 다가서며 말했다.

"카퍼리언 노인, 노인께서는 그분에 대하여 잘 모르시는 것 같은데 그는 런던에서도 첫째 가는 대탐정이랍니다."

"그럼 왜 아직도 보석을 훔쳐간 도적을 잡지 못합니까? 프랑크린 도련님, 놀라지 마세요. 로산나는 도련님을 위해 소용돌이 속으로 뛰어들었답니다."

"지금 뭐라고 하셨어요? 나를 위해, 나의 행복을 위해 그녀가 죽었다고요?"

프랑크린은 갑자기 눈앞이 깜깜하고 온몸에 소름이 돋았다.

"그렇습니다. 프랑크린 도련님, 도련님이 이곳을 떠난 지 얼마 안 되어 한 절름발이 소녀가 로산나의 편지를 갖고 프랑크린 도련님을 찾아왔었죠."

"절름발이 소녀가 나를 찾아왔었다고 하셨습니까? 그럼 그 편지에는 틀림없이 나에 관한 일이……?"

"아니요. 지금 내가 이야기하려는 것은 로산나의 방에 남아 있는 그녀의 유품입니다. 소나무 지팡이를 짚고 힘들게 온 그 절름발이 소녀가 갖고 온 편지는 끝내 찾을 수 없다는 것입니다."

"왜 그 편지가 없어졌죠?"

"로산나가 그 절름발이 소녀에게 프랑크린 도련님을 찾아가 직접 전해줘라 했다고 도로 가져갔기 때문이죠."

"그래요. 지팡이를 짚고 다니는 절름발이 소녀가 설마 바닷가 외딴집 어부의 딸은 아니겠죠?"

"예. 바로 다리를 절며 다니는 로즈입니다."

"그럼, 알겠습니다. 로산나는 그 아이를 친동생처럼 돌봐주었죠."

"프랑크린 도련님, 로산나는 틀림없이 도련님을 오해하고 있는 것 같아요."

"그녀가 아무런 이유없이 의심하지는 않겠지만 도대체 나에게 무슨 오해를 했을까요?"

카퍼리언 노인은 진지하게 말했다.

"먼저 로산나가 로즈에게 부탁한 그 편지를 봐야 왜 로산나가 프랑크린 도련님을 의심하는지 알겠군요."

"카퍼리언 노인, 로즈의 집으로 함께 가봅시다."

두 사람은 바닷가 외딴집으로 갔다.

지난번 카프 탐정과 갔을 때처럼 유에랑 부인은 깜깜한 부엌에서 밥을 짓다가 고개를 내밀었다.

"카퍼리언 선생님께서 우리 집까지 어려운 걸음을 하셨네요. 아이들 아버지와 아이들은 아직 돌아오지 않았습니다. 오늘은 어쩐 일이세요?"

로즈의 어머니 유에랑 부인은 이상하다는 듯 카퍼리언 노인과 프랑크린을 보고 말했다.

"다들 잘 아시겠지만 로산나가 자살한 뒤로 장미별장의 소문이 좋지 않더군요."

카퍼리언 노인은 그녀의 말에 조금도 개의치 않고 여전히 웃는 얼굴로 말했다.

"부인, 오늘 내가 귀한 손님을 모시고 왔는데 로즈는 집에 있습니까?"

"로즈는 무슨 일로 찾으세요?"

유에랑 부인은 험악한 얼굴로 프랑크린을 노려보았다.

"이분이 로즈의 손님입니다."

"로즈는 다리가 성하지 못해 언제나 밖에 나가지 않고 2층 방에 숨어 있다시피 있지요. 그런데 로즈를 만나 뭘 하시려고요?"

"로즈에게 로산나의 일로 프랑크린 도련님이 찾아오셨다고 말해주세요."

"로산나의 일이라고 하셨어요?"

갑자기 그녀의 얼굴색이 변했다. 그녀는 급히 계단 아래로 가서 2층을 향해 큰소리로 불렀다.

"로즈! 로산나의 손님이 오셨어. 어서 나와 봐."

잠시 후, 2층에서 쿵쿵! 하는 소리가 들리더니 지팡이를 든 소녀가 계단을 한 발 한 발 내려왔다. 햇빛이 들지 않는 계단 중간에서 로즈는 유령 같은 얼굴을 내밀고 물었다.

"누가 오셨어요?"

"나야. 장미별장의 늙은이 카퍼리언이야. 오늘 손님을 한 분 모시고 왔는데 너를 만나고 싶단다."

"저를 찾아온 손님이라고요?"

"그래. 바로 프랑크린 도련님이셔!"

"오, 로산나 언니를 해친 그 나쁜 사람이……."

프랑크린의 귀에는 로즈의 그 목소리가 마치 까마귀 우는 소리처럼 들렸다.

"로즈, 너무 심한 말하지 마라. 프랑크린 도련님은 로산나의 편지 때문에 그 먼 천 리 길을 오셨어. 도련님에게 편지를 전해 드려라."

로즈는 쿵쿵 하는 지팡이 소리를 끌고 다시 2층으로 올라갔다.

잠시 후, 다시 그 소리가 들리더니 로즈가 내려왔다. 로즈의 얼굴은 백지장처럼 창백했다.

"자, 이 편지인데 갖고 가세요."

로즈는 떨리는 손으로 하나의 흰 사각 봉투를 카퍼리언 노인의 코끝으로 내밀었다.

"오, 로산나의 편지!"

카퍼리언 노인은 그의 뒤에 서 있는 프랑크린에게 그것을 넘겨주었다.

편지 겉봉에는 '죄송하지만 로즈가 친히 프랑크린 선생에게 전해주기 바람'이라고 씌어 있었다. 프랑크린은 받은 즉시 봉투를 열었다. 그리고 로즈와 로즈의 어머니 유에랑 부인 앞에서 편지를 읽기 시작했다.

"모두 잘 들어보세요."

'프랑크린 선생님,

　장미별장에 있을 동안 저를 아껴주신 데 대해 감사드립니다. 프랑크린 선생님, 선생님께서 저를 처음 봤을 때 어디서 본 것 같다고 하셨죠? 그래요. 저의 어머니가 선생님의 댁에서 얼마간 가정부로 일한 적이 있지요. 그런데 기이한 운명은 그 가정부의 딸인 제가 20년이 지난 오늘 작은 주인인 선생님을 위해 보잘것없는 생명을 바칩니다. 저는 이미 마음을 굳혔으며 기쁜 맘으로 이 세상을 떠납니다.

　프랑크린 선생님, 저는 선생님을 위해 몇 가지 증거물을 감추어 두었으니 안심하세요. 카프 탐정이 제아무리 뛰고 난다 하더라도 아무런 증거가 없는데 선생님을 의심하지 않을 것입니다. 그런데 물건 중 하나는 제가 선생님께 드린 금반지이고 다른 하나는 어떤 이유로 ○○○에 숨겨두었습니다.'

여기까지 읽어내려간 프랑크린의 목소리는 떨렸다. 그리고 듣고 있는 사람들의 마음도 불안했다.

'혹시 프랑크린이 큰 잘못을 저지른 것이 아닌가?'

다른 사람보다 카퍼리언 노인은 편지를 한 자 한 자 읽을 때마다 가슴이 뛰고 조마조마했다. 프랑크린 역시 로산나가 자기도 모르는 거짓말을 쓰지 않았을까 걱정이 되었지만 그렇다고 읽는 도중 그만둘 수도 없는 처지였다.

모두 숨소리도 죽이고 귀를 기울이고 있었다.

'처음에 저는 마음을 푹 놓고 있었는데 그런데 저는 카프 탐정이 리젤 아가씨를 의심하는 것을 알았습니다. 선생님과 주인이 죄를 뒤집어쓰지 않도록 하기 위해 제가 죽으면 카프 탐정은 틀림없이 제가 보석을 훔쳐갔을 것이라 믿을 겁니다. 그래서 저는 결심했습니다. 저만 이 세상을 떠나버리면 주인님과 관련 있는 사람들은 모두 행복한 나날을 보낼 것이라 생각했습니다. 그런데 가난하고 불쌍한 저는 프랑크린 선생님이 저에게 감사하지 않을지도 모른다는 생각을 했습니다. 그래서 증거물을 ○○○에 숨겨두었다가 몰래 선생님께 돌려드리기로 했습니다. 그것을 보시면 프랑크린 선생님이 아무리 마음이 넓다고 하더라도 금반지를 드렸을 때보다 더 놀라실 것이라 믿습니다. 그때 저는 선생님의 감사하는 마음을 안고 바다 속으로 들어가 편안하게 눈을 감을 것입니다.'

카퍼리언 노인은 마음이 놓이지 않아 프랑크린을 보았다.
"로산나가 어디에 무엇을 숨겨놓았을까요?"
"글쎄요. 저도 그것을 보면 단번에 알 것 같은데……."
프랑크린은 봉투 속에 또 다른 쪽지가 있는 것을 보고 그것도 꺼내어 보았다. 쪽지에는 암호 같은 것이 적혀 있었다. 프랑크린이 읽었다.

'해골바위 위에서 해상감시초소의 지붕을 보십시오. 빨간 깃발과 해골바위가 서로 맞닿는 바로 그곳의 해초 속에 보석은 잠자고 있을 것입니다.'

"이걸 보면 로산나는 보통 총명한 아이가 아니야."

"그럼, 카프 탐정이 말한 그 청동함이 아닐까요? 로산나가 그걸 그곳에 숨겨두었나 봅니다."

"청동함이라니오?"

그때 유에랑 부인이 말했다.

"예. 그건 우리 집에서 가져간 것입니다. 바로 폐선에서 주워온 것이죠."

"그랬었군요. 어쨌든 함께 해골바위로 가봅시다. 로즈, 너도 가지 않겠니?"

로즈가 말했다.

"로산나 언니가 프랑크린 선생님 혼자 가보시라고 하지 않았나요?"

로즈는 이해할 수 없다는 듯 퉁명스럽게 말했다.

"그렇게 씌어 있어. 그러나 나는 숨길 것이 아무것도 없어. 로산나가 죽으면서 남긴 중요한 것인데 함께 보는 것도 좋다고 생각해. 로산나는 로즈 아가씨를 친여동생처럼 생각했다니 응당 함께 가서 봐야지."

그 말에 로즈는 지팡이를 짚으면서

"그럼, 나도 가볼까요?"

하고 계단에서 내려섰다.

　카퍼리언 노인과 프랑크린 그리고 로즈 세 사람은 해골바위 쪽으로 갔다.

　하늘도 바다도 노을에 물이 들어 빨갛게 보였다.

　"저 바위가 해골바위지요."

　카퍼리언 노인이 가리킨 바위는 오늘따라 유난히 높고 무섭게 보였다. 그때 갈매기 한 마리가 울며 해골바위 쪽으로 날아갔다. 그리고 먼 바다에서 달려온 파도가 해골바위에 부딪쳐 무서운 소리를 내며 부서졌다.

16. 청동함 속의 잠옷

 파도소리가 워낙 커서인지 주위의 다른 소리는 들리지 않았다.

프랑크린은 곧장 해골바위 위로 올라갔다. 그리고 가운데쯤 서서 눈 하나 깜빡이지 않고 남쪽의 해상감시초소 지붕을 보았다.

바다에는 강한 바람이 불어 감시초소의 빨간 깃발이 씽씽 소리를 내며 펄럭이고 있었다. 프랑크린은 그 깃발을 보며 낭떠러지 쪽으로 걸어갔다. 그리고 낭떠러지 끝에서 아래쪽에 꿈틀거리고 있는 큰 소용돌이를 보았다.

"이상하다. 아무것도 안 보이잖아?"

보이는 것이라고는 바위를 삼킬 듯 몰려오는 파도와 소용돌이뿐 특별한 것은 보이지 않았다. 그때 커다란 파도가 프랑크린이 서 있는 바위를 세차게 쳤다. 물방울이 사방으로 튀면서 하마터면 바다로 휩쓸려 갈 뻔했다. 프랑크린은 재빨리 몸을 피하며 카퍼리언 노인을 향해 소리쳤다.

"아무것도 안 보여요!"

로즈가 말했다.

"아마도 지금은 만조가 막 시작되어 안 보일지도 몰라요."

"오, 그렇겠군. 그런데 얼마나 더 기다려야 바닷물이 물러가죠?"

로즈가 자신있게 말했다.

"한 30분은 지나야 1미터쯤 줄어들겠죠."

로즈의 머리칼은 바람에 날리어 춤을 추고 있었다.

"30분을 더 기다려야 한다고요?"

프랑크린은 불안한 듯 바위 가운데로 돌아와 발밑에 있는 작은 돌멩이를 툭 찼다. 작은 돌멩이 하나 떨어지는 소리는 파도소리에 묻혀 들리지도 않았다.

30분, 겨우 30분인데 아주 긴 시간같이 지루하게 느껴졌다. 프랑크린은 참을 수 없어 낭떠러지 쪽으로 다시 가서 아래쪽을 내려다보았다. 역시 아무것도 보이지 않았다. 그렇게 몇 번을 오고가며 내려다보곤 했다.

그때 조금 전보다 파도소리가 작게 들려 설마하고 다시 내려다 보았다.

"아, 무엇이 보인다! 보여요!"

그것은 쇠사슬이었다. 프랑크린이 다시 소리쳤다.

"쇠사슬이 보여요!"

"쇠사슬이라고?"

카퍼리언 노인은 그 소리에 절름발이 소녀 로즈를 부축하여 재빨리 프랑크린 옆으로 갔다.

로즈가 말한 것처럼 낭떠러지 밑 해면은 1미터쯤 낮게 출렁이고 있었다.

그리고 50센티쯤 되는 곳에 등산용 쇠갈고리가 바위 벽에 꽂혀 있었고 쇠사슬은 갈고리에 연결되어 바다 밑으로 깊숙하게 드리워져 있었다.

"그래. 바로 저거야!"

프랑크린은 쇠사슬을 끌어당겼다. 잠시 후 쇠사슬 끝에 작은 청동함이 올라왔다.

"오, 청동함!"

물이끼가 새파랗게 붙은 청동함을 끌어올려 놓은 뒤 세 사람은 마치 마술상자라도 보는 듯 한동안 열 생각도 하지 않고 서로 쳐다보기만 했다.

얼마나 시간이 지났을까. 갈매기 한 쌍이 머리 위로 날아갔다.

"이제 열어볼까요?"

프랑크린은 몇 번을 망설이다 청동함을 열었다. 청동함 안에는 흰 베 조각 같은 것이 들어 있었다.

"아니, 이건 장미별장에서 본 마포 잠옷이 아니냐?"

프랑크린은 잠옷을 꺼내 펼쳐보며 고개를 갸우뚱거렸다.

"함 속에 잠옷이 들어 있어. 정말 이상한데……."

"프랑크린 선생님, 보세요. 잠옷에 유화 물감이 묻어 있어요."

"어디에요?"

"저기 저쪽에……."

카퍼리언 노인은 떨리는 손으로 잠옷 한쪽을 가리켰다. 정말 그가 가리키는 곳에는 유화 물감이 묻어 있었다.

"이게 도대체 누구의 잠옷이지?"

프랑크린은 누구의 옷에 물감이 묻었는지 바로 그 사람이 보석을 훔쳐간 범인이라고 한 카프 탐정의 말이 떠올랐다.

"프랑크린 선생님, 이 잠옷이 장미별장 사람의 것이라면 잠옷 안쪽에 이름이 박혀 있을 것입니다."

카퍼리언 노인은 마치 탐정처럼 여유있게 말했다.

"오, 그래요."

프랑크린은 재빨리 잠옷을 이리저리 뒤져 보았다.

"여기 있군요."

옆에서 보고 있던 카퍼리언 노인은 잠옷의 소매를 꽉 잡으며 말했다. 순간 프랑크린의 얼굴색이 하얗게 변했다.

"이건, 이건 내 잠옷이 아니냐? 어리석은 것! 내가 왜 리젤의 방에 들어가?"

프랑크린은 분노에 온몸을 떨었다.

"프랑크린 선생님, 도대체 어떻게 된 일입니까?"

카퍼리언 노인은 사랑하는 아이가 경찰에 잡혀간 것처럼 슬프고 분하고 착잡한 마음으로 프랑크린을 보았다.

"카퍼리언 노인, 로산나가 도대체 어디서 이 잠옷을 가져와 여기다 숨겨놓았죠?"

"그야, 누구의 방이겠습니까?"

"그렇다면 나의 방에 계속 잠옷이……."

"물론이죠. 이 잠옷은 아마 로산나가 한밤중에 후리즌으로 가서 옷감을 사와서 만들었을 겝니다."

"어이없군요. 정말 어이없는 일이에요. 어떻게 나의 잠옷에 유화물감이 묻었을까요?"

"그건……."

"내가 직접 카프 탐정을 찾아가 이 물감 묻은 잠옷에 대해서 무슨 답이 나올지 물어봐야겠어요."

프랑크린은 카프 탐정을 찾아가 물어보는 수밖에 다른 방법이 없을 것이라 생각했다.

그때였다.

"갈 필요없어요. 카프 탐정은 프랑크린 선생님을 경찰국으로 데리고 가서 로산나 언니 대신 복수할 것이 뻔합니다."

갑자기 로즈가 큰소리로 깔깔 웃었다. 그 소리는 너무 섬뜩하여 소름이 끼칠 정도였다.

"로즈, 그게 무슨 말이냐?"

"깔깔깔 깔깔깔."

로즈는 말도 하지 않고 계속 웃기만 했다.

"정말 이상한 일이야! 카퍼리언 노인, 그만 집으로 돌아갑시다."

"그래요."

돌아가는 길에 프랑크린은 아무 말도 하지 않았다. 카퍼리언 노인도 말없이 프랑크린 뒤로 터벅터벅 걸어갔다. 얼마쯤 가다 카퍼리언 노인은 프랑크린을 향해

"먼저 가세요. 로즈를 데려다 주고 올 테니 저를 기다릴 필요

는 없습니다."

프랑크린은 고개만 끄덕이고 역시 말이 없었다.

이튿날, 프랑크린은 서둘러 런던으로 돌아갔다. 그는 런던에 도착하자마자 바로 카프 탐정을 만나러 경찰국으로 갔다.
그런데 뜻밖에 카프 탐정은 1년 전에, 그러니까 장미별장의 보석 도난 사건 이후 바로 사표를 내고 쉰다고 했다.
"그가 지금 어디 살고 있는지 가르쳐줄 수 있습니까?"
카프 탐정과 함께 일을 했다는 한 경찰관이 말했다.
"그는 런던 교외에 작은 집 한 채를 빌려 장미를 가꾸며 살고 있다고 들었습니다."
프랑크린은 말을 몰아 런던 교외로 갔다. 그런데 일진이 좋지 않은 날인지 어디에 가나 허탕만 치고 되는 일이 하나도 없었다. 카프 탐정이 무슨 일로 한 발 앞서 아일랜드로 간 뒤였다.
하인이 말했다.
"주인님은 아일랜드의 한 원예가가 장미 새 품종을 만들었는데 그걸 사오려고 가셨습니다."
프랑크린은 부득이 런던으로 돌아올 수밖에 없었다. 프랑크린은 다시 웰링턴 집안의 외동딸 리젤을 찾아갔다. 그런데 리젤은 여전히 프랑크린을 만나지 않겠다고 했다.

'계속 우기면 만나줄까? 아니야. 저번처럼 또 문전박대를 당할 거야.'

프랑크린은 마음을 고쳐먹고 변호사 브레이크를 찾아가봐야겠다고 생각했다.

왜냐하면, 브레이크 변호사는 웰링턴 부인의 일로 리젤과 자주 만났기 때문이다.

'그를 만나면 무슨 묘안이 있을지도 몰라.'

그렇게 생각한 프랑크린은 다시 말을 몰아 브레이크 변호사 사무실로 갔다.

"프랑크린 선생, 선생이 나에게 의논하러 오시다니 정말 반가운 일이에요. 잘 오셨어요!"

브레이크 변호사는 아주 감격하여 장미별장 사건을 처음부터 끝까지 상세하게 말해주었다.

프랑크린은 솔직하게 마포 잠옷에 유화물감이 묻었다는 증거물 때문에 범인이란 의심을 받게 되었다고 말했다. 그러자 브레이크 변호사는 귀 기울여 듣고 몹시 섭섭하게 생각했다.

"그런 의심을 받게 되었다니 정말 안됐군요."

사실, 브레이크 변호사는 프랑크린보다 달신의 보석에 관해 더 잘 알고 있었다. 왜냐하면 행크스 대위가 그에게 부탁하여 달신의 보석을 프랑크린을 통하여 리젤에게 전해주라고 부탁한 적이 있기 때문이다.

프랑크린이 고개를 가로저으며 말했다.

"그것이 그렇게 되었다고 하지만 저는 아무리 생각해봐도 모르겠어요. 그런데 지금 생각해보면 그 사건이 있은 뒤로 리젤이 갑자기 저와의 약혼을 취소했습니다. 그래서 추측입니다만 리젤은 내가 모르고 있는 나의 잘못을 알고 있는 것 같습니다."

브레이크 변호사는 프랑크린의 이야기를 신기한 듯 듣고 있었다.

"계속 이야기를 해보세요."

"그래서 직접 리젤을 만나 약혼을 취소한 이유를 자세히 물어봐야겠다고 생각하고 장미별장을 찾아갔지만 리젤은 끝까지 저를 만나려 하지 않았습니다. 브레이크 변호사님, 어떻게 하면 좋을까요? 리젤을 만날 수 있는 무슨 방법이 없을까요?"

브레이크 변호사가 말했다.

"마침 좋은 기회가 있습니다. 다름 아니라 오늘 밤, 저의 아내와 리젤 아가씨가 함께 연극 구경을 가기로 되어 있습니다. 내 생각에 선생도 같이 가면 자연히 리젤을 만날 수 있지 않겠습니까?"

"거 잘됐군요. 그럼 오늘 밤 극장으로 가겠습니다."

밤이 오기를 기다려 프랑크린은 마차를 타고 극장으로 갔다. 프랑크린이 먼저 도착하여 극장 복도에서 기다리고 있는데 잠시 후 브레이크 변호사는 부인과 리젤을 데리고 입구에 나타났다.

리젤은 구슬로 장식한 번쩍거리는 옷을 입고 있었는데 무슨 이유인지 아름다운 눈에 슬픈 빛이 감돌고 있었다.

프랑크린이 가까이 다가가 먼저 브레이크 변호사와 부인에게 인사를 한 뒤 리젤에게 말했다.

"리젤, 잘 있었지? 정말 만나고 싶었어. 제발 나의 이 괴로운 마음을 풀어줘."

"나에게 어떻게 그런 힘이 있겠어?"

리젤은 프랑크린을 바로 보지도 않고 쌀쌀하게 말했다.

"이 세상에 리젤 외 그 어떤 사람도 나의 고통스런 마음을 풀어줄 사람은 없어. 정말이야."

"정말 연극도 잘해!"

리젤은 비웃듯 말했다.

"리젤, 그렇게 비꼬면 나의 마음은 더 고통스러워. 지금 내가 하는 말은 진심이야."

"그래. 나에게 무슨 이야기를 듣고 싶어?"

"리젤, 리젤이 오해를 하고 있는 것 같아 해명해 주려고 왔어. 그때 로산나가 나의 잠옷을 보여주었지? 물감이 묻은 그 잠옷 말야! 그 잠옷 때문에 나를 의심했지? 그렇지?"

리젤은 갑자기 프랑크린을 노려보며 쌀쌀하게 말했다.

"아직도 부끄러운 걸 느끼지 못하고 있군. 그날 밤 나의 이 눈으로 프랑크린이 보석을 훔쳐가는 것을 똑똑히 보았어!"

"뭐라고? 내가 훔쳐가는 것을 직접 보았다고?"

프랑크린은 어이가 없어 말이 나오지 않았다. 너무 흥분하여 리젤의 말을 잘못 들은 것이 아닌가 하고 귀를 의심했다.

'설마, 설마 내가 리젤의 방에 들어가 보석을 훔쳤겠니? 정말 믿을 수 없는 일이야. 그런데 리젤이 자기 눈으로 똑똑히 보았다고 하니 정말 귀신이 곡할 노릇이 아니냐?'

"리젤, 그때가 몇 시쯤 됐어? 그날 밤에 있었던 일을 자세히 말해 줄 수 있겠니? 나는 정말 알 수 없는 일이야. 마치 귀신에게 홀린 것 같아."

프랑크린은 자신의 감정을 최대한 억누르고 떨리는 목소리로 말했다.

"리젤, 우선 이 의자에 좀 앉아. 그리고 절대로 화내지 마. 네가 뭐라고 말해도 나는 보석을 훔친 기억이 나지 않아. 그리고 너 자신도 카프 탐정의 의심을 받지 않았니? 내 마음이 바로 그때 너의 마음과 같아. 정말 답답하고 억울해."

"그건 프랑크린을 감싸주려고 했던 거야!"

"그럴 수도 있겠지. 그래서 로산나도 죽었어. 그런데 그 사건 속에는 너무 무서워 상상하기도 싫은 비밀이 숨어 있다고 하는데 그 비밀을 캐내고 싶어. 그 비밀이 밝혀지면 나의 도적 혐의도 벗어지겠지. 리젤, 제발 화내지 말고 나의 물음에 바로 답해줘."

"그래. 물어봐."

"그날 밤, 너는 일찍 자러 갔었니? 아니면 방에 있다가 늦게 갔니?"

"일찍 자리에 들었어."

"그 시간을 기억할 수 있겠어?"

"12시는 넘었을 거야."

"그럼, 곧바로 잠이 들었니?"

"아니, 한동안 엎치락뒤치락 잠을 이룰 수 없었어."

"그때 무슨 머리 아픈 일이라도 있었니?"

"아니, 그때는 정말 표현할 수 없는 행복감에 젖어 있었어. 왜냐하면 프랑크린이 나에게 진귀하고 아름다운 보석을 주었기 때문이야."

"그럼, 그때 방안에는 불이 켜져 있었니?"

"아니, 불은 꺼져 있었어. 그런데 아마 2시쯤 되었을까 내가 책을 보려고 베개맡에 있는 초에 불을 당겨 옆방으로 갔어."

"그 보석을 옆방에 두었니?"

"그래. 내가 방문을 열려고 하는데 바로 그때 복도에서 어떤 사람이 걸어오는 소리가 들렸어."

"복도에서 사람의 발소리가?"

"순간 나는 어머니가 보석 걱정이 되어 오셨을 것이라 생각했어. 그리고 내가 그때까지 자지 않고 있다면 꾸중하실까 봐 얼른 촛불을 꺼버렸어."

"그때 방문은 열려 있었니? 닫혀 있었니?"

"물론 열려 있었어."

"복도의 문은?"

"그건 닫혀 있었지."

"열쇠는?"

"잠겨 있지 않았어. 왜냐하면 침실이 아니라 잠글 필요가 없었어."

"그래?"

"그리고 기억나는 것은 발소리가 멎자 바로 문이 열렸어."

"누가 들어왔니?"

"바로 프랑크린 오빠가 들어왔었어."

"내, 내가 들어갔다고? 그래 내가 무슨 옷을 입고 있더냐?"

"마포 잠옷이었어."

"마포 잠옷이라고? 그때 나의 얼굴을 어떻게 볼 수 있었니? 네가 촛불을 껐다고 했잖아."

"창문을 통하여 들어오는 달빛으로……."

"그리고 내가 어떻게 하더냐?"

"갑자기 인도산 궤짝 앞으로 가더니 서랍 하나하나 뽑아 뒤지기 시작했어. 그리고 마지막에 보석이 들어 있는 맨 아래 칸 서랍을 뽑았어."

"정말 내가 보석을 가져가더냐?"

"그래. 내가 똑똑히 보았다니까. 프랑크린의 손에 빛나는 그 보석을……."

"그리고 어떻게 하더냐?"

"멈추어 잠깐 생각을 하는 것 같더니 빨라서 무슨 뜻인지 알 수 없는 말 한마디를 중얼거리고는 바로 문을 열고 복도 쪽으로 나갔어. 그리고 발소리는 점점 멀어졌어."

리젤은 숨을 한 모금 깊게 쉬고는 프랑크린을 보았다.

"정말 알 수 없는 일이야!"

프랑크린은 얻어맞은 것처럼 아파서 두 손으로 머리를 안았다.

그때 옆에 있던 브레이크 변호사가 걱정스러운 듯 물었다.

"프랑크린 선생, 혹시 몽유병을 앓고 있는 게 아닌가요?"

"몽유병이라고요? 그런 말은 들은 적이 없어요. 그런데 갈수록 내 자신을 믿을 수 없군요."

"나는 당신들 두 사람이 거짓말을 하지 않을 것이라 굳게 믿습니다만 일이 심상치 않은 걸 보면 분명 무슨 문제가 있는 것 같아요. 프랑크린 선생, 그날 밤에 있었던 일들을 냉정하게 생각해 보세요. 아니, 꼭 그날 밤만이 아니라 그동안 어떤 것들이 잘못되었는지 살펴보세요."

브레이크 변호사는 격려하듯 그렇게 말했다. 프랑크린은 브레이크 변호사의 말에 감동을 받았는지 잠시 눈을 감고 장미별장에 있었을 때의 일들을 회상해 보았다.

프랑크린은 갑자기 무슨 생각이 떠올랐는지 큰소리로 말했다.

"그래요. 이상한 것은 그날 밤 나는 평소 때와 달리 잠을 깊이 잤습니다. 날이 훤히 밝았을 때까지 잤지요!"

"잠을 푹 잤다고 했지요? 그럼, 며칠간 잠을 자지 못했습니까?"

"예. 깼다 자다 했죠. 왜냐하면 그 모로코 담배가 너무 강해 잠이 오지 않았어요. 그래서 담배를 끊어버렸죠. 아마 한 주일간 한 개비도 피우지 않았어요."

"담배를 끊었기에 잠이 오지 않았다고 했어요? 리젤 아가씨도 그걸 알고 있습니까?"

브레이크 변호사가 꼬치꼬치 캐묻자 리젤의 얼굴이 발갛게 되었다.

"그 담배 냄새가 너무 지독하여 머리가 터지는 것 같았어요."
"그래요. 이것이 중요한 수수께끼가 될지도 모르겠군요."

브레이크 변호사의 표정이 갑자기 밝아졌다. 그는 계속 물었다.

"프랑크린 선생, 잘 생각해 보세요. 어떻게 하여 그날 밤은 잠을 잘 수 있었는지? 무슨 이유가 있을 것 같은데요. 정신적으로나 물질적으로 동기가 된 것은 없는지요?"

프랑크린이 크게 고개를 끄덕였다.

"그렇게 물으시니 한 가지 생각납니다. 그날 밤, 리젤의 생일 잔치 때 나는 후리즌에 있다는 의사와 어떤 문제를 갖고 논쟁을 벌인 적이 있지요."

"후리즌에 있다는 의사라고요? 오, 그건 아주 중대한 사건인데요. 계속하여 이야기해 보세요."

프랑크린은 리젤을 향해 물었다.

"리젤, 그 후리즌 병원에 있다는 의사가 누구지?"
"오, 칸디 선생님 말인가?"
"그래 맞아. 칸디야! 내가 그에게 불면증이 있다고 하니 그는 웃으며 '뭐 그 따위 조그만 일로 걱정하고 있어요.'하고 비웃었어요."

"칸디 선생님이 비웃었다고요?"

"그래요. 불면증 약을 먹어보라고 했어요. 그래서 나는 약을 먹고 자는 잠은 형식적인 잠이지 정신과 육체의 휴식은 아니라고 했죠. 그리고 '장님 더러 코를 잡고 따라오라고는 할 수 없죠.'하고 나도 비꼬아 주었죠."

"그 말을 듣고 칸디 선생님이 화가 났겠군요."

"예. 그는 화를 발끈 내며 나보고 문화인이 아니라고 공격을 했어요."

"그런 일이 있었지만 프랑크린 선생은 그날 밤 달게 주무셨다고 했죠?"

"그렇습니다. 정말 뜻밖에 푹 잤지요. 그것은 리젤에게 가치를 따질 수 없는 귀중한 보석을 안전하게 전해주었기에 안심이 되어 푹 잤다고 생각합니다."

브레이크 변호사가 고개를 흔들며 말했다.

"아닐 겁니다. 틀림없이 어떤 다른 것으로 잠을 잤을 것입니다. 그것만 알면 '수수께끼'는 풀릴 것입니다. 프랑크린 선생, 어쨌든 내가 칸디 선생님을 찾아뵙고자 합니다."

브레이크 변호사는 갑자기 무슨 생각이 들었는지 이렇게 말했다.

"프랑크린 선생, 같이 가보지 않으시겠어요? 생각해보니 함께 가는 것이 좋을 것 같군요."

"브레이크 변호사님, 정말 죄송합니다. 오늘은 어려울 것 같고 내일 어떠세요?"

"좋아요. 내일 함께 가봅시다."

이튿날, 프랑크린은 일찍 서둘렀다. 장미별장의 카퍼리언 노인도 브레이크 변호사의 이야기를 듣고 기뻐하며 즉시 사람을 시켜 마차를 준비하게 했다. 카퍼리언 노인은 마차가 나오자 두 사람을 태운 뒤 직접 채찍을 들고 후리즌을 향해 질주했다.

칸디 선생의 병원은 마침 프랑크린이 달신의 보석을 맡긴 적이 있는 그 은행 뒤에 있었다. 그 집은 빨간 벽돌로 쌓아올린 집이었다.

카퍼리언 노인이 초인종을 누르자 잠시 후 한 아리따운 간호사가 나왔다.

"들어오세요. 진찰하러 오셨죠?"

간호사는 이상한 눈빛으로 마차 위의 사람들을 보았다.

카퍼리언 노인이 먼저 말했다.

"아니오. 다른 일로 칸디 선생님을 뵈러 왔습니다."

간호사가 말했다.

"대단히 죄송합니다만 칸디 선생님은 1년 전부터 몸이 불편하여 어떤 사람도 만나뵐 수 없습니다. 그래서 환자도 조수인 쉬에런 선생님이 대신 보고 있습니다."

"오, 그렇게 되었군요. 그럼, 칸디 선생님은 계속 병상에 계셨습니까? 저는 장미별장 관리인 카퍼리언인데 아주 중요한 일로 칸디 선생님과 이야기를 나눌까 하고 찾아왔습니다. 수고스럽겠지만 칸디 선생님께 말씀드려 주시겠습니까?"

카퍼리언 노인이 아주 정중하게 부탁하자 간호사는 고개를 끄덕였다.

"잠깐만 기다려 주시겠습니까? 칸디 선생님께 말씀드려 보겠습니다."

간호사는 그렇게 말하고 안으로 들어갔다. 한 5분쯤 지나 간호사가 나왔다.

"들어오세요. 칸디 선생님께서 손님들을 모시라 하셨습니다."

세 사람은 응접실로 들어갔다. 안은 어두침침했다.

"저 창문은 열 수 없을까? 어두워서 신문이라도 보겠나?"

칸디 선생님이 나오기를 기다리고 있던 브레이크 변호사는 못 견디겠다는 듯 벌떡 일어나 두꺼운 커튼이 드리워져 있는 창 쪽으로 걸어갔다.

바로 그때, 뒤쪽 문이 열리고 깜깜한 복도로부터 끼익끽! 하는 소리가 들리더니 휠체어를 탄 환자 한 사람이 응접실로 들어왔다. 그는 검은색 안경에 아주 신경질적으로 보이는 백발의 노인이었다.

그때 카퍼리언 노인이 말했다.

"오, 칸디 선생님!"

카퍼리언 노인은 휠체어에 앉아 있는 백발노인을 보니 기분이 묘했다. 왜냐하면 1년 동안 못 본 사이에 백발노인이 되어 있었으니 말이다. 백발노인은 카퍼리언 노인을 알아봤다.

"다 당신은 카퍼리언 선생 아니시오? 정말 잘 오셨소."

칸디 선생의 목소리는 힘이 없었다. 커퍼리언 노인은 다가가 그의 귀에 대고 말했다.

"오늘 아주 중대한 일이 있어 선생님을 방문했습니다. 선생님께서는 아직도 프랑크린 도련님의 일을 기억하시죠?"

"프랑크린? 아 기억이 나요. 아프리카 탐험을 하고 돌아온 총 잘 쏘는 미국 청년 말이죠? 그때 그 커다란 표범은 어떻게 되었어요? 하하하하!"

칸디 선생의 웃음소리에 세 사람은 당황했다. 도대체 어떻게 된 일이지? 혹시 칸디 선생의 정신이 이상하게 된 것이 아닌가?

"칸디 선생님, 이분이 바로 장미별장의 프랑크린 도련님입니다."

카퍼리언 노인은 칸디 선생의 어깨 위에 손을 올려놓고 큰소리로 말했다.

그런데 칸디 선생의 얼굴에는 아무런 반응이 없었다. 프랑크린은 칸디 선생 앞에 얼굴을 갖다 대고 말했다.

"칸디 선생님, 저예요. 프랑크린입니다. 모르겠어요? 그날 밤 우리는 불면증에 관한 이야기를 하지 않았습니까? 기억 안 나세요? 바로 그 프랑크린입니다."

그러나 여전히 아무런 반응이 없었다. 칸디 선생은 세 사람을 이상한 눈으로 보며 자신의 잃어버린 기억력을 숨기기 위하여 억지로 얼굴 근육을 몇 번이나 실룩거린 뒤 웃으며 말했다.

"아마 이번 여행도 재미있었겠지. 바다 경치도 아름답고……."

칸디 선생은 계속 동문서답만 했다. 세 사람은 몹시 실망하여 응접실을 나왔다. 세 사람이 병실 앞의 복도로 나갔을 때였다. 누가 부르는 소리가 들렸다.

"잠깐 기다리시오."

"우리를 보고 하는 말인가?"

세 사람은 약속이라도 한 듯 다같이 복도 쪽을 보았다. 복도 끝에 흰 가운을 입은 젊은 의사 한 명이 서 있었다.

"우리를 불렀습니까?"

카퍼리언 노인의 말에 그는 고개를 끄덕이며 오라고 손짓을 했다. 세 사람은 복도 쪽으로 갔다. 젊은 의사가 웃으며 말했다.

"저는 칸디 선생님의 부탁으로 이 병원을 책임 맡고 있는 쉬에런입니다. 조금 전 여러분이 오셨다는 말씀을 들었습니다. 칸디 선생님을 보니 어떠세요? 많이 변하셨죠?"

"예. 정말 믿을 수 없을 정도로 변하였어요."

"그러실 겁니다. 사실 칸디 박사님이 오늘까지 살아 계실 수 있었던 것은 하나의 큰 기적입니다."

프랑크린이 물었다.

"칸디 선생님이 왜 저렇게 변하셨어요? 그리고 기억력도 많이 약해지신 것 같은데 어찌 저렇게 되었지요? 마치 완전히 잊어버린 것 같군요."

쉬에런이 말했다.

"예. 잘 보셨어요. 보신 그대로예요. 그 일 이전의 것은 말끔히 잊어버렸어요. 정말 안타까워요."

"우리는 오늘 보석 도난 사건에 관해 힘을 좀 빌릴까 하고 왔는데 완전 실망입니다."

"그 도난 사건이라면 1년 전 장미별장에서 있었던 일 말씀인가요?"

카퍼리언 노인이 말했다.

"바로 그렇습니다. 칸디 박사님은 그 사건을 기억하고 계시던가요?"

"그럼요. 칸디 박사님은 그날 밤 리젤 아가씨의 생일 파티에 갔다 비를 맞고 돌아오신 뒤로 병이 나셨어요."

"그래요? 그날 밤 퍼붓듯이 쏟아지는 큰비를 맞고 병이 나셨군요. 정말 안됐습니다."

카퍼리언 노인은 칸디 박사가 비를 맞고 돌아간 뒤 폐렴에 걸려 고생하고 있다는 이야기를 들은 적이 있었다. 그리고 프랑크린도 칸디 선생과 논쟁 끝에 병이 들어 그가 벌을 받았다고 생각하며 속으로 좋아했던 일이 기억났다. 그러나 칸디 박사가 자리에 누워 일어나지 못하고 오늘 이처럼 될 줄은 꿈에도 생각하지 못했다.

"그렇습니다. 나도 단순한 폐렴이겠지 생각했는데 높은 열에 뇌까지 상했을 줄 상상도 하지 못했습니다. 그 뒤로 칸디 박사님은 모든 기억을 상실하고 여러분이 보시는 것처럼 몸도 제대로 움직이지 못하는 반신불수가 되었습니다. 지금 칸디 박사님은 살아 있는 송장과 마찬가지입니다."

젊은 의사 쉬에런의 두 눈에는 눈물이 고였다.

브레이크 변호사는 젊은 의사 쉬에런을 통하여 선량한 칸디 선생의 두뇌 속에 들어 있는 중요한 뭔가를 발견할 것 같은 생각이 들었다. 그래서 한 발 앞으로 다가가서 말했다.

"쉬에런 선생님이 칸디 박사님을 대신하여 그 일에 관해 이야기해 줄 수 있겠습니까?"

브레이크 변호사의 추측이 맞았다.

젊은 의사 쉬에런은 웃으며 말했다.

"여러분에게 중요한 일이라면 내가 알고 있는 모든 것을 이야기해 드리겠습니다. 그런데 이곳은 이야기하기 불편하니 진찰실로 가시죠."

쉬에런은 세 사람을 데리고 복도 끝에 붙어 있는 작은 진찰실로 갔다. 그곳은 그의 진찰실이면서 서재이기도 했다. 크기는 작아도 아주 밝고 정리가 잘되어 있었다. 그는 세 사람을 의료 기구들이 가득 널려 있는 탁자 옆 긴 의자에 앉으라고 했다.

프랑크린이 맨 먼저 말했다.

"쉬에런 선생님, 칸디 선생님의 기억을 되살릴 방법은 없는지요?"

"칸디 박사님의 기억을 되살리는 일은 죽은 사람을 다시 살리는 일과도 같이 어려운 일입니다."

쉬에런은 고개를 가로저었다.

"정말 불가능한 일인가요?"

"그렇습니다. 하지만 칸디 박사님은 이미 희망이 없지만 그가 잃어버린 기억을 찾을 방법을 연구하고 있습니다."

"어떤 방법입니까?"

쉬에런이 말했다.

"나는 칸디 박사님이 자리에 누운 날부터 계속 곁에 있어왔습니다. 그날 밤 박사님은 높은 열로 의식을 잃고 밤새도록 헛소리를 하였습니다. 그 소리는 어떤 때는 크게 들렸다가 또 어떤 때는 너무 작아 알아들을 수가 없었지만 들리는 말은 모두 기록을 해두었어요. 그것은 박사님의 비밀을 탐색하기 위하여 기록한 것이 아니니 오해 없길 바랍니다. 나는 원래 신경과를 공부한 사람인데 그때 박사님이 높은 체온으로 두뇌가 상할까봐 시종 걱정을 했지만 나의 걱정은 허사였습니다."

쉬에런은 지난 일들을 회상하듯 잠시 눈을 감았다. 브레이크 변호사는 의자에서 일어서며 물었다.

"그때의 기록 중에 달신의 보석에 관한 이야기가 나오던가요?"

"달신의 보석에 관한 이야기는 한 마디도 나오지 않았습니다."

쉬에런은 여전히 눈을 감고 있었다.

"쉬에런 선생님, 선생님의 수첩을 저희들이 볼 수 있겠습니까?"

프랑크린은 몹시 흥분하여 그렇게 물었다.

"그건 안 됩니다. 나는 학문적으로 칸디 박사님의 말씀을 기록하고 연구하려고 했을 뿐입니다. 의사가 아닌 여러분에게 보여드릴 수는 없습니다. 그런데 프랑크린 선생님, 칸디 박사님의 말씀 중에 여러 번 선생님의 이름이 나왔습니다."

"나의 이름이 나왔다고요?"

갑자기 프랑크린의 얼굴에 밝은 빛이 감돌았다.

"프랑크린 선생님께서 칸디 박사님의 처방 약을 헐뜯으셨죠? 기록에 세 번 헐뜯더라고 되어 있습니다."

쉬에런의 말은 문제의 초점에 점점 접근해 갔다.

"내가 칸디 박사님의 약에 대해 나쁘게 말한 것은 사실이며 그것 때문에 우리는 격한 논쟁까지 벌였었죠?"

"오, 이제야 알겠습니다. 박사님이 중얼거리는 말 속에 이런 말이 있었습니다. '그 자식이 많은 사람들 앞에서 나를 비웃었어. 잠을 이룰 수 없으면 약을 먹어 봐요. 아편 25방울. 어때요? 프랑크린 선생, 날이 밝았어. 정말 아름다운 아침이죠?' 칸디 박사님은 이렇게 혼자서 중얼거리셨죠. 프랑크린 선생, 내가 지금 한 말을 듣고 어떤 생각이 떠오르죠?"

쉬에런은 의미심장한 표정으로 세 사람의 얼굴을 보았다.

브레이크 변호사가 조용히 입을 열었다.

"대단히 감사합니다. 마치 그날 밤 수수께끼의 실마리가 풀리는 것 같습니다. 그날 밤, 프랑크린 선생이 푹 주무셨다는 것은 칸디 박사님이 선생에게 무슨 약을 먹도록 한 것이 틀림없습니다."

"맞아요. 프랑크린 선생은 자신도 모르게 아편을 먹었을 겁니다. 이건 내 생각인데 칸디 박사님은 선생이 이튿날까지 푹 자도록 몰래 아편을 먹였을 것입니다. 그리고 그는 이튿날 아침에 '어때요. 내가 처방한 약의 효력이?' 하고 자랑할 생각을 했을 것입니다."

쉬에런은 자신있게 웃으며 프랑크린의 어깨를 몇 번 가볍게 쳤다.

'그가 언제 나에게 약을 먹였을까? 그날 밤 나는 그 좋아하는 브랜디도 마시지 않았는데……'

프랑크린은 아무리 생각해도 알 수 없었다. 카퍼리언 노인이 말했다.

"브랜디는 안 마셨지만 리젤 아가씨가 주는 포도주는 마시지 않았습니까?"

"오, 포도주는 마셨지. 그럼 그 포도주 속에……?"

"그래요. 분명 그 포도주에 아편을 넣었을 것입니다."

쉬에런이 아주 긍정적으로 말했다. 순간 분위기가 이상했다.

17. 이상한 실험

이상한 분위기는 한동안 계속되었다. 다들 프랑크린만 보고 있었는데 잠시 후, 그가 무거운 입을 열었다.

"가령 내가 칸디 선생님이 준 아편을 먹고 깊은 잠에 빠졌다고 합시다. 그런데 내가 어떻게 리젤의 방에 들어가 보석을 훔쳤을까요? 아무리 생각해봐도 알 수 없어요."

쉬에런은 기회를 기다리고 있었다는 듯 자신 있게 말했다.

"프랑크린 선생님, 걱정하지 마십시오. 선생님의 가슴 밑바닥에 깔린 그 검은 그림자를 제가 지워드리겠습니다."

"선생님이 저의 마음을?"

프랑크린은 쉬에런을 빤히 쳐다보면서 그렇게 물었다.

"예. 그날 밤, 프랑크린 선생님은 분명 아편을 먹고 잠이 들었습니다. 그리고 무의식 중에 리젤 아가씨의 방으로 뛰어들어 간 것입니다."

"그럼, 내가 몽유병이라도 앓았다는 말인가요?"

프랑크린은 믿을 수 없다는 듯 고개를 힘껏 내저었다.

"그렇습니다. 아편은 돌발적인 몽유병 환자를 만들기도 합니다."

"내가 몽유병을?"

프랑크린은 큰 충격을 받은 듯 소리쳤다.

"아마도 믿지 못하실 겝니다. 그러나 프랑크린 선생님이 원하신다면 그날 있었던 일을 다시 실험하여 보여드릴 수도 있습니다. 학술보고서에 발표된 논문을 보면 아편을 먹은 어떤 사람은 평소 마음먹고 있었던 일을 꿈에서 생시처럼 행동했다고 했습니다. 만약 프랑크린 선생님이 보석을 가져야겠다는 마음을 먹고 있었더라면 언제인가 무의식 중에 행동으로 옮기는 것이지요. 내가 증명해드릴 수 있습니다."

"그런 마음이란……."

프랑크린은 도저히 믿을 수 없었다.

"다시 말해 아편을 먹은 뒤 무의식 상태에서 어떤 한 가지 일을 계속 골똘히 생각하고 있었다면 그대로 행동으로 옮기려 한다는 거죠."

"내가 보석 생각을 하고 있었던 것은 사실입니다. 혹시나 그 이상한 인도 사람들에게 보석을 도둑맞지 않을까 하고 그날 밤 잠들기 전에 줄곧 그 생각만 했었죠."

쉬에런이 이어 말하려 하는데 브레이크 변호사가 가로챘다.

"그것이 바로 프랑크린 선생님의 본마음입니다. 선생님은 무의식 중에 보석의 안전을 걱정하고 그것을 안전한 곳에 숨겨야겠다고 생각하고 리젤 아가씨의 방으로 들어갔던 것입니다. 프랑크린 선생님은 죄가 없습니다."

프랑크린이 손을 펴 보이며 말했다.

"내가 보석을 갖고 갔다고 합시다. 그런데 내가 갖고 간 보석을 어디다 두었을까요? 그건 통 기억이 안 나는데요."

그때 쉬에런이 말했다.

"그건 두 번째 일이라 걱정할 것 없습니다. 그런데 프랑크린 선생님은 나의 말을 못 믿으시는 것 같은데 그것이 가능한 일인지 한번 실험부터 해 보겠습니다."

"실험을 해보겠다고요?"

"그래요. 그날 밤처럼 선생님에게 약간의 아편을 드리고 실험해 보겠습니다."

한주일 뒤, 이 무서운 실험을 장미별장에서 하기로 약속했다. 프랑크린은 젊은 의사 쉬에런이 시키는 대로 다시 담배를 피우다가 끊자 그때처럼 잠을 이루지 못하고 아주 신경질적이 되었다.

한주일 뒤 보름날 밤, 쉬에런은 정시에 프랑크린에게 아편을 먹인 뒤 그의 침실로 돌아가라고 했다. 중인으로 브레이크 변호사와 카퍼리언 노인 그리고 런던에서 달려온 리젤이 지켜보기로 했다.

그날 밤, 하늘 높은 곳에 밝은 달이 걸려 있었다. 시계가 막 2시를 가리켰을 때 조용한 복도에 갑자기 뚜벅뚜벅 사람의 발자국 소리가 들렸다.

"모두 조용히 하고 잘 들어보세요. 분명 누가 오고 있죠? 누구인가 보세요."

네 사람은 서로 눈빛을 교환한 뒤 깜깜한 방에서 숨을 죽이고 귀를 기울이고 있었다.

복도에서 시작된 발자국 소리는 점점 리젤의 방 쪽으로 오더니 갑자기 문앞에서 멈추었다. 이어 방문이 열리고 검은 그림자 하나가 미끄러지듯 방안으로 들어갔다. 그때가 바로 리젤이 말한 것처럼 창문으로부터 스며든 달빛이 검은 그림자를 비추고 있었다. 순간 한 남자의 얼굴이 뚜렷하게 보였다. 프랑크린이었다. 그는 네 사람이 방안에서 그를 지켜보고 있다는 사실을 아는지 모르는지 방안을 한번 둘러보고는 인도제 옷궤 앞으로 살금살금 걸어갔다. 그리고 서랍을 하나하나 열어보고는 마지막에 맨 아래쪽 서랍을 열었다. 그 서랍 속에는 보석 대신 넣어둔 수정반지가 있었다. 그는 수정반지를 꺼내들고 뭔가 알 수 없는 소리로 중얼거리더니 방문 쪽으로 걸어갔다. 그런데 프랑크린은 그날 밤과는 달리 방문으로 나가려 하다가 아마도 쉬에런이 준 아편의 양이 많았던지 그의 손이 방문에 닿자 그만 그 자리에 힘없이 쓰러지고 말았다. 잠시 후, 그는 다시 일어나 리젤의 침대에 누워 고롱고롱 잠이 들었다.

이튿날 아침, 프랑크린은 잠에서 깨어 자신이 리젤의 방 침대에 누워 있는 것을 발견하고 깜짝 놀랐다.

'내가 어떻게 리젤의 방에 와서 자고 있었지? 아직도 내가 꿈을 꾸고 있는 것인가?'

프랑크린이 놀라 사방을 두리번거리고 있을 때 네 명의 증인들이 나타났다. 실험은 완전 성공이었다.

"이제 일어나셨군요. 프랑크린 선생님, 기분이 어때요? 나의 말대로 실험은 성공입니다. 이제 칸디 박사님의 죄를 용서할 수 있겠죠?"

칸디 박사의 조수인 젊은 의사 쉬에런은 네 사람 앞에서 아주 만족한 듯 웃었다. 그러나 보석 도난사건의 수수께끼는 여전히 먹구름 속에 가리워져 있었다.

이튿날, 그날은 일 년 중 장미별장에서 가장 청명한 아침이었다. 리젤, 프랑크린, 카퍼리언 노인, 젊은 의사 쉬에런과 브레이크 변호사 이들 다섯 사람은 아침 식사를 마친 뒤 탁자에 둘러앉아 보석 도난 사건을 해결하기 위한 의논을 했다.

회의는 브레이크 변호사가 의장이 되어 진행했다.

"우리는 프랑크린 선생이 무의식 중에 그 보석을 가져갔다는 것을 실험으로 보고 알았습니다. 그런데 문제는 프랑크린 선생이 무의식 중에 어떻게 이상한 사람의 손에 보석을 넘겨주었느냐 하는 것입니다. 그리고 그것이 어떻게 런던의 고리대금업자인 라이크에게 넘어갔느냐 하는 것입니다. 그것만 알면 문제는 쉽게 풀릴 수 있을 것입니다."

카퍼리언 노인이 불쾌한 듯 말했다.

"그건 프랑크린 선생이 이상한 사람의 하수인이란 말과 같군요."

"꼭 하수인이라고는 할 수 없지만 어떤 사람이 프랑크린 선생을 이용하여 보석을 빼앗아간 것이죠."

쉬에런이 말했다.

"아마도 그렇게 되었을 것입니다. 아편을 먹은 프랑크린 선생이 몽유 상태에 있을 때 누군가 그 보석을 가로챈 것이 틀림없어요."

쉬에런의 말을 주의깊게 듣고 있던 브레이크 변호사가 고개를 끄덕였다.

"그렇습니다. 프랑크린 선생은 무의식 중에 보석을 가지고 나왔고 또 무의식 중에 수상한 사람에게 빼앗긴 것입니다."

여태까지 듣고만 있던 리젤이 입을 열었다.

"런던 경찰국에 가서 누가 라이크에게 그 보석을 넘겼는지 물어보면 가르쳐주지 않을까요?"

"아닙니다. 경찰은 직업상 비밀을 지켜주어야 하기에 역시 라이크에게 강요할 수 없겠죠?"

카퍼리언 노인이 조급한 듯 물었다.

"그럼, 어떻게 하지요? 다른 방법은 없을까요?"

쉬에런이 마치 다른 사람의 일처럼 한 마디 했다.

"그렇다면 기다릴 수밖에 없겠군요. 그 보석이 언제 은행에서 나오는지 한번 기다려봅시다."

"보석이 라이크의 손에 들어갔다는 걸 그 세 명의 인도 사람이 안다면 분명 가만히 있지 않을 것입니다. 물론 라이크 쪽에서도 인도 사람이 올 것을 알고 마땅한 사람에게 보석을 넘겨주겠죠. 우리는 그 사람만 잡으면 됩니다."

브레이크 변호사의 생각은 명탐정과 조금도 다름이 없었다.

네 사람은 브레이크 변호사의 생각을 의심하지 않고 받아들이기로 했다.

"은행에 물건을 보관하면 그 기한이 1년이라 아마도 6월 말이면 찾아가겠죠. 프랑크린 선생, 우리 두 사람이 최후의 모험을 한번 해 봅시다."

브레이크 변호사는 힘을 얻은 듯 프랑크린의 어깨를 툭툭 치면서 의자에서 일어났다.

브레이크 변호사와 젊은 의사 쉬에런은 다시 런던으로 돌아갔다.

6월 29일 런던.

고리대금업자 라이크의 점포를 감시하고 있던 사람이 브레이크 변호사의 법률사무소로 헐레벌떡 달려와 보고했다.

"브레이크 변호사님, 조금 전 라이크가 두 명의 경호원과 함께 은행으로 갔습니다."

브레이크 변호사는 자리에서 벌떡 일어섰다.

"틀림없이 보석을 찾으러 갔을 것입니다. 프랑크린 선생, 어서 가봅시다."

브레이크 변호사는 함께 마차를 타고 은행으로 달려갔다. 은행에 도착하여 브레이크 변호사는 곧장 안으로 들어가지 않았다. 그는 은행 앞 우체통 옆에서 구두를 닦는 아이 곁으로 다가갔다.

"벨, 어떻게 되었니? 그를 봤어?"

"예. 한 시간 전에 라이크가 두 명의 경호를 받으며 안으로 들어갔는데 아직 나오지 않았습니다."

"수고했다."

벨은 브레이크 변호사 법률사무소에서 일하는 아이였다.

"그리고 다른 이상한 사람은 못 보았니?"

벨은 브레이크 변호사의 구두를 닦는 척하며 말했다.

"변호사님, 도로 건너편을 보십시오. 담뱃집 앞에 검은색 안경을 낀 수상한 사나이가 아까부터 저곳에서 배회하고 있습니다. 제가 보기에는 아마도 인도 사람과 한패거리 같습니다."

"그래. 그렇게 보이는군!"

브레이크 변호사는 검은색 안경에 선원같이 보이는 그 사나이를 힐끗 쳐다보았다. 그런데 그 사나이는 어디선가에서 한번 본 것 같은데 생각이 나지 않았다.

사나이는 큰 키에 수염을 길게 기르고 있었으며 담배 파이프를 문 채 몹시 초조한 듯 계속 은행 입구를 지켜보고 있었다.

바로 그때였다. 갑자기 사나이는 담배 파이프를 내렸다. 순간 브레이크 변호사의 가슴이 뛰기 시작했다. 그는 은행 입구로 고개를 돌렸다.

"아, 라이크다!"

세 사람은 긴장하기 시작했다. 이어 라이크는 두 명의 경호를 받으며 돌계단을 성큼성큼 내려왔다. 생각한 것처럼 라이크는 은행 앞 큰길을 건너 담뱃집 쪽으로 갔다. 아까부터 기다리고 있던 검은색 안경을 낀 사나이가 아무 일도 없는 것처럼 라이크 쪽으로 걸어갔다.

라이크 일당 세 사람과 사나이가 서로 마주쳤다. 갑자기 라이크가 걸음을 멈추었다.

"미안하지만 담뱃불 좀 빌릴까요?"

검은색 안경의 사나이는 라이터를 쑥 내밀었다. 라이크는 담뱃불을 붙이는 듯 하면서 뭔가를 받았다. 그리고 담배를 입으로 가져갔다. 그것은 정말 눈 깜짝할 사이에 있었던 일이었다. 라이크는 고맙다는 듯 고개를 한번 끄덕이고 역시 두 사람의 경호를 받으며 계속 앞으로 걸어갔다.

"알 수 없는 일이야! 만약 그 사나이가 인도 사람과 한패거리라면 라이크가 먼저 다가가 담뱃불을 빌리려 하지 않았을 것인데······."

프랑크린은 이상하다는 듯 혼자 중얼거렸다.

브레이크 변호사가 말했다.

"저들을 뒤쫓아 가보자."

브레이크 변호사와 프랑크린은 멀찍이 떨어져 그들의 뒤를 쫓아갔다. 라이크 일당 세 사람은 누가 뒤쫓고 있다는 것도 모르고 계속 앞으로 걸어갔다.

잠시 후, 그들은 갑자기 오른쪽으로 돌아서 골목길을 따라가다가 어느 작은 식당으로 들어갔다.

"저 식당에서 누군가를 만날지도 모르겠군."

브레이크 변호사와 프랑크린도 그 식당으로 들어갔다. 식당 안은 어두침침하고 분위기가 이상했다. 둘러보니 라이크 일당은 식당 한구석 식탁에 둘러앉아 소곤소곤 이야기를 나누고 있었다.

브레이크 변호사는 프랑크린을 끌고 라이크 일당 뒤쪽의 식탁에 앉았다. 심부름꾼이 왔다.

"손님, 뭘 드시겠어요?"

"따끈한 커피 두 잔!"

심부름꾼이 커피를 들고 오는 바로 그때 낯선 중년 신사 한 분이 들어왔다. 그는 식당 안을 한 번 둘러보고는 라이크 쪽으로 갔다.

"저 사람도 뭔가 수상해."

브레이크 변호사는 귀를 기울였다. 그런데 음악 소리가 너무 커 그들이 무슨 이야기를 하고 있는지 알아들을 수가 없었다.

중년 신사는 라이크에게 무슨 말을 하는지 몇 번 고개를 끄덕이더니 다른 자리로 갔다.

라이크 일당 세 사람은 식사를 서둘러 끝내고 일어섰다.

브레이크 변호사도 재빨리 계산을 하고 뒤따라 식당을 나갔다.

한 발 앞서 식당을 나간 라이크는 두 사람의 경호원과 헤어져 혼자 여유 있게 걸어갔다.

"정말 이상하군요. 두 명의 경호원과 헤어진 걸 보면 라이크는 보석을 갖고 있지 않은 것 같지요?"

"조금 전 그 중년 신사에게 넘긴 것이 분명해요."

프랑크린은 망연자실했다.

"프랑크린 선생, 저길 좀 보시오. 아까 그 중년 신사 말이에요."

브레이크가 소리쳐 고개를 돌려보니 조금 전에 다른 자리로 가서 앉아 있던 중년 신사가 커다란 가죽 가방 하나를 들고 식당을 나와 빠른 걸음으로 걸어가고 있었다.

"저 사람을 뒤쫓아가 봅시다."

두 사람은 마치 명탐정이라도 된 것처럼 중년 신사의 뒤를 바짝 쫓아갔다.

중년 신사는 나이에 비해 걸음은 아주 빨라 브레이크 변호사와 프랑크린이 뒤따라가는 데 힘이 들 정도였다.

두 사람이 중년 신사의 뒤를 쫓아 이리저리 다닌 지 한 시간쯤이나 되었을 때였다. 중년 신사는 주위를 한번 둘러보고는 갑자기 약방으로 들어가더니 나오지 않았다.

브레이크 변호사도 뒤따라 들어갔다. 약사인 듯한 사람이 물었다.

"무슨 약을 사시려고요?"

브레이크 변호사가 작은 소리로 말했다.

"나는 경찰입니다. 방금 오십대로 보이는 중년 신사 한 분이 큰 가방을 들고 약방으로 들어왔는데 그 사람과 이 약방은 어떤 관계가 있는지요?"

약사는 잠시 머뭇거리더니 말했다.

"그분은 이 약방의 주인입니다."

"약방의 주인……."

두 사람이 고개를 갸우뚱거리고 있는데 조금 전 그 중년 신사가 두 사람 앞에 나타났다.

"무슨 일이신가요?"

"예. 조금 전에 선생께서는 고리대금업자 라이크 씨를 만나셨죠? 무슨 일로 그를 만나셨나요?"

"별것 아닙니다. 그런데 왜 그러시죠?"

약방 주인은 당황하지도 않고 공손하게 물었다.

"뭔가 알아보고 싶은 것이 있어서 찾아왔는데 이야기해 주실 수 있는지요?"

"얼마 전에 라이크 선생에게서 돈을 좀 빌려 썼는데 여태 갚지 못해 부득이 배상하지 않으면 안 될 처지가 되어 좀 더 연기해달라고 사정을 했죠. 그런데 그는 그렇게 해줄 수 없다고 하더군요."

중년 신사는 식당에서 우연히 라이크와 만난 것이 재수 없다고 했다.

"그런 일이 있었군요. 소문에 라이크는 품성이 그리 좋지 않다고 하는데 조심하십시오."

브레이크 변호사와 프랑크린은 급히 약방을 나왔다.

"프랑크린 선생, 우리가 잘못 짚은 것 같군요. 보아하니 중년 신사는 이 약방 주인이 맞는 것 같으며 보석 하고는 관계가 없는 사람 같습니다."

"그렇다면 은행 앞에서 본 그 검은색 안경을 낀 사나이가 수수께끼의 인물이겠군요. 그렇죠?"

"일단 은행으로 가 봅시다. 벨이 검은색 안경의 사나이를 뒤쫓고 있을지도 몰라요. 그는 착하고 영리하며 머리도 잘 돌아가는 아이죠."

두 사람은 서둘러 은행으로 갔다. 과연 생각대로 우체통 옆에서 구두를 닦던 벨은 보이지 않았다.

"벨이 여기에 없는 걸 보면 그를 뒤쫓고 있는 것이 분명해요. 어쨌든 우리는 먼저 사무실로 돌아가 벨이 돌아올 때까지 기다려 봅시다."

브레이크 변호사는 프랑크린과 함께 사무실로 돌아갔다.

마차가 사무실 앞에 멈추자 브레이크 변호사가 먼저 내려 문을 열었다. 그리고 깜짝 놀랐다. 어떤 사람이 있었기 때문이다. 그는 쉰이 넘어 보이고 사마귀처럼 바싹 야위고 날카롭게 생긴 신사였다. 브레이크 변호사가 문을 들어섰을 때 그는 지팡이에 턱을 괴고 앉아 있었는데 무슨 깊은 생각에 잠겨 있는 것 같았다.

"오, 카프 선생님 아니세요?"

마차에서 뒤늦게 내린 프랑크린이 브레이크 변호사 사무실을 들어서며 소리쳤다.

"프랑크린 선생, 오랜만이군요."

카프 탐정은 웃으며 두 사람과 악수를 했다.

"그저께 아일랜드에서 돌아와 프랑크린 선생이 찾아오셨다는 것을 알았습니다. 바로 요오크셔의 장미별장에 연락했더니 선생이 브레이크 변호사님과 런던으로 가셨다고 하더군요. 그래서 서둘러 두 분을 만나러 이곳으로 왔지요."

프랑크린은 브레이크 변호사에게 카프 탐정을 소개하고 몇 마디 인사를 나눈 뒤 카프 탐정에게 말했다.

"퇴직하고 쉬시는 분을 괴롭혀 대단히 죄송합니다. 실은 그 뒤로 아주 많은 것을 알게 되어……."

프랑크린은 장미별장에서 있었던 무서운 실험을 카프 탐정에게 모두 이야기해 주었다. 그리고 브레이크 변호사도 쿠두오프리엘 중위가 수상한 인도 사람에게 크게 당했고 라이크도 이상한 행동을 하더라고 보충설명을 해주었다.

"그동안 그런 일들이 있었군요."

"예. 그리고 우리가 라이크를 감시하고 있는데 오늘 갑자기 그가 은행에 보관해 두었던 보석을 찾아가지 않았겠습니까. 그런데 유감스럽게도 그렇게 중요한 판국에 그 수상한 사람을 놓쳐버렸으니 말입니다."

브레이크 변호사는 검은색 안경을 낀 선원처럼 보이는 키가 큰 사나이에 관해서도 카프 탐정에게 말해주었다. 브레이크 변호사의 말을 끝까지 듣고 나서 카프 탐정은 느릿느릿 말했다.

"걱정할 것 없습니다. 벨 소년이 틀림없이 중요한 소식을 갖고 올 것입니다."

"그랬으면 얼마나 좋겠습니까?"

카프 탐정이 말했다.

"그런데 지금 생각해보니 장미별장에서의 수사는 엉터리였고 완전 실패작이었습니다. 리젤 아가씨는 나를 무척 원망할 것입니다. 그런데 내가 금방 발견한 것이 있습니다."

"금방 무엇을 발견하셨다는 겁니까?"

브레이크 변호사의 물음에 카프 탐정은 빙그레 웃었다.

"다름 아니라 브레이크 변호사님도 대단한 탐정이시다는 거예요."

"정말 농담도 잘하시는군요. 너무 과한 칭찬에 몸 둘 바를 모르겠습니다."

"아니오. 정말 훌륭한 솜씨입니다."

"일을 하다 보니 그렇게 된 것이지 저는 본업은 변호사입니다. 그런데 카프 탐정님, 이상한 실험에 무슨 답이 나올까요?"

"나의 생각을 말해볼까요? 변호사님이 말한 것처럼 프랑크린 선생은 자기 방으로 돌아가는 도중에 어떤 사람에게 보석을 빼앗겼습니다. 그 사람이 누구인지 짐작은 갑니다만 지금으로서는 확실한 증거가 없어 말씀드릴 수 없습니다."

"카프 탐정께서는 누군지 알고 있군요."

"예. 짐작만 할 뿐입니다. 그런데 브레이크 변호사님, 혹시 메모지와 봉투를 빌릴 수 있겠습니까?"

"물론이죠."

브레이크 변호사가 메모지와 봉투를 주자 카프 탐정은 뭔가를 쓴 뒤 그것을 봉투 속에 넣고 풀로 봉한 뒤 웃으며 말했다.

"프랑크린 선생, 내가 봉투를 뜯어보라고 할 때 열어보시고 만약 내가 쓴 이름이 범인이 아니라면 나의 실수를 용서하세요."

"하하하! 정말 재미있는 게임이군요. 그런데 벨이 어째서 지금까지 소식이 없지? 이 시간이면 응당 돌아왔어야 하는데."

브레이크 변호사는 벽에 걸린 시계를 보고 그렇게 말했다.

어느새 해는 서쪽으로 기울고 땅거미가 지기 시작했다.

시간은 계속 흘러 어느덧 10시가 되었다. 그때 갑자기 한 아이가 들어왔다. 벨이었다. 그렇게 기다리던 벨이 돌아온 것이다.

"변호사님, 너무 늦게 돌아온 것을 용서하세요."

벨은 숨을 헐떡이며 이마에 맺힌 땀을 계속 훔쳐댔다.

"벨, 왜 이렇게 늦었어? 어디 갔었나?"

브레이크 변호사는 의자에서 일어서며 물었다.

"저는 변호사님과 헤어진 뒤 그 검은색 안경을 낀 남자를……."

벨은 낯선 사람이 있는 것을 보고 입을 다물었다.

"오, 이분은 괜찮아. 걱정 안 해도 돼. 이분은 얼마 전까지만 해도 런던 경찰국에 있었던 카프 탐정이야."

브레이크 변호사가 간단하게 소개를 하자 벨은 동그란 눈을 반짝이며 말했다.

"오, 바로 그 유명한 카프 탐정님이시군요. 반갑습니다. 저는 벨입니다."

"반가워요. 벨!"

벨은 여전히 숨을 헐떡이며 이야기를 계속했다.

"저는 계속 그 수상한 남자를 뒤쫓아갔죠. 그런데 그가 갑자기 마차에 오르더니 동쪽 부두로 달려갔습니다."

"벨, 숨을 돌리고 천천히 말해봐."

벨은 탁자 위에 있는 냉수를 한 잔 마신 뒤 다음과 같이 모험담을 풀어놓았다.

"검은색 안경을 낀 그 남자가 마차에 오르는 것을 보고 저도 몰래 마차 뒤에 탔죠. 검은색 안경을 낀 수상한 남자는 마부에게 '동쪽 부두로 갑시다!'하고 분부했으며 마부는 뒤에 제가 탄 줄도 모르고 부두를 향해 달려갔습니다. 마차는 룬파터가를 지나 테임스 강 동쪽 부두로 갔습니다. 그때 해는 이미 바다 속으로 가라앉고 가스 등이 안개 속에서 뿌옇게 비쳤습니다. 검은색 안경을 낀 남자는 마차에서 내려 한동안 부두를 왔다 갔다 했습니다. '왜 저러고 있을까? 배 시간을 기다리는가? 아니면 누구를 만나기로 한 것인가?' 저는 그런 생각을 하면서 그가 눈치 채지 않도록 이리저리 걸어다녔죠. 그때 수상한 사나이는 부두 사무실로 들어갔어요. 저도 뒤따라갔죠. 그 사나이는 직원에게 '여기 배표가 있는데 오늘 밤배를 탈 수 없겠습니까?' 하고 배표를 되돌려주었습니다. 사나이는 몇 번이나 부탁을 했지만 정해진 시간의 배표가 아니면 어떤 사람도 배를 바꾸어 탈 수 없다고 했습니다. 수상한 사나이는 하는 수 없다는 듯 부두로 되돌아가 다시 배회하기 시작했어요. 안개는 더욱 짙게 덮이고 개 짖는 소리가 부근에서 들려왔습니다. 그때 등 뒤에서 누가 저를 미행하는 느낌이 들어 천천히 고개를 돌려보니 남루하기 짝이 없는 거지 한 사람이 부두 창고 옆에서 제가 있는 쪽을 뚫어져라 보고 있었습니다. '저 거지의 정체는 무엇일까? 왜 나를 미행할까? 그렇다면 검은색 안경의 수상한 사나이와 일당인가?' 온갖 생각이 다 들었습니다. 조금 더 지켜보았죠. 그런데 아니었습니다. 내가 자리를 옮겨 보아도 그는 그 자리에 있었고 따라오지 않았습니다. '저 거지가 미행하는 것은 내가 아니라 다른 사람인가?' 이런 생각을 하고 있는데 검은색 안경의 사나이가 갑자기 반대쪽으로 걸어갔습니다. 나는 거지와 이상한 사나이가 어떻게 하는지 지켜보았습니다. 그런데 그들은 일당이 아니었습니다. 거지도 검은색 안경의 사나이를 미행하고 있다는 것을 그제야 알았죠. 거지의 정체가 더욱 궁금했습니다. 그런데 그때 어디로부터 왔는지 마차 한 대가 느릿느릿 굴러왔어요. '저 마차는 또 뭐냐?' 그런 생각을 하면서 재빨리 부두창고 옆 시멘트 상자 안으로 몸을 숨기고 일이 어떻게 되어가는지 보았습니다. 수상한 거지는 제가 근처에 숨어 지켜보고 있는 줄도 모르고 마차 곁으로 뒤뚱거리며 걸어갔습니다. 마차의 문이 열리더니 한 외국인이 고개를 내밀었습니다. 피부가 까만 인도 사람 같았습니다. 틀림없었습니다. '&*^ @#% *^&….' 귀를 기울여 들어봐도 영어는 아니었습니다. 인도 사람과 거지는 제가 알아들을 수 없는 말을 몇 마디 나눈 뒤 마차는 다시 떠나버렸고 거지는 계속 검은색 안경의 수상한 남자를 쫓고 있었습니다. 이상한 추적은 한동안 계속되었습니다. 그러다 검은색 안경의 사나이는 강가에 있는 박쥐관으로 들어갔습니다. 박쥐관은 2층 건물인데 아래층은 선원들을 위한 술집이고 2층은 승객과 여행자들이 잘 수 있는 여관 비슷한 곳이었습니다. 그런데 저는 아직 아이라 술 파는 곳에는 들어갈 수 없었습니다. 생각 끝에 부근에 있는 서점으로 달려가 신문 한 뭉치를 샀죠. 저는 '신문 사세요! 오늘 신문입니다!' 하고 외치며 술집 안으로 들어갔습니다. 안은 담배 연기가 자욱하여 어두침침하고 사람들도 많았습니다. 둘러보니 검은색 안경의 남자는 맨 뒤쪽 구석의 탁자에 앉아 몸을 구부린 채 독한 술을 마시고 있었습니다. 가까이 다가갔죠. '선생님, 오늘 신문입니다!'하면서 신문 한 장을 쑥 내밀었습니다. 그 남자는 무슨 생각을 하고 있었는지 제가 갑자기 내민 신문을 보고 깜짝 놀라며 고개를 돌려 소리쳤습니다. '안 사! 저리 꺼져!' 그는 나를 쳐다보지도 않고 손을 내저었습니다. 그 모습이 얼마나 무서운지 소름이 끼칠 정도였습니다. 저는 몇 발자국 물러서 맞은편 맨 뒤쪽 의자에 가서 앉았습니다. 그 사나이를 쫓느라 저녁을 먹지 못해 몹시 배가 고팠습니다. 빵 몇 개를 시켜 우유와 함께 먹으면서 수상한 사나이의 거동을 살폈습니다. 그런데 언제 왔는지 아까 그 거지가 옆 탁자에 앉아 술을 마시며 역시 검은색 안경을 낀 수상한 남자를 지켜보고 있지 않겠습니까? 그렇게 9시가 되었는데 갑자기 검은색 안경을 낀 남자가 술집 주인을 불렀습니다. '오늘 밤 여기서 하룻밤 묵고 가야겠는데 2층에 빈 방이 있소?'하고 묻자 술집 주인은 여종업원을 불러 방이 있느냐고 물었습니다. 그러자 여종업원은 '10호실이 비었어요.'하면서 검은색 안경을 낀 남자에게로 걸어갔습니다. 키가 작은 술집 주인이 '손님을 방으로 모셔라!'하고는 급히 제자리로 돌아갔습니다. 잠시 후 여종업원이 와서 손님을 '모시겠습니다. 방으로 가시죠!'하면서 그 남자를 데리고 뒷문으로 나갔습니다. 남자가 나가는 걸 보고 거지도 일어섰습니다. 저의 심장이 마구 뛰었습니다. 거지도 뒷문으로 나갔기 때문입니다. '도대체 어디로 가는 걸까?' 한 5분쯤 지났을 때였습니다. 갑자기 뒷문 쪽에서 고함이 들렸습니다. '네놈이 무슨 일로 여기까지 따라왔어?' 그것은 술집 주인의 소리였습니다. 제가 얼른 뒷문으로 나가 보니 거지는 목덜미 잡힌 고양이처럼 술집 주인에게 끌려 계단을 내려오고 있었습니다. '2층은 귀빈들만이 드나드는 곳인데 너 같은 거지는 얼씬도 할 수 없는 곳이야. 어디 허락도 없이 쥐새끼처럼 기어들어가 말썽을 피우고 있어? 어서 썩 꺼지지 못할까!' 술집 주인에게 욕을 먹고 끌려 내려온 거지는 무슨 말인지 알 수 없는 소리로 몇 마디 중얼거리더니 화풀이로 탁자 몇 개를 뒤엎어버리고는 술집을 나가버렸습니다. 저도 거지를 따라 술집을 나왔는데 거지는 조금 전의 일을 까맣게 잊은 듯 '그래도 좋아!'하면서 어둠 속으로 사라졌습니다. 저는 거지가 틀림없이 인도 사람에게 지금까지의 일을 보고하러 갔을 거라고 생각했죠. 저는 거지를 쫓을까? 검은색 안경의 수상한 사나이를 쫓을까? 한동안 갈등을 했습니다. 그리고 결정을 했습니다. '검은색 안경의 사나이는 오늘 밤 다른 곳으로 가지 않을 것이다. 그럴 것 같으면 지금쯤 몹시 기다리고 있을 변호사님께 먼저 보고드리는 것이 옳겠다. 나 혼자 두 마리 토끼를 한꺼번에 잡으려다 두 마리 다 놓쳐버리는 꼴이 될 거야! 이럴 때 누가 있었으면 얼마나 좋아?' 저는 그런 생각을 하고 달려왔습니다."

"벨, 너는 정말 큰일을 했다. 정말 수고했어!"

브레이크 변호사는 벨의 어깨를 가볍게 어루만져 주었다. 벨은 아직도 긴장이 가라앉지 않은 듯 계속 가끔 가쁜 숨을 몰아쉬었다.

18. 쿠두오프리엘 중위의 죽음

 소년 벨의 긴 이야기가 끝났다. 조용히 듣고만 있던 카프 탐정은 빙그레 웃으며

"너는 정말 대단한 아이로군. 법률사무소에서 잔심부름하기에는 아까워. 앞으로 너는 훌륭한 탐정이 될 거야."

하고 벨의 머리를 쓰다듬어 주었다. 벨은 쑥스러운 듯 머리를 긁적거렸다.

"그런데 네가 뒤쫓은 그 검은색 안경을 쓴 사람은 인도 사람의 하수인이 아니고 라이크의 손에서 보석을 건네받은 사람임에 틀림없어."

카프 탐정의 말에 벨이 대답했다.

"그럼, 그 거지는 인도 사람의 하수인이겠죠?"

"맞았어. 그 거지는 네가 생각한 대로야. 이 시간쯤 그는 인도 사람에게 달려가서 검은색 안경의 남자가 박쥐여관에 묵고 있다는 이야기를 전했을 거야. 우리가 꾸물대서는 안 돼. 브레이크 변호사님, 빨리 사람을 시켜 마차를 준비하도록 하세요."

카프 탐정은 갑자기 자리에서 일어났다. 마차는 벌써 준비되어 있었다.

카프 탐정과 프랑크린 그리고 브레이크 변호사와 벨은 마차를 타고 동쪽 부두를 향해 달려갔다.

시간은 벌써 11시였다. 마차가 동쪽 부두에 들어서자 테임스 강에는 여러 척의 화물선이 고동을 울리며 올라갔다 내려갔다 하는 것이 보였다.

마차는 강을 따라 계속 동쪽으로 달려갔다.

"보세요. 저기!"

벨의 소리에 카프 탐정은 고개를 내밀었다. 박쥐여관이 보였다. 그것은 강가에 있는 조그마한 여관인데 1층에서는 술을 팔고 2층은 여관으로 2층에 한 마리 박쥐 그림이 불빛에 은은하게 보였다.

"박쥐여관, 그래. 여기서 내리자."

그들은 마차를 여관 앞에 세웠다. 카프 탐정과 몇 사람이 재빨리 마차에서 내려 먼저 술집으로 들어갔다.

"어서 오세요."

여종업원이 나와 인사를 했다.

"나는 런던 경찰국의 카프인데 주인 계신가요?"

여종업은 카프 탐정의 말에 대답도 하지 않고 헐레벌떡 안으로 달려갔다.

잠시 후, 주인인 듯한 사람이 나왔다.

카프 탐정이 물었다.

"주인장, 2층의 10호실 손님 아직 있지요?"

주인은 금방 들어온 사람들을 훑어보더니

"예. 한번 올라가더니 나오지를 않네요."

하고 말을 더듬거렸다.

"혹시 그를 찾아온 다른 사람은 없었나요?"

"예. 없었습니다. 그런데 그 남자가 무엇을 잘못했습니까?"

그때 프랑크린이 말했다.

"당신이 걱정할 것은 아니오. 어서 우리를 그 방으로 안내나 해주시오."

주인은 감히 다른 말은 꺼내지도 못하고 뒷문을 열어주었다. 삐거덕삐거덕 소리가 나는 계단을 올라가니 좁은 복도가 있고 그 양쪽으로 방이 몇 개 있었다.

검은색 안경의 사나이가 묵고 있다는 10호실은 복도의 끝에 있었다.

주인은 떨떠름한 표정을 지으며

"바로 이 방입니다."

하고 10호실 문 앞에 섰다.

"고마워요."

카프 탐정은 문 앞으로 가서 문을 세 번 두드렸다. 문 위쪽에 나 있는 창문으로 불빛이 보였다. 그런데 아무런 대답이 없었다. 카프 탐정은 다시 더 세게 문을 몇 번 두드렸다. 그래도 여전히 대답이 없었다. 카프 탐정은 문의 손잡이를 잡고 돌려 보았다. 끄떡도 하지 않았다.

"안쪽에서 잠궜어. 주인장, 다른 열쇠가 없어요?"

"다른 열쇠는 없는데요."

주인의 목소리가 조금 떨렸다.

"그럼 할 수 없지. 이 방법밖에."

카프 탐정은 몇 발 뒤로 물러섰다가 자기 몸을 힘껏 문에 부딪쳤다. 그러자 문은 꽈당 하고 소리를 내면서 떨어져나갔다.

순간 카프 탐정은 잽싸게 안으로 들어갔다. 안에는 아무도 없었다.

"어느새 사라지고 없어. 그런데 저건 뭐냐?"

카프 탐정은 방 한가운데 멈추어 서서 손으로 침대를 가리켰다.

"큰일 났어. 누군가 피살당했어. 우리가 한 발 늦었어."

"누가 피살당했다고요?"

프랑크린이 뒤따라 들어오며 물었다.

침대 위에는 검은색 안경을 낀 선원처럼 보이는 남자가 쓰러져 있는데 가슴팍에는 인도제 비수가 꽂혀 있었다.

"우리가 너무 늦게 왔군요. 이 사람은 인도 사람에게 피살당한 게 틀림없어요. 이것을 보세요."

프랑크린은 침대 밑에서 나무로 만든 상자 하나를 집어 카프 탐정에게 보였다.

"이건 보석상자겠죠?"

"그래요. 지금 이 안에는 아무것도 없지만 분명 보석을 넣어 두었을 거요. 왜냐하면 여기 은행의 보관 쪽지가 들어 있지 않아요."

카프 탐정은 그렇게 말하면서 다시 침대 밑에서 우윳빛 종이 한 장을 집어 들었다. 그 종이에는 이렇게 씌어 있었다.

'○○구 XX가 라이크 씨에게
귀중품이 들어 있는 목제함 1개'

글자는 먹물로 썼고 아래쪽에는 은행의 도장이 찍혀 있었다.

"죽은 이 남자는 도대체 어떤 사람일까요?"

프랑크린은 의심스런 눈빛으로 침대에 쓰러져 있는 사람을 훑어보았다.

카프 탐정이 웃으며 말했다.

"프랑크린 선생, 조금 전에 내가 봉투 하나를 드렸죠? 이제 그걸 여기서 뜯어 보세요."

"아, 그 편지봉투 말이죠?"

프랑크린은 가슴 안쪽 호주머니 속에 넣어두었던 봉투를 꺼냈다. 그것은 바로 브레이크 변호사의 법률사무소에서 카프 탐정이 범인의 이름을 쓴 뒤에 보관하고 있으라고 프랑크린에게 준 것이었다.

프랑크린은 떨리는 손으로 봉투를 뜯어 안에 들어 있는 한 장의 종이를 꺼내어 보았다. 커다란 글씨로 이렇게 씌어 있었다.

'쿠두오프리엘'

프랑크린은 온몸을 부르르 떨었다.

"카프 탐정님, 이, 이 사람이 바로 쿠두오프리엘 중위라고요? 말도 안 됩니다. 어찌 이 사람이 쿠두오프리엘 중위입니까?"

프랑크린은 침대에 쓰러져 있는 시체를 가리키며 믿을 수 없다는 듯 큰소리로 말했다.

"그렇습니다. 바로 선생의 사촌형 쿠두오프리엘 중위입니다. 수염을 떼고 검은색 안경을 벗겨 보세요."

카프 탐정의 말은 아주 쌀쌀하고 엄숙했다. 프랑크린은 떨리는 손으로 먼저 시체의 얼굴에 붙어 있는 수염을 떼내었다.

기름기가 반지르르한 분명 젊은이의 피부였다. 과연 수염은 변장용 가짜 수염이었다.

"앗! 이게……?"

프랑크린은 소스라치게 놀랐다. 그는 다시 떨리는 손으로 시체의 검은색 안경을 벗겼다.

"아! 이럴 수가!"

시체의 얼굴을 보니 분명 사촌형 쿠두오프리엘 중위였다.

한동안 침묵이 흘렀다. 브레이크 변호사가 말했다.

"장미별장의 수수께끼는 이제 풀렸습니다. 그러나 알 수 없는 것은 이 방에서 있었던 수수께끼입니다. 보세요! 문과 창문들은 모두 잠겨 있는데 쿠두오프리엘 중위는 어떻게 인도 사람에게 피살당했을까요?"

"그걸 모르시겠어요?"

카프 탐정은 벨을 보며 싱긋 웃었다.

"어때? 우리의 소년 탐정! 너는 이 수수께끼를 풀 수 있겠지?"

벨도 빙그레 웃었다.

"예. 범인은 분명 천장에서 내려온 것입니다. 카프 선생님, 지팡이를 좀 빌려주실 수 있겠습니까?"

"물론이지."

지팡이를 건네받은 벨은 침대 위로 올라가 뾰족한 지팡이 끝으로 천장을 한번 힘껏 밀어올렸다. 천장은 못질을 하지 않아 지팡이를 따라 움직였다. 벨이 다시 힘을 주어 들어올리자 사람 한 명이 충분히 오르내릴 정도의 구멍이 보였다.

"오, 그렇게 되어 있었군요. 단도는 위에서 던졌겠네요." 카프 탐정의 추리가 존경스럽다는 듯 브레이크 변호사는 고개를 끄덕였다.

카프 탐정이 말했다.

"벨, 네가 한 번 올라가 봐. 틀림없이 밖으로 통하는 구멍이 하나 나 있을 거야."

"프랑크린 선생님, 좀 도와주시겠어요?"

"물론이지."

벨은 프랑크린의 도움을 받아 천장으로 올라갔다. 잠시 후, 벨은 천장의 구멍으로 고개를 내밀고 말했다.

"선생님의 말씀마따나 지붕의 판자가 하나 뒤집혀 있었습니다. 그리고 지붕에서 강 쪽으로 밧줄 하나가 길게 드리워져 있고 그들은 이곳을 통하여 구멍으로 들어간 것 같습니다."

"그럼 강으로 도망을 친 것이 아니냐?"

카프 탐정은 급히 창문 쪽으로 달려가 밖을 내다보았다. 테임스 강에는 범선 한 척이 안개 속에 희미하게 보였다.

"주인장, 저 배는?"

"예. 저건 봄페이로 가는 배입니다."

"봄페이로 가는 배라고요? 그들은 지금쯤 우리를 생각하며 웃고 있을지도 모르죠."

카프 탐정은 아쉬운 듯 창가에 서서 안개 속으로 서서히 사라져가는 범선을 계속 멍하니 바라보고 있었다.

이튿날, 날이 밝기도 전 런던 경찰국은 카프 탐정의 보고를 받고 즉시 봄페이 경찰국에 아래와 같은 전보를 보냈다.

'봄페이행 케스루호에 살인용의자로 추측되는 인도 사람 세 명이 탔음. 봄페이항에 도착하는 즉시 연행 바람'

런던 경찰국에서는 인도 사람 세 명을 체포하도록 의뢰하고 카프 탐정의 뜻을 따라 다시 사람을 시켜 고리대금업자인 라이크를 불렀다.

잠시 후, 라이크는 영문도 모르고 경찰국으로 들어왔다.

"내가 무슨 잘못을 했다고 불렀어요?"

카프 탐정이 말했다.

"사건을 은폐하고 속일 생각은 없습니다. 그리고 우리나라에는 당신을 처벌할 법률 조문도 없습니다. 그러나 일이 계속 이상하게 꼬여가고 있으니 당신의 도움이 필요합니다."

카프 탐정은 라이크에게 쿠두오프리엘 중위가 인도 사람에게 살해당했다는 사실을 상세하게 들려준 뒤 계속 말했다.

"그 보석에는 저주가 붙어 있습니다. 만약 당신이 그 보석을 갖고 있다면 당신도 쿠두오프리엘 중위와 똑같은 운명이 될 것이오. 그런데 오늘까지 당신이 무사했다는 것은 큰 행운입니다. 부탁입니다만 당신의 이야기도 좀 듣고 싶습니다."

카프 탐정이 다시 한 번 부탁하자 라이크는 그제서야 1년 전에 쿠두오프리엘 중위가 찾아와서 달신의 보석을 자기에게 맡겼다고 털어놓았다.

"1년 전의 6월 말입니다. 쿠두오프리엘 중위가 갑자기 저의 상점에 찾아와 그 보석을 사라고 했습니다. 사실 그 보석은 내 평생에 처음 보는 아름답고 신비로운 것이었습니다. 나는 그것이 틀림없이 도난사건으로 이름이 알려진 웰링턴 집안의 보석이란 것을 직감적으로 알았습니다. 그래서 그 보석을 훔친 도적이 바로 쿠두오프리엘이구나 하고 생각했죠. 나는 장물은 살 수 없으며 맡을 수도 없다고 했죠."

"그래서 쿠두오프리엘 중위가 뭐라고 하던가요?"

라이크는 침을 한 번 삼키고 말했다.

"내가 그에게 '이 보석은 훔친 것이죠?'하고 물었죠. 그러자 그는 깜짝 놀랐습니다. 잠시 후 그는 아무도 모르게 가져온 것이라 괜찮다고 했습니다. 내가 다시 누가 본 사람이 없다고 해도 훔친 물건은 언제인가 들통이 나게 되어 있다고 손을 내저었죠. 그는 절대로 그런 일이 없을 거라며 맹세를 했습니다."

"쿠두오프리엘 중위는 맹세도 잘하는군. 그가 당신에게 한 말을 내가 그대로 해볼까요? 그는 틀림없이 이렇게 말했을 것입니다."

카프 탐정은 물 한 모금을 마시고 마치 그날 밤 장미별장에서 일어난 괴상한 사건을 직접 본 것처럼 실감 나게 말했다.

"그날 밤, 시계가 2시를 가리켰을 때였죠. 웰링턴 집안 장미별장 2층 복도에 검은 그림자 하나가 움직이고 있었습니다. 그 검은 그림자는 살금살금 리젤의 방으로 들어가 인도제 옷궤의 서랍에서 달신의 보석을 꺼냈습니다. 그때 창에 비친 달빛이 검은 그림자의 얼굴을 비추었습니다."

라이크가 말했다.

"그 검은 그림자가 바로 쿠두오프리엘 중위였겠죠?"

"아닙니다. 그 사람 역시 리젤의 사촌 오빠인 프랑크린이라는 청년이었죠."

"그럼, 두 사람이 공모한 것인가요?"

"아닙니다. 프랑크린은 후리즌의 의사가 준 아편을 먹고 몽유병 환자처럼 멍하니 그 보석 걱정을 하고 있었죠."

"그가 왜 그런 걱정을 했죠?"

"왜냐면 그는 인도 사람이 보석을 훔쳐갈 것이라 생각하고 있었기 때문이죠. 그래서 그는 리젤의 방으로 들어가 달신의 보석을 갖고 나와 어딘가에 감추어 두려고 복도를 걸어나왔는데 그때 그 광경을 본 사람이 쿠두오프리엘 중위였죠. 그는 프랑크린이 의사와 말다툼을 한 것과 또 의사가 몰래 아편 몇 방울을 차에 떨어뜨린 줄 모르고 마신 것도 잘 알고 있었는데 프랑크린을 보니 마치 몽유병 환자처럼 멍하니 헤매고 있었죠. 순간 쿠두오프리엘 중위는 프랑크린을 이용하여 보석을 훔치게 해야겠다고 생각했죠."

"대단한 생각이군요."

라이크는 고개를 끄덕였다. 카프 탐정의 이야기는 계속되었다.

"그래서 쿠두오프리엘 중위는 프랑크린을 자기 방으로 들어오게 했죠. 프랑크린은 몽롱한 상태에서 쿠두오프리엘 중위의 방으로 들어가 부탁했죠. '이 보석을 후리즌 은행에 보관해 줘. 나는 지금 머리가 아파 움직일 수 없어.' 그는 그렇게 말한 뒤 달신의 보석을 쿠두오프리엘 중위에게 넘겨주었지요."

"정말 나쁜 사람이군요."

"달신의 보석을 쿠두오프리엘 중위에게 주고 프랑크린은 비틀거리다 쓰러지려 했죠. 그런데 그 방에서 프랑크린이 쓰러지면 낭패라 생각한 쿠두오프리엘 중위는 재빨리 프랑크린을 부축하여 그의 방에 눕힌 것이죠. 이튿날 아침, 쿠두오프리엘 중위는 프랑크린이 어젯밤의 일을 기억할까 봐 무척 걱정을 했는데 다행하게도 프랑크린은 그 사실을 말끔히 잊어버린 것이었습니다. 프랑크린은 아침에 일어나 보석이 사라졌다는 말을 듣고 어쩔 줄 몰라하다 바로 런던 경출국의 나를 부르려고 했죠. 그 광경을 본 쿠두오프리엘 중위는 마음을 놓고 달신의 보석을 혼자 챙겨도 문제없겠다는 생각을 한 것입니다. 어때요? 라이크 선생, 나의 이야기와 쿠두오프리엘 중위가 당신에게 말한 것에 얼마나 차이가 납니까?"

"똑같습니다. 조금도 다르지 않아요."

라이크는 혀를 내두르며 이마의 땀을 닦았다. 카프 탐정의 이야기는 계속되었다.

"내가 알고 싶은 것은 그 뒤에 일어난 사건입니다. 그는 장미별장의 비밀을 당신에게 말해주었는데 당신은 어떤 조건으로 그 보석을 갖게 되었어요?"

모든 것을 훤히 꿰뚫어 보는 카프 탐정의 말에 라이크는 어쩔 줄 몰랐다. 손에 식은땀이 났다.

"모두 이야기해 드릴게요. 쿠두오프리엘 중위는 자선협회의 공금 2천 파운드를 개인적으로 써버린 것이었습니다. 그는 울면서 '만약 3일 안으로 그 돈을 채워넣지 못할 경우 경찰에 잡혀가야 합니다.'라고 말했어요."

"그의 말을 듣고 당신은 어떤 조건을 내세웠나요?"

"나도 나름대로 계산이 있었죠. 그래서 2천 파운드를 빌려주겠다고 했죠. 그런데 기한은 1년이고 이자까지 합쳐 3천 파운드를 1년 안으로 갚으라고 했죠. 그리고 만약 갚지 못할 때는 달신의 보석은 돌려주지 않겠다고 잘라서 말했죠."

"쿠두오프리엘 중위가 그 조건을 받아들였나요?"

"다른 방법이 없으니 수락할 수밖에 없었겠죠?"

"그래서 어떻게 되었어요?"

"나는 그가 1년 안으로 갚지 못할 것이라 생각했는데 뜻밖에 기한 하루 전날 밤 그는 현금 3천 파운드를 저의 상점으로 갖고 왔습니다. 그리고 '내일 약속한 시간에 은행 앞에서 보석을 찾아가겠습니다.'라고 했죠."

"그 3천 파운드의 돈이 어디서 났는지 당신은 아세요?"

"예. 아마도 아무스장 보석상에서 나왔겠죠."

"보아하니 보석상과 의논하여 그 보석을 몇 개로 쪼개려고 했나 봐요."

"선생의 말씀이 옳은 것 같아요. 몇 개로 나누면 손쉽게 처분할 수 있고 또 그 보석을 노리는 사람도 없을 테니까요."

라이크는 그제서야 불안한 마음을 내려놓고 한 모금 깊은 숨을 내쉬었다.

19. 두 사람의 결혼과 이상한 축제

웰링턴 집안의 보석 도난사건은 쿠두오프리엘 중위가 범인으로 증명되어 끝이 났다. 그리고 프랑크린에 대한 리젤의 의심도 얼음 녹듯이 풀렸다.

장미별장의 봄은 가고 여름이 왔다.

7월 어느 맑은 날, 리젤은 카퍼리언 노인과 브레이크 변호사 등 많은 사람들의 축복을 받으며 프랑크린과 결혼식을 올렸다. 두 사람은 정말 행복하게 보였다.

같은 날, 런던 경찰국은 봄페이 경찰국으로부터 한 통의 공문을 받았다.

'수사 의뢰를 받고 캐스루호를 수색했지만 그 배에는 의심스런 사람도 없었고 더구나 인도 사람은 한 명도 타지 않았음.'

그 범선에 인도 사람이 타지 않았다면 그들은 어디로 사라졌을까? 강으로 드리워진 밧줄은 속이기 위해서인가? 천장을 뚫고 들어와 사람을 죽인 뒤 분명 방문을 열고 나간 것 같지는 않은데 하늘로 사라졌단 말인가?

카프 탐정의 머리는 복잡했다.

'내가 그들의 놀음에 놀아난 것이 아닌가? 정말 귀신 같은 놈들이군. 그런데 내가 질 수는 없지. 어디 두고 보자.'

카프 탐정은 눈을 감고 지금까지 있었던 일들을 다시 생각해 보았다.

일주일 뒤, 리젤이 프랑크린에게 말했다.

"프랑크린, 우리 신혼여행은 어디로 갈까요?"

"미국 하와이는 어때?"

"하와이에 가느니 차라리 국내 유적지에 가는 것이 낫겠다. 다른 곳은 없을까요?"

"그래도 신혼여행인데 젊을 때는 외국, 나이 들어서는 국내 여행이라 하지 않았어?"

"그럼, 인도는 어때요? 인도는 신비로운 나라이고 성지 또한 많은 곳이잖아요."

"그래. 인도가 좋겠군."

그해 가을, 프랑크린 부부는 인도의 성지로 밀월여행을 떠났다. 그런데 인도 성지 순례 중에 뜻밖에 마사이틀 박사를 만난 것이다. 그 우연한 만남은 피차 놀람과 기쁨의 교차로 이어졌다.

"우리가 여기서 만날 줄 정말 몰랐어요. 그리고 두 분이 함께 오셨고 또 무척 행복하게 보이는데 결혼을 하셨군요. 축하합니다."

"정말 고마워요."

프랑크린은 마사이틀 박사에게 달신의 보석 도난 사건은 어떻게 되었으며 또 쿠두오프리엘 중위가 어떻게 살해되었고, 보석은 결국 인도 사람들에게 빼앗겼다는 등등의 모든 이야기를 해주었다. 그리고 카프 탐정은 인도 사람이 분명히 범선을 탔는데 날개도 없이 공중으로 사라진 용의자를 잡지 못해 유감스럽게 생각하면서 허탈에 빠져 있다고 했다.

"그런 일들이 있었군요."

마사이틀 박사는 이해할 수 없다는 듯 고개를 갸우뚱했다.

"그 캐스루호 범선을 나도 한 번 탄 적이 있죠. 그런데 봄페이 경찰이 배에 인도 사람이 없었다고 하는데 아마 선원들까지 조사를 하지 않은 것 같군요. 내가 알기로 그 배에는 세 명의 인도 요리사가 있는데 그들이 쿠두오프리엘 중위를 직접 살해했는지는 잘 모르겠군요."

"박사님의 이야기를 들어보니 봄페이 경찰이 케스루호 선원들을 전부 조사하지 않은 것이 틀림없어요."

마사이틀 박사가 말했다.

"만약 불편하지 않으시다면 오늘 밤 내가 두 분을 모시고 가고 싶은 곳이 있는데 다른 약속은 없으신지요? 그곳에서 어떤 물건을 보시면 두 분의 의문이 풀릴지도 모르겠습니다."

"가고말고요. 정말 감사합니다."

프랑크린 부부는 인도 탐험가 마사이틀 박사의 제의를 진심으로 받아들였다.

두 사람은 밤이 오기를 기다렸다가 마사이틀 박사와 약속한 곳으로 갔다.

그날 밤 달은 유난히도 밝았다. 끝없이 펼쳐진 넓은 초원은 달빛을 받아 설원 같았다. 성스러운 도시 수무나를 향해 한 무리 한 무리씩 흰옷을 입은 많은 사람들이 걸어가고 있었다.

성도 수무나에 가까워질수록 흰옷을 입은 사람들이 초원을 가득 메웠다. 그 숫자만 하더라도 족히 몇 천 몇 만은 되어 보였다.

"도대체 무슨 일을 하려고 저렇게 많은 사람들이 모여드는 것일까요?"

프랑크린은 너무 궁금하여 앞서 가는 마사이틀 박사를 불러 세워 물었다.

"오늘이 바로 달의 신께 제사를 올리는 날이죠. 저 대초원에서 그 의식이 있을 것입니다."

"그럼, 저들은 모두 달의 신을 믿는 바라문 교도들인가요?"

"그렇습니다."

"저들이 우리가 영국 사람이란 것을 알면 그냥 둘까요?"

마사이틀 박사는 아주 작은 소리로 말했다.

"우리는 피의 제물이 되겠죠. 그래서 그들이 잘 알아보지 못하게 얼굴을 검게 칠하고 흰옷을 입고 가야 합니다."

"벌써부터 겁이 나서 다리가 떨려요."

"그러나 그렇게 두려워할 것까지는 없습니다. 그들의 대전당 가까이 가지 않고 언덕 위에서 보면 됩니다. 그리고 그들이 눈치 채지 않도록 말도 작게 하세요."

프랑크린은 궁금한 것이 많아 이리저리 보고 있는데 마사이틀 박사가 프랑크린의 손을 잡아 끌었다.

"어서 갑시다! 자꾸 두리번거리면 그들이 의심할지도 몰라요."

마사이틀 박사는 앞서 큰 걸음으로 성큼성큼 걸어갔다.

수많은 사람, 수많은 행렬이 이어졌지만 어느 누구 한 사람도 말없이 잠자코 걸어가기만 했다. 마치 한 무리의 들고양이가 가듯 조용했고 소리라고는 옷자락이 스치는 소리뿐이었다. 달빛은 여전히 교교히 비치었다.

묵묵히 걸어가는 사람들 속에서 숨도 제대로 쉴 수 없었다. 세 사람도 한동안 그들처럼 앞만 보고 말없이 걸어갔다. 마사이틀 박사가 먼저 언덕 위로 올라가 두 사람에게 오라고 손짓을 했다. 언덕 위에서 굽어보니 온통 하얀색이었다. 하얀 달빛과 흰옷 입은 사람들, 마치 다른 세상에 온 것 같았다. 정말 무서운 대군중들이었다.

잠시 후, 시간이 되었는지 그들은 기도를 시작했다.

"보세요. 저기!"

마사이틀 박사가 손으로 가리켰다.

"저게 뭡니까?"

"바로 그들의 대전당이죠."

마사이틀 박사가 가리키는 곳에는 바위로 깎아 세운 것처럼 보이는 큰 제단이 있고 한가운데 보좌에는 손이 네 개인 마신상 즉 '달의 신'이 보름달 빛을 받아 더욱 빛나고 있었다. 그리고 사람들은 그 달신을 중앙으로 둘러서 있었다.

"오, 저게 달신이라고요?"

프랑크린은 마치 괴상한 그림자를 본 듯 몸을 떨기 시작했다.

"그래요. 저것이 바로 그들이 몇천 년 숭배해 온 '달의 신'입니다."

리젤도 곁에서 말없이 떨고 있었다. 아무리 마음을 크게 먹으려해도 어쩔 수 없었다. 프랑크린도 그것을 느꼈는지 리젤의 손을 잡으며

"리젤, 괜찮아?"

하고 작은 소리로 물었다. 리젤은 말없이 고개를 끄덕였다. 순간 보름달이 구름 사이로 들어가 사방이 깜깜했다. 그러나 어느 한 사람 움직이거나 말하는 사람도 없었다. 그 시간은 30분 정도였다. 다시 보름달이 구름을 벗어던지고 밝은 모습으로 나타났다. 프랑크린이 물었다.

"마사이틀 박사님, 그들의 의식은 언제 시작되나요?"

"아직 식전 기도가 끝나지 않았으니 기도가 끝나는 대로 시작될 거예요. 조용히 두고 봅시다."

그때 리젤이 말했다.

"정말 엄숙하고도 대단한 행사인 것 같아요."

"영국에서도 이런 대군중의 집회는 없을 것입니다."

그때 세 사람의 말소리가 컸던지 언덕 아래쪽에 앉아 있던

사람이 힐끗 쳐다보았다.

순간 마사이틀 박사가 조용히 하라는 듯 검지손가락을 입에 갖다 대었다.

프랑크린과 리젤은 고개를 끄덕였다.

바라문 교도들의 식전 기도는 그렇게 길지 않았다. 곧 본 의식이 있을 것 같았다.

20. 되돌아간 달신의 보석

 갑자기 주위가 조용했다. 그때였다. 제단 앞에 세 사람이 나타났다.

"저기 좀 보세요. 금방 나타난 세 사람의 얼굴을!"

마사이틀 박사의 말이 채 끝나기도 전에 세 명의 인도 사람은 어느새 제단 가운데 있는 마신 상 앞에 도착해 있었다.

"오, 저 세 명의 인도 사람……."

프랑크린은 가슴이 심하게 뛰어 말을 잇지 못했다. 그들은 분명 웰링턴 집에서 본 바로 그 흑색 마술사들이었다.

"저럴 수가?"

모두들 멍하니 보고 있는데 세 명의 인도 사람은 마신상을 향해 한참이나 고개를 숙이고 꿇어앉아 있었다. 그리고 주문을 외우는 듯하더니 그들 중 한 명이 벌떡 일어나 황색의 보석을 쳐들어 보였다. 그러자 사람들은 큰소리로 외쳤다.

"감사합니다! 감사합니다! 감사합니다! 우리의 위대한 신이시여!"

사람들의 환호가 끝나자 그 사람은 마신상의 이마 한가운데에 황색 보석을 붙였다. 그러자 사람들은 다시 한 번 큰소리로 만세를 불렀다. 그 많은 사람들의 환호에 천지가 들썩이는 것 같았다. 그 소리는 우레나 번개 소리보다 더 컸다. 그리고 달신상의 이마에서 유난히 밝은 빛이 사방으로 비치었다.

프랑크린과 리젤은 황색 보석을 보고 몸을 부르르 떨었다. 그때 마사이틀 박사가 입을 열었다.

"저 세 사람뿐만 아니라 여기 모인 사람들의 기뻐하는 모습들을 보십시오. 저 바라문 교도들은 잃어버린 달신의 보석을 찾기 위해 오랜 세월 전 세계를 헤매고 다녔을 것입니다. 그리고 결국은 영국의 행크스 대위가 갖고 간 달신의 보석을 되찾은 것입니다. 오로지 그들의 힘으로 달신의 혼을 찾은 것이죠. 그렇게 하여 혼이 없는 달신상 앞에서 어떻게 해서라도 보석을 찾겠다고 맹세했을 것입니다. 그들의 믿음, 그들의 정성이 얼마나 대단합니까?"

그 말에 프랑크린과 리젤은 조용히 고개를 끄덕였다. 처음부터 그들의 것이 아닌 황색 보석, 어떻게 하여 한 번 만져보기는 했지만 잃어버렸다는 생각, 도적맞았다는 생각은 조금도 들지 않았다. 모든 것이 제자리로 돌아갔다는 생각에 그 어떤 분함도 미움도 애석함도 없었다. 마치 먼 달빛의 나라를 순례하듯 순수해진 마음으로 조용히 잔디 위에 무릎을 꿇었다.

"그것은 처음부터 저의 것이 아니었습니다. 원래의 주인에게 돌아가도록 해주신 하느님께 감사드립니다. 잃어버린 것을 되찾아 기뻐하는 모습들이 너무나 보기 좋습니다. 행복해하는 그들의 모습을 보니 저희들 역시 행복합니다. 모든 것을 제자리로 돌아가게 해주신 하느님 정말 감사합니다."

리젤은 프랑크린의 손을 꼭 잡았다. 프랑크린도 리젤을 보며 빙그레 웃었다. 그날따라 보름달 빛이 유난히 밝았다.

1년 뒤의 봄이었다.

웰링턴 집안의 장미별장은 일찍부터 떠들썩했다. 어느새 허리가 굽은 카퍼리언 노인의 지시로 사람들은 집 안을 청소하고 꽃밭을 정리하느라 바빴다.

"아버지, 힘들지 않으세요? 나중에 저보고 등을 두드리고 팔다리 주물러 달라고 하시면 안 돼요."

카퍼리언 노인은 딸 베네누프의 말에 빙그레 웃었다.

"농담하지 마. 새 주인님이 곧 돌아오실 텐데 가만히 앉아 있을 수 있겠니?"

베네누프가 여전히 장난기 어린 소리로 말했다.

"아버지는 그렇게 말씀하시지만 그래도 저는 아버지가 걱정된답니다."

"효녀로구나! 효녀."

"그런데 아버지께서 저희들에게 이것 해라 저것도 해라 하나 하나 지시를 하시는데 다 하려니 너무 힘들었어요. 주인님이 당장 돌아오시는 것도 아닌데 쉬어가면서 해도 되잖아요?"

"일이 힘들다고? 그건 이 늙은이의 말이 잔소리로 들린다는 말이군. 베네누프, 내가 분명히 말하지만 네가 마음에 들지 않으면 이 집에서 내쫓을 수도 있어. 명심해!"

"어떻게 하지? 아버지께서 화나셨군요. 죄송해요. 저의 본마음은 그런 것이 아니에요. 제가 보기에 아버지께서 피로하신 것 같아 한 말이었어요. 용서하세요."

"베네누프, 이 늙은이를 얕보면 안 돼. 이 장미별장의 일을 나만큼 잘 아는 사람이 어디 있겠어?"

"그럼요. 아버지보다 이 장미별장의 일을 누가 더 잘 알겠어요?"

"작은 일도 그래. 예를 들면 꽃병을 어디에 놓아야 아가씨가, 아니 젊은 부인께서 마음에 들어 하시는지 너희들은 모를 거야. 그런데 만약 너희들이 꽃병을 아무데나 놓았다고 하자. 부인이 보시고 누구를 부르겠니? 이 늙은이를 불러 교육을 잘못 시켰다고 나무라지 않겠어?"

카퍼리언 노인은 몸이 불편하지만 젊은이들보다 더 열심히 했다. 그리고 그는 천천히 베란다를 지나 정원 쪽으로 걸어갔다.

'지금쯤 두 사람은 행복한 시간을 보내고 있겠지. 그런데 장난기 많은 리젤 아가씨가 프랑크린 도련님을 골리지나 않을까 모르겠네. 그리고 도련님은 모로코 담배는 끊으셨겠지?'

카퍼리언 노인은 장미가 만발한 정원을 왔다 갔다 하며 지난 일들을 회상했다.

'정말 세월만큼 빠른 것은 없어. 유모차를 타고 놀던 때가 바로 어제 같은데 어느새 훌쩍 커서 프랑크린 도련님과 결혼을 하고 신혼여행까지 떠났으니 말이야. 쏜살같은 세월이라더니 거짓말은 아니야. 그리고 웰링턴 부인이 돌아가신 것도 엊그제 같은데 말이야. 그리고 언제인가 프랑크린 도련님에게 날짜 지나가는 것이 겁난다고 했더니 무슨 말인가 의아해하셨지. 그런데 내가 왜 이런 말을 하고 있지? 아무도 듣는 사람도 없는데……. 그러고 보니 나도 많이 늙었어. 팔다리에 힘도 없고 눈도 벌써 침침하여 잘 보이지도 않으니 늙는 것은 누구도 어쩔 수 없나 봐. 그래도 어쨌든 살아 있어야 해. 그래야 밝은 태양도 보고 부드러운 공기도 마음껏 마실 수 있지. 그리고 어느 나라 동화인지 모르지만 불행 뒤에는 행복의 마차가 온다고 했지. 혹시 이 늙은이에게도 그런 날이 올지 어떻게 알겠어. 아, 하루빨리 행복에 젖은 두 사람을 보고 싶다. 그리고 그들의 사랑스런 아이를 이 팔로 안아보고 싶다. 그런 행복한 순간들이 온다면 여한 없이 기쁜 맘으로 이 세상을 떠날 수 있을 텐데…….'

카퍼리언 노인은 이런저런 상상을 하며 하늘을 보았다. 바로 그때 장미별장 앞에 마차 멈추는 소리가 들렸다.

'이 시간에 누가 오셨지? 설마 런던에 계신 브레이크 선생님은 아니시겠지?'

카퍼리언 노인은 재빨리 대문 쪽으로 달려갔다.

"누구세요?"

"카퍼리언 노인, 우리가 돌아왔어요!"

그 소리는 행복에 겨운 리젤 아가씨의 목소리였다.

"아가씨, 아가씨께서 오셨어요?"

카퍼리언 노인은 마치 꿈을 꾸는 것 같았다. 대문을 열고 보니 마차 위에 두 사람이 앉아 웃고 있었다.

"어서 오세요. 주인님!"

"오, 주인이라. 듣기 싫은 소리는 아니군요."

프랑크린은 조금도 변하지 않았다. 그러나 언제나 창백하고 잔병이 많은 리젤인데 여행을 하면서 그을렸는지 전보다 건강하게 보였다.

"신혼여행 즐거우셨겠죠?"

"그야 물론이죠!"

두 사람은 아주 행복해 보였다.

"두 분 정말 보기 좋아요. 언제나 그렇게 행복하세요."

"고마워요. 카퍼리언 노인!"

카퍼리언 노인도 진심으로 기뻐하며 부러운 듯 그들 부부를 보았다.

프랑크린이 말했다.

"우리가 노인을 놀라게 해드렸죠? 본래는 내일 돌아오기로 했는데 배가 하루 당겨 빨리 떴지요. 그리고 런던에서 하룻밤 자고 올 생각도 했지만 리젤이 조금이라도 빨리 장미별장으로 돌아오고 싶다고 하여 이렇게 달려온 것입니다."

프랑크린의 입가에는 웃음이 지워지지 않았다. 그는 마차에서 뛰어내려 기사처럼 리젤을 가볍게 안아 내려주었다.

카퍼리언 노인은 마차에서 짐을 내리며 말했다.

"그렇게 되었군요. 저희들은 두 분이 내일 돌아오실 거라 생각하고 오늘부터 청소를 시작했죠. 자, 이쪽으로……."

카퍼리언 노인은 먼저 집 안으로 들어가 소리쳤다.

"모두들 나와서 새 주인님을 맞이하세요!"

통통하게 살이 찐 베네누프가 제일 먼저 나와 리젤을 껴안고 반가워 어찌할 줄 몰랐다.

"아가씨가 오셨군요. 이렇게 빨리 돌아오실 줄 몰랐어요. 뭔가 서운한 일이라도 있었나 봐요. 그러지 않았으면 며칠 뒤 오실 텐데."

"아니, 아니야. 정말 행복한 신혼여행이었어. 서운한 일은 없었어. 내일은 배가 없다고 하여 하루 빨리 왔지."

"그러셨군요. 나는 두 분이 일찍 돌아오셔서 무슨 일이 있은 줄 알았어요. 어쨌든 다행이에요. 그리고 다시 한 번 결혼을 축하해요."

"고마워. 나도 네가 많이 보고 싶었어."

리젤은 갑자기 베네누프의 손을 가리키며 소리쳤다.

"베네누프, 그것 반지 아니냐? 약혼했구나. 나에게 말도 안 하고 언제 했어?"

베네누프는 대답도 하지 않고 웃기만 했다. 그녀는 어떻게 대답해야 좋을지 몰라 카퍼리언 노인을 보았다. 카퍼리언 노인이 눈치를 채고 대신 대답했다.

"아가씨, 용서하세요. 아가씨가 안 계실 때 약혼을 했습니다. 그 보석 도난 사건 이후 베네누프는 종종 로즈의 집에 놀러갔었죠. 왜냐하면, 로즈와 자살한 로산나는 자매처럼 지내면서 서로의 위로가 되었죠. 이 늙은이가 생각하기로는 죽은 로산나 대신 베네누프가 외로운 로즈를 아껴주고 싶었나 봅니다. 그리고 아주 다행한 것은 그 사건이 해결된 후론 베네누프를 친언니처럼 따르고 무슨 일이든 베네누프와 의논을 하곤 했죠. 그러는 사이 베네누프는 로즈의 오빠를 자주 만나게 되었고, 자연스럽게 가까워진 것입니다. 그래서 한 달 전 둘은 약혼까지 하게 되었습니다."

"로즈의 오빠라면 틀림없이 착실하고 훌륭한 청년이겠군요."

리젤은 베네누프의 손을 덥석 잡았다.

"베네누프, 축하해! 로산나가 살아 있었다면 얼마나 기뻐할까? 그래. 약혼 선물로 줄 좋은 게 있어."

리젤은 프랑크린을 향해

"프랑크린, 그걸 베네누프에게 주면 어떨까요?"

하면서 상자를 가리켰다. 프랑크린은 고개를 끄덕였다.

"그렇게 하는 게 좋겠군. 내가 갖고 나올게."

프랑크린은 커다란 상자 안에서 별처럼 반짝이는 옷을 한 벌 꺼내었다. 그것은 바로 신부의 드레스였다. 리젤이 말했다.

"베네누프, 이건 인도의 신부들이 결혼할 때 입는 드레스야. 네가 결혼할 때 이 드레스를 입으면 천사처럼 아름다울 거야. 자, 어서 받아!"

베네누프는 너무나 좋아 얼굴이 발갛게 달아올랐다.

"오, 아가씨, 정말 고마워요. 드레스가 너무 마음에 들어요."

베네누프는 다시 프랑크린에게 인사를 했다.

"프랑크린 선생님, 정말 고맙습니다."

"드레스가 베네누프 아가씨에게 썩 잘 어울릴 거예요. 리젤이 특별히 골랐으니 말이에요."

"그런데 프랑크린 선생님, 하나 물어볼게요. 제 피부가 정말 검어요?"

거울을 보며 천진스럽게 묻는 베네누프의 말에 그곳에 함께 있던 사람들은 배를 잡고 웃었다. 프랑크린은 난처한 듯 말을 더듬었다.

"어, 어떻게 말해야 좋을지 모르겠어요."

"호호호. 검둥이가 검지 흰가?"

"그러게 말야."

사람들이 재미있게 이야기를 하고 있는데 밖에서 또 마차가 멈추는 소리가 들렸다.
"또 누가 오셨지?"
카퍼리언 노인이 얼른 일어나 나갔다.
"밖에 누가 오셨소?"
카퍼리언 노인이 나가는데 어떤 사람이 먼저 돌계단으로 올라오고 있었다. 카프 탐정이었다.
"카프 선생님, 오늘 어쩐 일이세요? 정말 오래간만이군요. 어서 오세요."
"오, 카퍼리언 노인장, 그동안 잘 계셨어요?"
"그럼요. 마침 주인 부부께서 인도에서 막 돌아오셨습니다."
"알고 왔습니다. 신문기자 친구를 만났더니 프랑크린 선생이 신혼여행에서 돌아오셨다고 하더군요. 그래서 달려왔죠."
"정말 잘 오셨습니다. 두 분도 무척 반가워하실 겁니다."
카퍼리언 노인은 활짝 웃으며 사마귀처럼 바싹 마르고 날카롭게 보이는 카프 탐정을 거실로 안내했다.
프랑크린이 반갑게 맞아주었다.
"오, 카프 탐정님, 오래간만이군요. 혹시 장미별장에 또 무슨 일이 생긴 것은 아니겠죠?"
프랑크린의 농담에 카프 탐정도 빙그레 웃으며 말했다.

"달신의 황색 보석이 인도로 돌아갔으니 장미별장은 더 이상 괴상한 사건의 무대가 되지 않을 것입니다. 걱정 마십시오. 그런데 그보다 더 중요한 사건이 있는데……."

카프 탐정의 말이 채 끝나기도 전에 프랑크린이 큰소리로 물었다.

"보석 사건보다 더 중요한 사건이라니 도대체 어떤 사건입니까?"

"프랑크린 선생, 진정하시오. 오늘 나는 선생에게 특별히 부탁드릴 것이 있어 찾아왔습니다."

"특별한 부탁이라고요? 도대체 무슨 일인지 말씀해보세요. 카프 선생님은 제 생명의 은인인데 무슨 일이든 하겠습니다. 사양 마시고 말씀해 보세요. 어서!"

"그럼, 말씀드리죠. 베네누프 아가씨, 수고스럽지만 마차에 타고 있는 꼬마 손님을 데리고 와 주시겠습니까?"

"꼬마 손님이라니요? 함께 온 다른 일행이 있습니까?"

"아니오. 꼬마 손님만 있을 거예요."

잠시 후, 베네누프는 한 명의 소년을 데리고 왔다. 소년은 몹시 긴장한 듯 창백하게 보였다.

"어서 와요."

리젤이 먼저 인사를 하자 소년은 거실의 사람들을 향해 절을 꾸벅 했다.

카프 탐정이 말했다.

"프랑크린 선생, 내가 선생께 부탁드리려 한 것은 바로 이 소년입니다."

카프 탐정은 다시 사람들을 향해

"여러분, 여러분은 아마 이 소년의 얼굴을 잊지 않았을 것입니다. 다시 한 번 자세히 보세요. 기억나십니까?"

하고 소년을 가리켰다. 그리고 의미심장한 눈빛으로 사람들을 보았다.

"잘 기억나지 않는데요……."

"어디서 한 번 본 것 같기도 한데……."

사람들이 기억을 더듬고 있을 때 갑자기 베네누프가 입을 열었다.

"기억이 나요. 이 소년은 인도의 검은 마술사와 함께 다니던 소년이 아닌가요? 틀림없죠?"

"카프 선생님, 그를 왜 이곳에 데리고 왔죠?"

다른 사람들도 그제야 기억이 나는지 고개를 끄덕였다. 프랑크린은 이상한 눈빛으로 카프 탐정을 보았다.

카프 탐정은 웃으며

"여러분, 그런 이상한 눈으로 보지 마세요. 내가 이 아이를 데리고 온 것은 이 아이가 누나의 죽은 곳을 모르고 있어서 가르쳐 주려고 합니다."
하고 말했다.
 "소년의 누나라고요? 누나가 우리와 관계 있는 사람인가요?"
 "그럼요. 여러분, 이 아이의 얼굴을 자세히 보세요. 그러면 생각나는 사람이 있을 겁니다."
 이번에도 베네누프가 앞질러 말했다.
 "로산나! 로산나와 닮았어요. 그렇죠, 여러분?"
 "로산나와 닮았다고?"
 카퍼리언 노인은 뚫어져라 소년을 보고 있다가 갑자기 소리쳤다.
 "그래. 맞았어! 로산나와 닮았어."
 "그러고 보니 좀 닮은 것 같기도 하네."
 "틀림없어요. 로산나를 닮았어요."
 모두 고개를 끄덕이며 한 마디씩 했다. 그때 카퍼리언 노인이 말했다.
 "카프 선생님, 이 아이가 로산나를 닮기는 했지만 그녀와 무슨 관계가 있습니까?"
 "관계가 있죠. 바로 로산나 아가씨의 동생이니까요."
 "로산나에게 남동생이 있었다고요? 그런 말은 들어본 적이 없는데요."

카프 탐정이 말했다.

"다들 이상하게 생각하시는 것도 무리는 아닙니다. 그런데 로산나의 자살 사건을 캐기 위해 그녀의 어머니를 조사했죠. 그 과정에 아들이 한 명 있다는 것을 알았습니다. 카퍼리언 선생, 사람의 운명이란 정말 묘하죠? 내가 이 장미별장을 떠난 지 일주일이 지난 어느 날, 런던의 한 과일 집에서 과일을 훔쳐 달아나는 이 아이를 보게 되었어요. 내가 이 아이를 잡아 물어 보았더니 한때 인도 마술사의 심부름꾼으로 있기도 했고, 온갖 힘든 일들을 다했다고 하더군요. 그리고 무슨 말 끝에 로산나 이야기가 나와 이 아이가 로산나의 동생이란 걸 알게 되었습니다."

"정말 괴이한 운명의 장난이군요. 죽은 로산나가 이 일을 안다면 얼마나 좋아할까요? 생각해보니 나도 본의 아니게 큰 죄를 지었군요."

갑자기 프랑크린의 얼굴에 검은 구름이 지나갔다. 옆에 있던 리젤이 말했다.

"카프 선생님, 프랑크린의 죄는 바로 아내인 저의 죄이기도 합니다. 속죄하는 뜻에서 카프 선생님이 반대하시지 않는다면 이 소년을 로산나 대신 우리 장미별장에서 일하도록 허락해 주십시오."

"정말 고마우신 생각이군요."

리젤이 이어서 말했다.

"이 소년이 원한다면 학교에도 보내고 또 적당한 일자리가 생길 때까지 힘껏 돌보아주겠습니다."

"리젤 아가씨, 아니, 이제는 아가씨가 아니지. 리젤 부인, 정말 감사합니다."

"우리 모두에게 죄가 없습니다. 그동안 마음속에 쌓인 불편한 생각들은 다 말끔히 털어버리세요. 로산나 아가씨가 이 자리에 있었다면 얼마나 기뻐할까요? 춤이라도 추려 하겠지요. 아마 그녀의 영혼도 무척 기뻐할 것입니다."

"그럼요. 정말 착한 아이였는데……."

카퍼리언 노인은 흐르는 눈물을 보이지 않으려고 돌아서서 먼 하늘을 보고 있었다.

"이제 모든 일이 잘 풀려 다행입니다. 특별히 리젤 부인과 프랑크린 선생께 감사드립니다."

"아니, 그건 아닙니다. 카프 선생님께서 어려운 수수께끼를 모두 풀어주셨기 때문이죠. 인사를 받아야 할 사람은 바로 카프 선생님이십니다."

"하하, 내가 억지 인사를 받는 기분이군요. 어쨌든 감사합니다."

카프 탐정도 무척 만족해하고 사람들의 얼굴에도 웃음꽃이 피었다.

프랑크린이 말했다.

"카프 선생님, 저도 한 가지 청이 있습니다. 꼭 들어주셔야 합니다."

카프 탐정은 고개를 갸우뚱거리며 물었다.

"나에게 청이 있다고요? 무슨 청인지 말씀해 보세요. 만약 어려운 청이면 들어드릴 수 없다는 것을 사전에 말씀드립니다."

"다름 아니고 카프 선생님께서 오늘 밤은 저희 장미별장에서 묵으셔야겠습니다."

"그건 정말 어려운 일인데요. 나는 죄인이 되고 싶지 않으니까요."

"죄인이라니 그게 무슨 말인가요?"

카프 탐정은 웃으며 말했다.

"프랑크린 선생, 그리고 리젤 부인, 두 분은 아직 신혼이고 오늘 바로 신혼여행에서 돌아오지 않았습니까? 두 사람만 있고 싶은데 불청객이 끼면 죄짓는 일이죠. 나는 그런 미움을 받고 싶지 않으니 그 청은 거절하겠습니다."

프랑크린도 한마디 했다.

"불청객이라니요? 우리가 정식으로 청했는데 불청객이라니요? 그 말씀 거두시기 바랍니다."

"그럼 한 가지 물어볼 게 있어요. 혹시 인도에서 향기로운 술이라도 한 병 가져 오셨는지요?"

"술은 없습니다."

프랑크린은 딱 잘라 말했다. 카프 탐정이 프랑크린의 눈치를 살피며

"그럼 할 수 없군요. 그 청을 거절하겠습니다."

하면서 자리에서 일어섰다. 그러자 프랑크린이 웃으며 말했다.

"내가 인도에서 직접 본 '달신'의 이야기를 해드릴까 했는데 가시겠다면 할 수 없죠."

카프 탐정은 다시 자리에 앉으며

"프랑크린 선생, 선생은 나보다 한 수 위군요. 내가 졌소."

하고 말했다.

"그래, 다시 묻겠는데 술은 있죠?"

"그야 술뿐이겠습니까! 우리 별장 최고의 요리를 다 내어오라고 할게요."

"좋아요. 그럼 하룻밤 신세를 지고 가겠습니다. 그런데 먼저 해야 할 일이 있습니다."

"먼저 해야 할 일이라니요?"

"먼저 이 아이의 누나 로산나 아가씨에게 애도를 표해야지요."

프랑크린은 그제야 생각이 난 듯 말했다.

"깜빡 잊을 뻔했군요. 말씀 잘해주셨습니다."

카프 탐정은 먼 하늘을 보고 있는 카퍼리언 노인을 불렀다.

"카퍼리언 선생, 대단히 죄송합니다만 우리를 바닷가 그 해골바위로 안내해 주시겠습니까?"

"물론이죠. 제가 앞장서겠습니다."

카프 탐정을 따라 프랑크린도 자리에서 일어섰다. 먼저 뜰로 내려간 카퍼리언 노인이 손을 내밀며 하늘을 보았다.

"어떻게 하죠? 지금 비가 조금씩 내리기 시작하는데요."

마침 봄비가 장미꽃에 떨어져 그동안 앉은 먼지를 씻어주었다. 카프 탐정은 잠시 걸음을 멈추었다.

"봄비는 생명수와 같은 것이죠. 이 생명수를 마시고 만물이 다시 소생하겠군요."

"베네누프, 베네누프, 거기 있느냐?"

카퍼리언 노인이 베네누프를 부르고 있는데 카프 탐정이 손을 저었다.

"그만두세요. 아마 안에서 음식 준비로 바쁠 거예요."

"그래도 비를 맞고 갈 수 있겠습니까? 비옷과 우산을 가져오라고 할게요. 잠깐만 기다리세요."

카프 탐정이 다시 손을 저었다.

"카퍼리언 선생, 내 걱정은 하지 마세요. 이 비는 틀림없이 동생이 돌아왔다고 로산나가 반가워 흘리는 눈물일 것입니다."

"정말 그런 것 같아요. 사랑하는 동생이 왔고 또 그동안 가뭄이었는데 갑자기 비가 내린다니 로산나의 눈물이 틀림없을 것 같아요."

프랑크린도 한마디 거들었다. 카프 탐정이 말했다.

"얘야, 어서 누나에게 가보자!"

카프 탐정은 소년의 손을 잡고 비 내리는 뜰로 내려갔다.

"카퍼리언 선생, 이 정도 비는 맞을만합니다. 걱정하지 마세요."

사람들은 카프 탐정을 보고 모두 감동하여 눈시울을 붉혔다.

"정말 고마운 분이에요."

"카프 탐정이 아니었으면 우리의 결혼도 힘들었을 거예요."

리젤은 그렇게 말하며 프랑크린의 손을 꼭 잡았다. 프랑크린이 속삭이듯 작은 소리로 말했다.

"리젤, 사랑해!"

거실의 사람들은 새로 탄생한 부부를 위해 뜨거운 박수를 보냈다.

"축하해요. 오늘은 저희들이 최고의 솜씨를 보여드리겠습니다. 두 분 기대하셔도 좋습니다."

언제 왔는지 베네누프가 웃으며 말했다. 그들은 한동안 로산나가 바다에 뛰어든 해골바위를 향해 걸어가는 세 사람의 뒷모습을 물끄러미 보고 있었다. 잠시 후, 그 세 사람의 모습도 서서히 보이지 않고, 그날따라 일찍 찾아온 어둠 속으로 빗소리만 하염없이 들렸다.